PAY DAY!!!

PAY DAY!!!

ペイ・デイ!!!

山田詠美
Amy Yamada

Shinchosha

C o n t e n t s

PAY DAY!!!

ペイ・デイ!!!

Chapter One
“Robin”

第1章 ロビン

ウィリアム伯父さんが、気に入りのスニーカーの上にげろを吐いた。そう言って肩を落とす兄のハーモニーの姿をながめながら、ロビンは思った。男って、たかがスニーカーのために絶望することが出来るんだわ。

真夏のサウス・キャロライナ。昼間は、あまりの熱のために、空気が重く沈んでいると感じられる程だが、今は、まだ早朝。十六歳の双子の兄と妹は、庭のポーチに椅子を出し、腰を降ろして、自分たちの将来を案じている。

南部《サウス》には、ぼくの捜し求めていた何かが、きっとある。そう言って、ハーモニーが、父親に付いて、ニューヨークのマンハッタンからこのロックフォートの町に移り住んで一年。二人の両親は、去年の夏に離婚した。誕生日にせしめたギターの弦をチューニングしながら、やっぱりブルースやるなら、まずサウスに住まなきゃ、などと得意気に語る兄を見て、ロビンは心の中で呟《つぶや》いた。ボヘミアン気取って、後で泣いても知らないから。

そして、今、彼は、打ちひしがれている。だから言わないことじゃない。ロビンは鼻白んで、冷えたスターバックスのミルクコーヒーの瓶《びん》を口に運ぶ。彼女は、と言えば、ニューヨークの母親の許に残ることを選択した。歩いて行ける距離にスターバックスがないと私は生きて行けないの。そう彼女が語った時、母親は、もっともだ、というように頷《うなず》いて言った。私もよ。エスプレッソのない町では暮らせない。

　この夏休みを利用して、初めてこの土地を訪れた時、ロビンは、同じ夏の暑さが、場所によって、こうも種類を変えるのかと驚いた。ニューヨークの暑さだって最悪だ。しかし、そこでは、人々の作り出すノイズが、いつだって熱を拡散し、街の空気を軽くしていた。暑いけど、夏だもの。そう思えた。道行く人々の顔には、こう言いた気な表情が浮かんでいた。暑さどころじゃないんだから。全員がそんな調子だから体感温度は下がる。ところが、ここと来たらどうだろう。まるで、土地も人々も丸ごと飲み込んでしまうような暑さだ。すべてを支配するようなねっとりとした夏。

「そのコーヒー、まだあるの？」

　ロビンは頷いて、冷蔵庫に残っているミルクコーヒーの瓶を取りに行き、ハーモニーに差し出した。

「良かったじゃないか。とりあえずバイ・ロウには置いてあって」

　ハーモニーは、車で十分程のスーパーマーケットの名を上げた。

「私が言ってたのは、コーヒーそのもののことじゃないんだよ。まあ、これも悪くないけど。ああ、ミルクの泡がたっぷり載っかったフラッペチーノが飲みたい」

「まだ、来て一週間もたってないじゃないか。夏休み終わるまでいる予定なんだろ？　それで我慢しなよ。ぼくなんか、もう一年もここにいるんだから」

　自分の選択じゃないか、情けない、とロビンは思う。自由人を気取ったミュージシャンかぶれ。

自分をハーモニーなんていう諢名《あだな》で呼ばせて来たくせに。スニーカーぐらいで、こんなにも気分を落ち込ませて、まったくタフじゃない。

「ロバート」

「その名前で呼ぶな」

「じゃあ、ボビー」

「勘弁してくれよ、おばあちゃん《グランマ》だけで良いよ、そう呼ぶの。ぼくは、ハーモニー以外の誰でもない」

この期に及んで、まだそんなことを。

「だったら、ハーモニーらしくしなさいよ。苦しかったら、それを歌にしたら？　それこそブルースってやつなんでしょ？」

ハーモニーは、再び肩を落として溜息をついた。

「ここには、ブルースなんてない」

「え？」

「誤算だった。あるのは、ゴスペルだった」

ロビンは、思わず吹き出した。

「いいじゃない。ある意味、ゴスペルは、私たちのルーツでしょ？」

「まあ、半分だけね」

「その言葉、今のマムが聞いたら大喜びかもね」

「ああ、地下鉄のコンコースで歌っていた時は、確かに、ぼく、ブルースマンだった筈《はず》なのに」

ハーモニーが、路上で、ギターを弾きながら歌を歌い小銭を稼いでいると知った時、母のソフィアは激怒した。小さい頃からピアノを習わせていたのは何のため？　その問いに唇を嚙《か》んでいた兄の顔を、ロビンは、はっきりと覚えている。マムの言う通りだ、と彼女は思った。自分なんて、いつまでたっても上達しないのを理由に、レッスンに行くことを止めさせられた。ピアノに触わるのが好きだったのに。その代わり、イタリア語の教室に通わせられた。イタリア語なんて、おじいちゃん《グランパ》と話が出来るだけで十分なのに。元々、ニューヨークには、英語で注文出来ないピッツァなんて存在しない。

「ピアノは好きだよ」

ハーモニーは、ぽつりと呟いた。

「でも、ぼくが弾きたいのは、ブラームスなんかじゃない」

彼と母親の仲は、その時を境に、どんどん悪くなって行った。元々、良いとは言えなかったけれど。その代わりに、彼は、父のレイの後を追うようになった。アップタウンの高校教師である父が帰宅するやいなや、彼にまとわり付いて、その日の出来事を報告するのだった。寝椅子《カウチ》に並んで、TVの前で、ニックスの応援をする父親と息子の姿を見て、ロビンとソフィアは肩をすくめた。まるで、この世に、自分たちとバスケットボールしか存在していないみたい。

母親と息子の仲が悪くなるのに比例するかのように、夫と妻の仲も悪くなり始めた。ダディとマムは、もう前のようじゃない。ロビンがそう感じ始めたのは、食卓での両親の口論が、成り立たなくなった頃からだ。くり返されるささやかないさかいに、双子たちは慣れていた。その日も、ああ、また始まるのかと思っただけだ。ところが、父は、母の皮肉に言葉を返すこともなく、ナプキンで口を拭い、静かに立ち上がり、家を出て行った。途中、父親は、ロビンと一瞬目を合わせた。その何かを諦《あきら》めたような瞳に出合った時、彼女は、初めて、猛烈な不安に襲われた。私たち家族の運命は変わろうとしている!? でも、いったい、何故?

ロビンの内に生まれ始めた恐怖など、一向に気付く様子もなく、ハーモニーは、毎日、呑気にギターをつま弾いていた。苛々した彼女は、彼の部屋にノックもなしに入り、なじった。彼は、相変わらず、ベッドのヘッドボードに寄り掛かり、ギターを抱えていた。

「どうして気になんないのよ!?」

ハーモニーは、顔を上げ、上目づかいで彼女を見た。

「ぼくたちに、どうすることも出来ないだろ」

「ハーモニー、あなたは、マムが嫌いなの!?」

「生んでくれたことに感謝してるなんて、感動的な台詞《せりふ》を言うべきなんだろうけど、そんなこと言う気もないね」

「……どうしちゃったのよ」

「ぼくは、イタリア系の血なんかいらなかった」

ロビンは、唖然としたまま立ち尽くした。しばらくの間、言葉もなしにそうしていたが、ハーモニーの声で我に返った。

「あの女、ぼくは好きじゃない。好きになれない」

何かを言い返さなければ、とロビンは混乱した頭で言葉を捜しながら、兄の部屋を見渡した。CDプレイヤーやDJ用のターンテーブルの脇に無造作に、ヒップホップやオールドスクールの

CD、LPレコードが積み上げられている。涙が滲《にじ》んで来るのをこらえながら、ロビンは、それらを手に取って、ながめる振りをした。バスタ・ライムズ、ティンバランド、ルーシー・パール、アン・ピーブルズ、新しい物、古い物、滅茶滅茶だ。ジェイ・Z、ネリー、このチャーリー・パットンって誰？　ずい分と古いレコード、これがブルースってやつなの？

今度は、床に散らばった雑誌や本を拾い上げた。XXL、ハードコアラップの雑誌だ。ヴァイブマガジンに、ジェイムス・アール・ハーディの「イージー・Eが死んだ日」、マヤ・アンジェロウにニッキ・ジョバンニ……ロビンは、誰かに見詰められているような気がして咄嗟《とっさ》に後ろを振り返った。壁に貼られたしばらく前に公開された映画「ザ・ハリケーン」のポスターの中で、デンゼル・ワシントンが恐い目でこちらを睨《にら》んでいる。ここは……とロビンはひとりごちた。ここは、アフリカ系の男の子の部屋なんだ。

アフリカ系とイタリア系の両親が、どのように結ばれたのかを、ロビンは、母のソフィアに尋ねたことがある。するとソフィアは、眉を上げ意味ありげに娘を見詰めて微笑して言った。

「ジャングル・フィーヴァーよ」

スパイク・リー監督による同名のその映画を観たいとロビンは思った。アフリカ系アメリカ人の男とイタリア系アメリカ人の女の恋物語。両親の恋の化学反応がそこにあるような気がした。しかし、まだ早いという理由で母からの許しはもらえなかった。観たのは、週末、女友達の家に泊まりに行った時だ。甘いラヴストーリーなどではなかった。それどころか、恋を描いたものですらないように感じた。そこにあったのは、情熱《パッション》。すべてを破壊してしまう男と女の熱だった。彼女は思った。人生は平等じゃない。とりわけ人種の違う男と女の間では。

両親は、自分と兄を、ことさら人種間の問題を意識させないで育てた、とロビンは思う。父の教える生徒たちは、大半がアフリカ系であったが、彼は、自分の子供たちを、さまざまな人種の混じるダウンタウンの学校に通わせた。そこには、ルーツを学びながらも、ルーツから解放された子供たちが大勢いた。ハーモニーもロビンも、その中で、自分は自分以外の何者でもないのだ、と意識しながら育った。自分のスタイルは、教えられるものではなく、自身で選んで行くものだよ。父は、子供たちにそう諭した。家には、ジャズとクラシック音楽が流れていたが、一歩外に出て通りを渡れば、そこには、サルサがあり、ヒップホップがあり、ロックンロールがあった。どれを選んでも良い自由があった。つまり、ロビンとハーモニーは、典型的なダウンタウンキッズだったのだ。そこが、アメリカで、もっとも特殊な区域であるのを、二人は知る術《すべ》もなかった。教師の父と証券会社で働く母によってもたらされるそこそこに裕福な暮らしは、双子たちに、異人種間に生まれた苦痛など、何ひとつ感じさせなかったことも、二人ののびやかな成長を助けた。現実《リアリティ》は、いつも遠いところにあった。それが、両親がお膳立てした子供たちの幸福であった。

　ところが、少しずつ何かが変化して行った。子供たちが大人の世界の扉をノックし始め、親たちの関係に亀裂が入り始めた頃からだ。それまで、団欒《だんらん》という暖い布で覆われていた問題が姿を現わして来ていた。

　ある日、ハーモニーとロビンは、寝室で激しく言い争う両親の声を聞いた。子供たちの前では喧嘩をしないのがマナーだと思っていたのかもしれないが、ののしり合いの様子は、居間の方まで伝わって来た。

　ロビンは怯《おび》えていたが、ハーモニーは興奮して楽し気にすら見えた。

「ダディも、あんな言葉使うんだね」

「当り前だろ？　黒人だぜ。ブラザーは、ああでなきゃ」

「ハーモニー、喜んでるの？」

「まさか」

　否定しながらも、目を輝かせている兄を見て、ロビンは困惑した。彼は、確かに喜んでいる‼　そして、もっと、彼女を混乱させたのは、母親の怒鳴り声だった。ソフィアは、夫が、黒人であることをののしったのだった。黒人であるということが、彼女の怒りのすべての原因であるかのように、あらゆることを並べたてていた。

「どうしたら良いの？」

　ロビンは、ハーモニーの腕にしがみついた。すると、彼は、その手を振り払って言った。

「どうにもなるもんか。可哀相なダディ。おまえは、白人だからこうなんだって言い返すことが出来ない。ほら、今の聞いた？　おまえは女だから、なんて言ってる」

「二人は、黒人と白人だから喧嘩してるの？」

「さあ、黒人の男と白人の女だからじゃないのか？」

　その日から、二人にとって、両親は、黒人の男と白人の女になった。もう、アフリカ系のダディとイタリア系のマミーではなくなったのだ。今でも、ロビンは、両親の関係を悪くして行った原因をつき止めることが出来ない。ただ、これだけは漠然と感じるのだ。男と女の問題は、いつだって、人種間の問題にすり替えられると。そして、それは、物事を簡単にすることに有効なのだと。

　家族の誰もが外出しがちになった。家で、ひとりで誰かを待つ者はいなくなった。ハーモニーは、いつもアップタウンに出向き、友達を増やしているらしかった。家の中の雰囲気は、決して暗くはなかったし、両親は、それぞれ親の務めは果たしていたが、前のような屈託のない笑いは、いつのまにか消えた。ロビンは、女の子同士のつき合いに精を出していたので気は楽だったが、何か釈然としない思いを抱えていた。そんな時に、路上でギターを弾きながら歌うハーモニーを見かけたのだった。

ハーモニーの演奏はなかなかだったが、彼の歌の方は、お世辞にも上手いとは言えなかった。隣で、友人らしきアフリカ系の男が、気怠《けだる》い様子でブルースハープを吹いていた。なんて呑気な奴だろう！　ロビンは、腹立たしい思いに駆られて、帰宅した母親に言いつけた。

「ロバート、ここに、お座りなさい」

ハーモニーは、渋々、ダイニングテーブルをはさんで母と向い合った。小言は、やがて説教に変わり、それは長いこと続いた。彼は、決して母と目を合わせず、ガムを噛み続けていたので、彼女の怒りは爆発した。

何をあんなに依怙地になっているのだろう。形式だけでも謝っておけば良いのに。そして、またストリートに戻ればすむことだ。今度は私だって内緒にしてあげる。ロビンは、自分の告げ口から端を発したこの事態に、既にうんざりし始めていた。だって、と彼女は思う。あんなにも怒る程のことかしら。もし他の子供たちが同じことをしているのを見かけたら、マムは、微笑ましく思いながら、五ドルくらいは落として行くのではないかしら。

ロビンは、謝ってしまえばすむこと、と感じた自分を、ほんの少し恥じた。ハーモニーは、謝るべき理由を持たないと信じているから、そうしないのだ。

「人はね、あなたを憐れんだから、お金を投げたのよ」

その時、ハーモニーは、顔を上げて、初めて母を正面から見詰めた。その強い目の光にたじろいだように、一瞬、母は沈黙した。そして、今度は、思いやりを滲ませたような声で彼に語りかけた。

「つまりね、ロバート、あなたのマムは、あなたに誇りを持って欲しいってことなのよ」

ロビンの胸が激しく鳴った。それは違う！　そう叫び出したくなるのを、彼女はこらえた。無言で母を見詰める兄の様子は、毅然として彼女の瞳に映る。今、まさに、ハーモニーは、自分自身に誇りを持っている。それなのに、子供の誇りは、大人には見えないものなの？

その時、いつの間にか帰宅した父がダイニングルームを覗《のぞ》いた。バーのハッピーアワーで一杯引っ掛けて来たのか、ほろ酔い加減のようだった。彼は、神妙な家族の風景を目にして、とまどうような表情を浮かべた直後、おどけて両手を広げて言った。

「ヘイ、ミスターハーモニー、今度は、何をやらかしたんだい？」

ハーモニーは、はじかれたように立ち上がって、父親を見た。ロビンは、その瞳が瞬時に潤んだのを見逃さなかった。兄が、たった今、何を選び取ったのかを知ったような気がした。それは、この先、万が一、父と母が別れる事態になった時、彼がどちらの側に付くかを予感することでもあった。

この一件から、父と息子は味方同士になった。そんな二人を、母は、ますます嫌悪し、孤立して行った。ロビンは、母の味方にはなれなかった。かと言って、父と兄の間に割り込むことも出来ずに、うろうろするばかりであった。早く大人になりたい。彼女は、切実にそう願った。大人になって、この家を出て行く。そして、自分の面倒は自分で見るのだ。恵まれた家庭は、いつのまにか、彼女の仮の宿になっていた。私に必要なのは、年齢とお金だ。彼女は、まだ年齢とお金が、どういうものを運んで来るのかを知らなかった。そして、それらを手にしたからこそ、両親が危機に陥っているのだということも。

夏休みの間じゅう、父と兄と過ごしてみたい、というロビンの申し出に、母は反対しなかった。母は、娘の友人たちが、急激に変わり始めたのを目の当たりにしていた。意識した服装、意識した化粧、意識した態度《アティテュード》。彼女たちは、それらを有効活用するのにうつつを抜かしているように見えた。もちろん、男たちに対してである。この年頃の子供たちの好奇心には限りがなかった。大学に進めば否応なしに勉強に打ち込まなくてはならない。その思いが、彼女たちを駆り立てているようだった。そんな中に娘を置くことを、母は危惧している。ロビンは、この考えに至った時、笑い出したくなった。ひと夏を田舎で過ごさせれば、娘が純粋なままでいられるとでも？　私は、アヴェニューCのどこの角でディーラーがコカインを売っているのかまで知っているのよ。ダウンタウン育ちの彼女には、そこは庭のようなものだった。そして、彼女は、自分の庭で法律違反を犯す程、愚かではなかった。マムは、私を見くびっている。覚えたての化粧も、ヒッピーまがいの服装も、彼女たちにとっては、ユニフォームだった。映画館でボーイフレンドと手を握り合い心を熱くするところから始める彼女たちは、大人のようにはしたなくはなかった。マム、始まりはキスよ、ベッドからじゃないのよ。そして、男の人が必要なのは暑い夏じゃなくて、暖めてもらいたい冬なのよ。

ジョージア州のサヴァンナ空港には、父とハーモニーが迎えに来ていた。二人は、ロビンを交互に抱き締め、彼女は、懐しい匂いに胸を詰まらせた。彼らなしで一年も過ごして来たなんて。母の姿が、ちらりと頭をよぎった。マムは、どうして平気なんだろう。

スーツケースを車に運び込むと、三人は早速、サウス・キャロライナに向かった。途中のガスステイションで車を停めた父が、そのまま売店に入って行ったので、ロビンは不思議に思いハーモニーに尋ねた。

「ダディは、何を買いに行ったの？」

「宝くじ《ロットリー》」

「何も、ここで買わなくても」

「サウス・キャロライナはギャンブル禁止なんだ」

「え？　そんな州があるの？」

「ついでに言えば、ポルノも売ってない。でも、ケンタッキーとかあの辺みたいに酒禁止区域《ドライタウン》じゃないだけましだってダディが言ってた。高校教師のあの人が、だよ。どういう意味だか解る？」

「つまり、その方が余程教育上良くないってことね」

「その通り。知ってる？　サウス・キャロライナの議会の建物には、去年まで南軍の旗が掲げられていたんだぜ。そのおかげで、公演を拒否したミュージシャンがどれ程多いことか」

「南軍!?　それって、南北戦争の？」

「そう。映画の『グローリー』のデンゼル・ワシントンもモーガン・フリーマンも、ちっとも議会の人間を感動させなかったってことさ」

ハーモニーは、小さな頃に観た映画の題名を上げた。そして、助手席から振り返ってロビンに皮肉たっぷりに笑いかけた。

「ブゥドゥ教の聖地にようこそ」

「ブゥドゥ教!!　そんなのまだあるの!?」

「さあ。あるんじゃないか？　ここには、ニューヨークにないものがすべてある。そして、ニューヨークには、ここにないものがすべてある。マムは、どうしてる？」

「元気よ。最近、菜食主義になったわ。でも、コーヒーは止められないみたい。あ、それから、あなたにピアノは止めて欲しくないって」

「弾いてるよ、時々だけど」

「先生がいるの？」

「いや、教会で弾いてる」

教会!?　ロビンは、後部座席から兄の横顔を盗み見た。何だか大人びて、知らない人のように思える。金色の混じった髪は、短いドレッドロックスに整えられ、両耳には、二つずつ銀の小さな輪が光っている。ニューヨークにいた時に、いつも、彼がしたがっていたスタイルだ。彼は、やりたいようにやっている。そうしたいように生きている。ロビンは、少しだけ羨《うらやま》しく感じた。自分こそ、まさに、自由の街に住んでいるというのに。

「彼女が恋しい」

ハーモニーは、呟いて、鼻を啜《すす》った。誰のことを言っているのかと、ロビンが首を傾げていると、彼は、再び、ぽつりと言った。

「あなたが恋しいよ、マム」

　母が、これを聞いたらどう思うだろうと、ロビンは想像した。時折、息子の写真の入ったフレームを手に取ってながめている母。けれども、その姿は、少しも感傷的になっているようには思えないのだ。彼女は、身にまとった鎧《よろい》を少しずつ頑丈にして行っているみたいだと、ロビンは感じている。まだ両親が仲良かった頃、母は、父をレイレイと呼んでいた。そして、父は、母をベイビーと。二人が呼び合う声は、ロビンを綿菓子でくるまれたような気分にさせた。とっても、スウィートな女の子。父にそう呼ばせたあの人は、いったい、どこに行ってしまったのだろう。

「ねえ、ハーモニー、あなた、今、ベイビーって呼ぶ人いる？」

「どういう種類の質問だよ、それ」

「答えて」

　ハーモニーは、少しの沈黙の後、言った。

「いるよ」

　ロビンが、なんとなくおもしろくない気分になっていると、父が戻り、車は再びサウス・キャロライナのロックフォートに向けて走り出した。


　ベイビーか。ロビンは、あの着いた日の会話を思い出しながら、今、汚されたスニーカーを嘆いているハーモニーをながめている。一年会わない内に大人びてしまった兄というイメージは、たった一週間の内に崩れつつある。相変わらず、自分用のシリアルを勝手に食べたという理由で妹に喧嘩を売って来たり、ブロックバスター（レンタルヴィデオ店）で借りて来たヴィデオをこちらが観ていない内に返してしまったりするのだ。思いやりにあふれていたのは最初の一日だけ。

その夜に、彼が客間のベッドを整えてくれた時、ロビンは感動すら覚えたものだ。I love my brother!!! そう叫んだけれど、今は、ジョシュ・ハートネット（若手俳優）の方をより多く愛してるような気もしてる。

「ハーモニー、あなた今日仕事？」

「いや、用事あるから友達に替わってもらった。その代わり、明日の日曜日には出なきゃ」

「なるほど。教会に行かなくてすむように手筈を整えたという訳ね」

ハーモニーは肩をすくめてロビンを見た。彼は、夏休みの間じゅう、ウォールマートで雑用の仕事をしていた。商品をプラスティックの袋に詰めたり、カートを片付けたりするような作業だ。このスーパーマーケットでは、祖母のアリシアも働いている。皆、忙しそうだ。そうでないのは、私とウィリアム伯父さんだけ。彼は、いつも、酒に酔っているか寝ている。気の良い人に見えるけれども、ハーモニーが言うには、それは、酒が入っている時だけだそうだ。素面《しらふ》の時には、ほとんど凶悪犯か哲学者のどちらかに見える、とのことだ。湾岸戦争から戻って以来、ずっとそうなのだと父が言った。でも、この土地が、ドライタウンでないのは良かったのかもしれないな、とも。アルコール依存症を抱えた兄に対するその彼のものすごい譲歩の仕方は、ロビンを少なからず怯えさせる。

小さな頃に会ったきりのロビンの姿を見た時、祖母は歓喜の叫びを上げて彼女を抱き締めた。顔じゅうに口づけを受けて、ロビンは口紅だらけになった。グランマは、私に、ものすごく沢山の笑いのスタンプを押した。ロビンは、甘過ぎる香水の匂いの中で、ぼんやりとそう感じた。笑い。素敵じゃないか。物事を上手く行かせるには、それが基本だ。笑いから、すべてを始めること。自分は、そのことを忘れていたような気がする。

祖父は、アルコールが原因で体を壊し、父が高校の頃に亡くなっていた。ウィリアム伯父が酔いつぶれていると、祖母は、溜息をついて、父親ゆずりだと呟いた。そして、外見も父親そっくりよ、酒と女にだらしない良い男だったわ、と続けるのだった。ウィリアム伯父に振り回されながら、この家、ジョンソン一家、祖母、父、兄は、生きていた。そこには、ロビンのまったく足を踏み入れたことのない世界があった。騒々しく、遠慮なく、親密だった。ニューヨークから、たったの三時間で、彼女の夏休みは、別の色に塗り変えられた。屋台のスブラキの香ばしさが鼻をかすめる代わりに、彼女は湿地の濡れた匂いを嗅ぐ。クラクションの代わりに、虫の音を聞きながら眠りにつき、通り過ぎるイエローキャブの代わりに、アライグマ《ラクーン》に出会う。彼女の長い夏は、始まったばかりだ。

「ハーモニー、あなたの今日の用事って何なの?」

「きみには関係ない」

「何なの、それ!? せっかく妹が会いに来たってのに、おもてなしの心ってないの? ここにずっといろって言うの? どっか行くんなら、一緒に連れてってくれたって良いじゃない」

ハーモニーは、困ったような表情を浮かべて黙っていた。

「ガールフレンド?」

「うん、まあ、そういうこと。ボウリングに連れて行く約束したから」

「ボウリング!?」

「……行く?」

「行かない」

　高校生らしくて結構なことだ、とロビンは、うんざりしながら思った。ハーモニーは、しきりに照れている。それを見て、好きになった男と女のお楽しみは、ボウリング場でも有効なのか、と彼女は呆れた。この人、前は、いっぱしの不良の振りして、悪がきたちとワシントンスクウェアにたむろ《ハング》していたものだけど。

「寝たの？　その彼女と」

「うん、まあ」

「セイフセックス　オア　ノーセックス」

「何だよ、それ」

「女が望んでないのに妊娠させる男は最低だって。マムが、そう言ってたよ」

「おまえになんか何が解るんだよ」

　ハーモニーは、そう言い残して、むっとした表情を浮かべながら、家の中に入って行った。ロビンは、その後ろ姿をながめながら、母の言葉を思い出していた。私は、あなたたちを望んでいたの。その点は、あなたたちの父親に感謝しているのよ。感謝の結果の私たち、とロビンは思う。喜ばしい筈なのに、少し重くその言葉がのしかかるのは何故だろう。

　相手にしてくれない兄を見限り、ロビンは、父のコンピューターを借りて、母や友人たちにメールを送ることで午後を過ごした。涼しくなった夕暮れに庭に出ると、ウィリアム伯父が、ポーチの椅子に座わりビールを飲んでいた。朝、ハーモニーとそうしていたように、ロビンは、今度は、彼と向い合う。

ウィリアム伯父は、その時刻、広い庭に立つ何本もの木々を行き来するリスたちを目で追っている。ロビンも同じように見上げてはみるものの、まだ高い位置にある太陽の光が葉陰からこぼれ落ちて目に痛い。まばたきをしながら横を向くと、ウィリアム伯父は、なるほど、ハーモニーの言うように哲学者のようだ。頬杖《ほおづえ》の先にある彼の静かな瞳が充血していなければの話だけれど。

「御気分はいかがですか？　アンクル・ウィリアム」

「最高だよ。夜が近付いて来ると嬉しくて仕様がない。何でも出来るような気がして来る」

「私は、やだな。もう一日が終わっちゃうって気持になるもの」

ウィリアム伯父は、笑いながら、モルトビールの新しい缶を開けた。

すごくまともに見える、とロビンは思う。皆が彼をアルコール中毒として扱っているけれど、マンハッタンのバワリーあたりの手のほどこしようのない連中とは全然違う。彼は、ただ飲んでいる。水のように飲んでいる。

「あの……お酒が好きなんですか？」

ロビンの問いに、彼は、微笑を返した。笑《わら》い皺《じわ》が、とろりと目尻に流れる。ハンサムだなあ、と彼女は心の内で感嘆する。考えてみれば、彼は父よりたった二歳上、まだ四十二なのだ。女にもてて、出歩いたっておかしくない年齢なのに。

「あんまり外で飲んだりはしないんですね」

「金がないからね」

「働いてみたら？」

「うーん、働く気は大ありなんだが、実際、何度も仕事は見つかったんだが、どうも向いてないみたいでね。人の給料日《ペイディ》を待ちわびる人生に逆戻りしてしまう。軍にいた時に、勤労意欲を全部使い果たしてしまったのかな」

　自分の母親が、彼の言い草を聞いたら激怒するだろうと、ロビンは思った。でも何故だろう。自分には、ウィリアム伯父さんが少しも憎めない。そして、そう感じているのは、彼女だけではないようだった。この家の人々全員が、彼に嫌悪感を抱いてはいないのだった。スニーカーを汚されて、しょげていたハーモニーですらも。

「湾岸戦争に行ったって本当ですか？」

「そうだよ。その頃、おれは、日本にいたんだけど、日本の女は綺麗だったなあ。でも、なんだって結婚しちゃったのかなあ。好きな女とは結婚なんかしないのが一番。レイも、そう言ってなかった？」

「聞いてません」

「あ、ラッキーだ。ヘイ、ラッキー、ラッキー・ストライプ」

　ウィリアム伯父は、庭を横切って行くアライグマに声をかけた。このあたりでは、しょっちゅう、アライグマが出没するのだが、庭に侵入するそれを、彼は、ラッキーと名付けていた。病気を持っているから、絶対に近付いてはいけません、とロビンは祖母に言われている。どれも同じアライグマではないかもしれないのに、あれがラッキーだと自分には解るのだと彼は言い張っている。

　ラッキーは、二人を一瞥《いちべつ》した後、ゆったりと歩き続けて突き当たりのフェンスを登り、逆立ちするような格好でそこを降りて立ち去った。尻っぽの縞《しま》が、あまりにも見事なので、名字をストライプにしたと、ウィリアム伯父は言う。そう言えば、小さい頃に母親が、メイシーズで買ってくれたセーターが、同じような縞模様だったっけ、とロビンは思い出す。大嫌いで、ほとんど着ることなどなかったけれど。

「どうして、ダディは、結婚してから、滅多にここに帰って来なかったんでしょう」

「昔は、時々帰って来てたんだよ。ひとりでね」

ロビンは、首を傾げた。父が故郷に、たびたび帰っていたという話は聞いたことがない。だいたい、祖母に会ったのだって、彼女がニューヨークに訪ねて来た時の一度だけなのだ。

「おれも軍隊に入って、なかなか帰ることが出来なかったから、あいつはマムのことをいつも心配してた。彼女は、あの通り強い人だから大丈夫って言ってたんだけど、いつかは、ここに戻って一緒に住むんだって。あんなに、こんな田舎は大嫌いだって言い張って、大学も勝手にニューヨークに決めて、さっさと出て行ったのに」

父は、ずっと、この土地に帰るのを夢見ていたのだろうか。私たち家族と楽しい日々を過ごしていたその時にも。あの、ニューヨークでしか生きて行けないような母と愛し合っていた頃にも。

「あいつは勉強が好きだった。成績もずば抜けていて、すぐに奨学金を受けられるようになった。でも、今思うと、彼にとっての勉強って、ここから出て行くための手段だったのかもしれないね」

日は沈みかけ、蚊が、しつこくロビンの足にまとわり付いた。彼女は、ガレージに、蚊取り用のワックスを取りに行った。戻って来ると、ウィリアム伯父は、椅子の肘掛《ひじか》けに頬杖を突きながら、うたた寝をしていた。彼女は、ワックスの芯に火を点けると、それを、そっと彼の足許に置いた。ふと目をやると、オールドイングリッシュの空の缶が、五つも転がっていた。ウィリアム伯父さんの寝顔は、やはりハンサムだ、とロビンは、自分の思いつきを肯定する。そのたたずまいには、流し込まれたお酒も含まれているんだわ。

　つれない兄と違い、祖母と父は、時間の許す限り、ロビンをあちこちに連れて行こうとしてくれた。行く先々で、土地は、彼女に新しい一面を覗かせた。ロックフォートは、南部の田舎町であると同時に、歴史的区域でもあった。ロックフォート川のほとりの一画は観光地としてにぎわっていた。人々は、ボードウォークを散歩し、ギリシャ復興様式の建造物の前で記念写真を撮った。奴隷制度時代の展示物を見るために博物館に入り、困惑した表情を浮かべながら出て来た。そして、気分を直したいとばかりに、カフェやアンティークショップに駆け込むのだった。

　ロビンは、その狭いエリアに興味を持って通い続けていたが、すぐに飽きた。車で五分も走れば、そこには、特有の粘り気のある自然が広がっていた。ロックフォート川からの支流があちこちに入り江を作り、町を包囲していた。そして、すべてを抱き締めるかのように、大西洋が広がっていた。水に囲まれた土地。けれども、そこには、人々の汗を心地良く拭うようなさわやかな風はない。水は熱のために蒸発し続けて、空気を濃くしていた。湿地から立ちのぼるスチームは、すべての動きを気怠くしていた。たとえば木々。しだれ柳は、道のあちこちにトンネルを作り、リスが登る時にだけ、ゆったりと揺れた。歩いていると、たびたび、姿を現わす沼。生暖い風に吹かれて、かすかにさざなみを立てた。それは、あめんぼうの移動によって輪を広げ、生き物の棲《す》む水であるのを知らせるのだった。鰐《わに》がいるかもしれないぞ、とハーモニーは脅したけれども、もっと恐い生き物が潜んでいるように、ロビンは感じた。だって、こんなに濃いブイヨンみたいな水、見たことないもの。もしも、魔女が煮詰めて煮詰めて作り上げたら、こんなスープになるのではないかしら。

夜が近付くと、広がる湿地から水が染み出すように水位が上がる。水が、ひたひたと今にも押し寄せて来そうな一本道を、祖母や父の運転する車で走る時、ロビンは、ここの土地は生きている、と漠然とした恐怖に駆られるのだった。そんな時に、彼女は、いてもたってもいられなくなり父に頼む。

「ダディ、バナナカフェに連れて行って」

そこは、ボードウォークの脇にあるカフェだった。その近辺には、すぐに飽きたロビンだったが、いかにもマンハッタンのダウンタウンにありそうな雰囲気が、彼女の気に入った。都会から移り住んで来たらしい人々が、軽食やコーヒーなどを楽しんでいた。隅にあるバーカウンターに立つ若い男が、ヤンキースの帽子をかぶっているのも、彼女をなごませた。

父は、子供はバーガーキングで良いだろう、と呆《あき》れはするものの、ロビンの頼みを聞いてやった。彼自身も、その店が好きなのだ、と言った。第一、この界隈《かいわい》には、大人も子供も満足させる場所は驚く程少ない。もっとも、ニューヨークでは、もっと厳密に大人と子供の居場所は分けられていたのだが。それ故、子供は、早く大人になりたいと強烈に思うのであるが。ここでは、その境界線がよく見えない。いったい、何が何を区切っているのだろう。子供と大人、という対比ではないものが、全体を仕切っている。ロビンは、そんな気がしてならないのだ。

バナナカフェに入ると、父はいつもミケロブを、ロビンはシャーリー・テンプルを飲む。グレナデンシロップをソーダで割った、アルコールを含まないカクテルだ。彼女が最初にそれを注文した時、父は、目を丸くした。

「どこで、そんなもの覚えて来たんだ」

「はやってるだけよ。赤くて綺麗じゃない」

「酒を飲む人種とつき合ってるんじゃないだろうね。ニューヨーク州の法律では、二十一歳以下は飲めないよ、知ってるね」

「二十一歳以上の人とカフェに入ることだってあるでしょう。でも、私は、法を守ってこれなのよ」

「それは、誰なんだ。ロビン、きみのボーイフレンドは、そんなに年上なの？」

「マムよ、マムとソーホーのカフェに行くだけ」

父は、ほっとしたような表情を浮かべた。本当は嘘だ。クラブに行けば、大人たちがごろごろいる。そして、二十一歳以上だと嘘の証明をするＩＤカードなど、ダウンタウンの街角では、すぐに手に入るのだ。アップタウンの悪がき連中を相手にして来たくせに、この人、すっかり勘が狂ってる。ロビンは呆れながら、グラスの中の山程サーヴィスされたチェリーをつまんで口に入れた。

「そのチェリーの数、多過ぎるんじゃないのか？」

ロビンは、隅のバーカウンターにいる青年を目で指した。

「ダディが、ヤンキースファンだって解ったんじゃないの？　だから娘に良くしてくれているだけよ」

「ロビン、きみ、ボーイフレンドが出来たら言わなきゃいけないよ。ニューヨークではどうなの？」

「それは、私個人の問題よ」

「答えなさい」

ロビンは、うんざりして、口に入れかけたチェリーを父の前にかざして見せた。(チェリーには俗語で処女の意味もある。)

「ダディ、あなたがこれを失ったのが十四歳だったからといって、娘まで同じだと思わないで」

「誰からそんなことを聞いたの?」

「アンクル・ウィリアム」

「仕様がないなあ、ウィリーったら、子供相手に」

「日曜日の礼拝で家族全員が教会に行ってしまった時にだったんでしょう? 年上、しかも、学校の先生と。信じられないわ、それで今、自分も先生やってるなんて」

父は、ビールの瓶を手にしたまま、呆気《あっけ》に取られていた。

「でも仕方ないわよ。子供は好奇心が強いんですもの。すごくそそる女の人だったそうじゃない?」

「……どうして、ウィリーがそんなことを知っていたんだろう」

真剣に考え込む父を見て、ロビンは意地悪な気持になった。親というのは、いつだって自分を差し置いている。

「ダディ、もっと賢くならなくっちゃ。家にいなかったアンクル・ウィリアムが何故知ったか。それは、彼も、その人としたからに決まってるじゃないの」

絶句した父を無視して、彼女は続けた。

「女は、寝た男にぺらぺら秘密を打ち明けるものだけど、あなただけは、気を付けなさいって、マムに言われたわ。彼女も、ダディ、あなたに、まだうんと秘密を持ってるんじゃないかな」

「そんなことないよ。ぼくたちは、きちんと話し合った末に、こういう道を選んだんだし」

「マムが、初めて男の人とそういうことしたの何歳で誰とだったか知ってる？」

「十七歳。同級生だろ？　フットボールやっていたっていう……」

「白人？　黒人？」

「同じイタリア系だって聞いたけど」

ロビンは吹き出した。その直後、父親に対してこんなふうに感じて良いのだろうかと、少しばかりとまどった。ダディって、可愛い。

「何も知らないのね。彼女が初めて男の人と寝たのは十四歳、あなたと同じ歳よ。フットボールやってたってのは当たってる。ただし、同級生のアマチュアなんかじゃない。ジャイアンツの選手よ」

呆然《ぼうぜん》とする父の耳許に、ロビンは、その選手の名を囁《ささや》いた。驚きの声を上げる彼を制して、彼女は言った。

「ダディ、あなたと同じアフリカ系よ」

「信じられない」

「大失敗だったって、彼女、言ってたわ。グルーピーの前で得意になってた自分を今でも恥じてるって。だから、私には慎重になってもらいたいんだって。でも、そんなの間違ってる。マムと私は違う人間だもの。そんな心配されるのって、すごく嫌。自分の過去への後悔をハーモニーと私に、あの人は押し付けようとしてた」

父は、しばらくの間、無言でいたが、やがて、低い声で笑い出し止まらなくなった。ロビンは、肩をすくめて、どうしたものかと上を向き、高い天井からぶら下がる大きな扇風機が回るのをながめていた。親と子供は別の人間。それを悟る時期は、子供の方が、はるかに早い。ロビンは、それを知らせようとやっきになっていた。ハーモニーに遅れをとっているような気分だったのだ。

ふと視線を感じて、そちらを向くと、カウンターの中の青年と目が合った。彼は、両肘をつきながら、片手を振って見せた。首にかかる髪が、帽子の後ろではねていた。やんちゃなその風情を、ロビンは好ましく感じた。腕白坊主みたい。でも、二十一歳以上なのは確かなんだわ。

「彼が気に入ったの?」

父の言葉に我に返って見ると、彼は、テーブルの上で両手を組んで微笑していた。その様子は、お節介な父親にも、自分を正しいと信じている教師にも見えなかった。一年ぶりに会った娘の成長をただ楽しんでいるふうだった。先程の会話が、ロビンへの接し方を変えさせたのかもしれない。

「そんなんじゃない。もし、そうだとしても意味ないわ。私、ここの住人じゃないんだもの」

「友達になれば良いじゃないか」

「ダディったら……友達になる男とそうでない男は種類が違うってすぐ解るのよ」

そう言った瞬間、ロビンは、顔を赤らめた。つまり、自分は、あのヤンキース帽の男の人を悪くない、と思っているのだ。

「友達から始めるんじゃないのかい?」

「そういうのって、大人が、自分たちをごまかすために使う手段よ。ラヴジョーンズがあるくせに、断わられた時のために逃げ道残してる」

「ラヴジョーンズ？」

「そうよ。映画観なかったの？　恋の化学反応《ケミストリー》のことだわ。抱き合うことを前提として会うくせに、隠してるなんてずるい。本当にそんな気持がないのだったら、それは友達になれるけど」

「じゃ、やっぱり、彼に何か感じてるんじゃないか」

「それより、ダディ、あなたはどうなのよ。恋人はいないの？　もう一年だよ」

「いて欲しいの？」

「ガールフレンドと二人で、あの家に住んだら、生活も楽だと思うのよ。アンクル・ウィリアムはあの通りだし、グランマのお給料だってたいしたことないだろうし、ハーモニーは、くだんないものばっか買ってるし、見た？　彼のローラーブレイド。まあ、それはともかくとして、ダディのお給料だけじゃ大変だわ。高校教師なんて、勤務外の仕事だって山程あるのに、お金持になんてなれやしない。車だってぼろぼろじゃない。ハーモニーの自転車《バイク》の方が、もしかしたら高いんじゃないの？　絶対に、高給取りのガールフレンドを見つけるべきよ」

一息にまくし立てるロビンを、父は、さも愉快だというように見詰めた。

「だんだん、きみの母親に似て来たなあ」

テーブル越しに体を近付けて、彼は言った。

「心配してくれてありがとう、と言いたいところだけれど」

彼は、ロビンの頬に口づけた。

「それこそ、これは、ぼく個人の問題だ」

ロビンは、気恥しくなり下を向いた。やはり、自分は、子供なのだ、と確認したような気分だった。

「問題をすり替えるのが上手くなったな」

「マムを、まだ、愛しているの？」

「チェリー、もっと頼んでやろうか？」

二人は、同時に笑い出した。

「やっぱり、私って、ダディの娘だわ」

二人は、立ち上がり、会計をすませて外に出た。ロビンは、去り際に、カウンターの中の青年に向かっておどけたように手を振る父を、なかば本気で諫《いさ》めた。


今日こそは、二人そろって教会に来なくてはいけません、と祖母にきつく言われた日曜日の朝、ハーモニーとロビンは大慌てだった。朝食を詰め込む彼らの横で、父がシャツにアイロンをかけていた。祖母は、礼拝の前にミーティングがあるとかで、とうに家を出ていた。

「ダディ、あなたも本当は行きたくなかったんじゃないの？　ニューヨークで教会なんか行ったの友達の結婚式くらいだったじゃない」

「そんなことないよ。たまには、神の前で教えを乞わなくては」

「本当かなあ。二時間半も続くあんなサーヴィス、皆、ありがたいと思ってるのかなあ」

ハーモニーが、グリッツ（ひいたとうもろこしを煮た南部特有の朝食）にバターを落としながら言った。二時間半という長さに、ロビンは驚いた。

「二時間半って、そんなに長いこと何するの？」

「歌、お説教、コミュニティの報告、聖書を読んで、皆の前で懺悔《ざんげ》して、えーっと、それから……」

「なんだか、今から、くらくらして来た」

「ロビン、きみ、皆の前で自己紹介させられるよ、初めてだから」

「えーっ!?」

　双子たちのやり取りを聞いて、父は苦笑した。

「教会メンバーのすべての人たちが、あそこを大切な拠り所としてるんだよ。パーティ代わりと思えば良いじゃないか。それに、今日は、シカゴから人気の説教師を呼んでるんだ。楽しいかもしれない」

「人気説教師!?」

　神聖な場所にそぐわない気がする。説教って、パフォーマンスだったかしら、とロビンは思う。ハーモニーは、うんざりした表情を浮かべナプキンで口を拭った。

「しかも、女だぜ。今日は、ウイメンズデイなんだってさ。なんで、ぼくとダディまで行かなきゃなんないの？」

「ママは、見せたいんだよ。信心深いジョンソン一家を」

「グランマって、まるで、そのことしか頭にないみたい。ロビン、知ってる？　彼女、毎日、教会に通ってるんだぜ」

「ハーモニー、無駄口を叩いてないで、皿をシンクに運んどけよ。シャツのアイロンまだなんだろう?」

「あー、面倒臭い。ブルースマンがなんだって、ドレストアップしなきゃなんないんだか」

「神に対する礼儀だろ」

「ダディ、ぼくの名前は、ロバート・ジョンソンなんだぜ。クロスロードで悪魔と取り引きしたブルースマンと同じなんだから」

父は、椅子にかかっていたハーモニーの皺だらけのシャツを彼に向かって投げ付けて言った。

「うる《シャッタ》せ《ファック》え《アップ》!!」

ああ、とロビンは額に手を当てた。神様の御教示は、もう既にだいなしになっている。ジーザス・クライスト、罪深き我らを許したまえ。そう呟きながら口に運ぶ父の作ったグリッツは、死ぬ程、まずい。

教会は、ロックフォート川沿いにあった。途中、ロビンが、この町は教会だらけなのではないかと思った程、それらは、あちこちに点在していた。大きなものも小さなものもあった。豪華な建物も、みすぼらしい小屋のようなのもあった。そのいずれにも、人々は列を作り集まりつつあった。そして、その列は、はっきりと黒人と白人に別れていた。ロビンは混乱したが、父の車から降りたハーモニーは、迷うことなく黒人教会の扉に向かい、彼女は、その後に続いた。入口で、ハーモニーは、何人ものメンバーの女性たちに抱擁されていた。遅れて入って来た父が、受け付けにたむろする人々にロビンを紹介した。穏やかに微笑む年配の女性が、彼女の頰に口づけた。ラベナックル教会へようこそ。その深い声を耳にしながら、自分は、見ず知らずの他人にここまで歓待されたことはない、と彼女は思うのだった。

教会内は、建物を取り囲む二階の通路まで人で埋まっていた。三人は、祖母の隣に場所を開けてもらい腰を降ろした。見渡すと、ウイメンズデイだというのに、何人もの男の姿も見える。オルガンやピアノだけでなく、バンドが入るのか、片隅にドラムやキーボードなどが並んでいる。

「コンサートでもやるの？」

「ま、似たようなものかな。キーボード弾いてるの、ぼくの友達なんだ」

ハーモニーは、そう言いながら、斜め前方で、しきりにこちらを振り返っている女に向かって片手を上げた。すると、彼女は、嬉しさをこらえ切れないというように笑い、小さく手を振った。大きな口から惜し気もなく見せた歯並びが美しかった。髪を高々と結い上げて正装している。あれが、ハーモニーのベイビーなのかしら。ロビンは、パンフレットを開く彼女の手入れされた長い爪や、高い頬骨に薔薇色にかすむ紅の入れ方などを観察した。それにしちゃ、ずい分、年上みたいだけれど。

礼拝は始まり、式は、パンフレットに書かれた次第通りに進んだ。ロビンは、皆がするように、立ち上がり、歌を歌い、牧師の朗読する聖書を目で追い、そして、自らも朗読した。自己紹介も、立って、名前と出身を述べるだけで良かった。別に変わったところなんてないじゃない。ただのチャーチサーヴィスだわ。ただし、長いけど。そう思いながら、欠伸《あくび》をこらえていた。

場の雰囲気が変化し始めたのは、ローブをまとった聖歌隊が壇上に並び合唱し始めた頃からだ。次々と人々が立ち上がり、足を踏み鳴らし、リズムに合わせて手拍子を打った。ロビンが呆気に取られている内に、ふと気付くと、腰を降ろしているのは、彼女だけになっていた。ハーモニーも、歌いながら両手を上げて踊っている。ジーザス、ジーザス、ジーザス　オン　ザ　ロード!!

「どうしたの？　ロビン、あなたものらなきゃ《ジャミン》」

　ジャム!?　そんなストリート言葉が祖母の口から出たことに、ロビンは仰天した。ハーモニーが彼女の腕をつかみ、立つように促した。ロビンは、恐る恐る、足を踏み鳴らした。すると、どうだろう。体までが、それを待っていた、というように喜びで揺れる。皆がするように両手を前にかざし左右に動かすと、歌詞が旋律に乗り口から飛び出して来る。クラブで踊るのとは、まったく異なる快感が、彼女の全身に走った。まるで、自分の体が音楽の源になったみたいだ。まさに、今、私は、音楽を創り上げている。そして、その瞬間に溢《あふ》れ出る熱で、人々と交歓している。これがゴスペル？　天国に向かうための音楽ってやつなの!?　彼女は、いつのまにか我を忘れていた。Thank you, Lord, thank you!!!

　曲が終わると、誰もが、電池が切れたように腰を降ろした。皆、汗をかいていた。ロビンが、もう終わりなのかと、物足りなく感じていると、今度は、男女二人が前に出て来た。いつのまにか、ピアノやドラムなどの楽器の前に、人が待機している。どうやら、二人のかけ合いらしい。

「デュエットなの？」

「しっ、あの二人はすごいんだ」

　ハーモニーは、人差し指を立てて、ロビンを遮《さえぎ》った。教会に行きたくないと駄々をこねていた人とは思えない熱心さだった。

　男女は、見事なかけ合いで、世の中のやるせなさと、それを救おうとする神への愛を歌い始めた。女の声は、ロックフォートにいくつも流れる小川《クリーク》の水を思い出させた。とろりと静かな水。木から下がるスペイン苔《ごけ》だけを揺らす。そして、男のそれは、この土地の深い闇みたいだ。月の青さをあまりにも引き立てる。そして、その光は、眠りにつく草木を輝かせて笑う。

あちこちから、すすり泣きの声が洩れた。突然、後ろの席の老婆が叫んだ。私の息子を返して!! 死んじゃったの死んじゃったの死んじゃったの!! 通路にいたメンバーたちが、老婆の体を抱えるようにして外に連れ出した。叫び声は遠ざかって行ったが、それは、今、歌っている男女への絶妙な合の手のごとく、いつまでもロビンの耳に響いた。

いきなり手を握られて横を向くと、驚いたことに、ハーモニーが泣いていた。下を向いた彼は、目を固く閉じ、歯を食いしばっていたが、嗚咽《おえつ》が洩れていた。涙は溢れて、スーツのパンツに染みを作っていた。

ロビンは、無言で、彼の手を握り返した。汗で濡れた彼の手の熱さを感じて、彼女は、唐突に思った。私たち、双子だったんだわ。彼のすべての思いが、自分の中に流れ込んで来るような気がした。私たち、生まれる前から一緒にいたんだ。かけがえのない人。彼女は、心の内で呟いて確信した。この先、どんな男の人を好きになっても、彼に代わる人はいないのだ。そう思うことは、生まれて初めて、彼女に、兄を心の底から愛していると感じさせた。どうして、この場所で？ 彼女は、自らに問いかけたが、やがて、考えるのを止めた。そんな必要はないのだ。ここには、絶対、しかない。真実しかない。あえて、自分が言葉にする必要はない。だって、神様がしてくださるんだもの。

初めての体験が続き、三時間近くにも及ぶ礼拝が終わり教会の外に出た時、ロビンは疲れ果てていた。三人は、昼食をバナナカフェでとるために、川沿いのボードウォークを歩いた。祖母は、教会のメンバーのお茶会に出席すると言って、彼らを見送った。

ハーモニーは、先程泣いたのが嘘のように落ち着いていた。まるで憑《つ》き物《もの》が落ちたみたいだ、とロビンは思った。そういう自分の心も、妙に静かだった。何か内側で渦を巻いていたものが、一気に噴出して消えてしまったようだった。あの人たちは、どうしたかしら、とロビンは、説教の最中に倒れた何人もの人々を思い浮かべた。

人気女性説教師を、人々は、熱狂の中で迎えた。女たちは、言われるままに、中央の通路に集まり、説教師のために道を開けた。彼女は、花道を歩くように、説教をしながら人々の間を進んで行ったが、その話し方には次第にリズムが付き、手振り身振りは、まるでダンスをする時のそれらのようになって行った。まるで、ラッパーみたい。ロビンは、そのエンターテイナーさながらの説教のスタイルに度肝を抜かれた。ミッシー・エリオットみたいに履いているスニーカーを投げても不思議じゃないわ。女たちは、愛の源!! 説教師は叫んだ。私たちは、いつも神に見守られている!! その絶叫は、自然に歌へと移行し、女たちの体を揺らし始めた。これって、お説教なの? それとも、ゴスペルなの? 圧倒的な迫力に付いて行けずに、ロビンは、女たちの列には並ばず、遠巻きにして成り行きを見守った。

「アレサ・フランクリンが乗り移ったんじゃないのか」

横で、ハーモニーが、呆気にとられて呟いた。

女たちは、体を震わせ始め、やがて、思い思いに叫び出した。関節が外れたように踊る者も続出した。説教師は、そのひとりひとりに手を当てる。すると、そうされた女は、意識を失い、まるで棒切れのように倒れるのだった。予想された事態なのか、男たちが、すみやかに担架を持ち込み、倒れた女たちを乗せ、白い布をかけて外に運び出した。前にいた老婦人も泡を吹いて痙攣《けいれん》していたので、ロビンは、すっかり怯えてしまい、ハーモニーのスーツの上着の裾をつかんだ。祖母は、神への感謝の言葉を途切れることなく呟いていた。いったい《ウァッタ》どう《ヘルズ》なっちゃ《ゴーイング》ってる《オン》の？そう。あの人たちはどうしたんだろう。まだ、気を失ったままなのだろうか。ロビンは父に尋ねた。

「さあ。天国から戻って、今頃、バイ・ロウで、ランチ用のヒーロー（サンドウィッチのパンの種類）でも買ってるんじゃないのか？」

父は、冗談を言っているふうでもなく、淡々とした様子でバナナカフェの扉を押した。

昼食の時間をとうに過ぎているせいか、カフェには客がほとんどいなかった。バーカウンターの中には、やはり同じ青年がいて、父とロビンの姿を認めて片手を上げた。彼の赤いヤンキース帽と店の雰囲気に、自分たちの正装があまりにもそぐわないので、ロビンは恥しくなり下を向いた。

「あの男が気に入ったの？」

席に着くなり、ハーモニーは、いつかの父と同じ質問をした。

「そんなんじゃない」

と、ロビンも、あの時と同じ答えを返したものの、自分の頬が、またもや赤くなっていることに気付いて慌てた。

ハーモニーは、不遠慮に青年をながめまわした。ロビンは、舌打ちをしたい気分だった。教会では、ものすごく愛してるなんて感じたけれど、やっぱり、もう知らない。私は、断然、ジョシュ・ハートネットの方を、ジョシュ・ハートネットの方を……本当にそうだろうか。

「あいつ、ジョシュ・ハートネットにちょっと似てない？」

ロビンは、飛び上がりそうになった。全然似てやしない。断固として否定する。

「誰だい？　そのジョシュなんとかって」

父の問いに、ハーモニーは、にやにや笑って、ロビンを見詰めながら答えた。

「俳優だよ。戦争映画の中で、色付き人種を山程殺してる小僧だよ」

「ハーモニー、あんたなんか大嫌い」

「あ、そういや、プロム（卒業パーティ）で引っ掛けた女の子を置き去りにしたひどい奴でもある」

「殺してやる」

ハーモニーは、笑いながら注文したアイスティを啜った。ロビンのシャーリー・テンプルには、やはり、いくつものチェリーが浮かんでいた。興味深そうにグラスを覗き込んで、ハーモニーが言った。

「名前、聞いて来てやろうか」

「彼のことは、ほっといて」

「このままじゃ、ここに来るたびにチェリーの数が増えてくぞ」

今度は、父が笑った。ハーモニーは、ロビンの耳許で、声をひそめて尋ねた。

「白人の男が好きなの？」

「いい加減にして」

「白人好みだなんて、ダディと同じだな」

「うるさい。自分だって黒人好みでしょ、マムと一緒よ」

父は、呆れたように二人をたしなめた。

「この辺では、人種に関する冗談は、あまり通じないんだから止めなさい」

「ぼくたちは、家族の血筋について話してるんです」

「そうよ」

とは言うものの、ロビンも、自分が異性に対して、どういう嗜好《しこう》を持っているのか、はっきりと意識したことはない。ただ、心ときめかせて来たのは、白人の男の子ばかりだったような気がする。でも、だからどうだって言うの？　とロビンは思う。肉より魚が食べたい、というのと、さほど変わりがないように思える。私は、フィッシュサンドウィッチを頼んで、ハーモニーは、チーズバーガーを頼んだ。それと、どう違うの？　ロビンは、フィッシュサンドウィッチしか、あるいは、チーズバーガーしか食べてはいけない、とあらかじめ決められた世界の存在を知るには、まだ幼な過ぎた。

化粧室《バスルーム》に立ったハーモニーの帰りが遅いので、あたりを見渡すと、彼は、いつのまにか、バーカウンターの青年と話し込んでいた。ロビンは、逃げ出したいような気分になり、父に救いを求めるような調子で言った。

「ダディ、どうしよう。ハーモニーって、全然変わってない。自分のしたいことばっかりして、少しも人の気持なんて考えてない」

父は、肩をすくめて、言った。

「きみの兄さんだろ？」

「あなたの息子よ」

「彼は、変わったよ。きみには、まだ解らないだろうけど、この土地に来たのは彼にとっては良い選択だったかもしれない」

「どういうこと」

「ここには、彼の現実《リアリティ》がある」

ロビンは、父の真意を理解しかねて、目で問いかけた。彼は、ただ穏やかな様子で、何も答えずに、アイスティに口を付けた。

「ショーン」

席に戻って来たハーモニーが、ロビンの耳許で囁いた。彼女は、怪訝《けげん》な表情を浮かべて兄を見た。

「彼の名前だよ。トレーラーハウスに住んでるんだってさ。うちから、そんなに遠くないところだよ」

「それが、どうしたって言うの」

「別に。名前聞いただけだよ。お前の名前も言っといた」

「余計なことしないで！」

ロビンは、フレンチフライを投げつけた。おどけたように身をかわして彼は続けた。

「妹は、八月の終わりには、ニューヨークに帰ってしまうって言ったら、今度来るのはいつかって聞いてたよ。ねえ、ロビン、いつ来るんだい？」

もう来ない。ロビンは、拗《す》ねて横を向いた。本当にそうだろうか。なんだか、またこの土地に戻って来るような気がする。それも近い将来。彼女は、ここの空気に、まだ慣れていなかった。それは、もっと知りたいという思いを彼女の心に抱かせた。馴染んでいない好ましいものは、いつだって、人の気を引く。好ましいもの!? 彼女は、ひとりごちる。私は、ここが、決して嫌いではない。

人も自然も軽みを持たない土地。自分の汗を吸った毛布のように、わずらわしく、けれども、時に人を安心させる。自分は、まだ何も解っちゃいない。だって、ただの訪問者だもの。でも、訪問者だからこそ、見えるものだってある、と彼女は思う。住人にはなりたくない。面倒臭そうだもの。けれど、少し慣れた訪問者にはなりたい。昔、こっそりと出掛けた夜遊びだって、最初は、どぎまぎして楽しむどころではなかった。クラブに足を踏み入れるのが当り前になったら、つまらなくなった。一番楽しかったのは、少しだけ慣れた時だった。そこだけに通じるドレスコードで装い、常連に近付くことに喜びを覚えた。けれど、自分が常連になったら、もうどうでも良くなった。楽しむこつは、もの慣れないことなのだ。

「ねえ、ハーモニー、自分は、ここに溶け込んでると思う?」

「ここって、南部ってこと? 全然。たぶん、ぼくもダディも永遠に溶け込まないよ。でも、だから、好きでいられるのさ」

「ブルースマン志望のくせに」

「馬鹿だなあ。ブルースは、いまや選択の音楽なの。ジャズと一緒だよ。ゴスペルとは違う。だから心惹かれるんじゃないか。ロビン、おまえの友達の黒人で、ブルース聴いてる奴なんている?」

ロビンは、首を横に振った。

「だろ？　限定品なんだよ。それも、ジャズなんかより、ずっと狭い場所にある限定品。ぼくは、いつだって、そういうものが好きなんだ」

「でも、教会では、ずい分、感動してたじゃないの」

「そこが不思議なんだよなあ。行きたくない、行きたくないと思ってるのに、教会に行くとああなっちゃう。神様に一番近い場所にいると感じちゃう」

「いたのかしら、私たち」

ハーモニーは、首を傾げて、ロビンを見た。

「神様に一番近い場所に」

二人は、一瞬見詰め合い、そして、すぐに、ばつが悪そうに目をそらせた。神様に不慣れな子供たちは、同時に照れたのだった。

「いたってことを信じようよ」

父が、呑気にフライドチキンにかぶり付きながら言った。ハーモニーが、相手にしない方が良い、というように、片手を顔の前で振った。実際、子供たちのお喋《しゃべ》りに飽き飽きしたらしく、父は、ただ黙々と目の前の料理を片付けていた。きっと、ブルースや神様どころではない問題が、彼の中で、山積みになっているのだろう。もしかしたら、彼が一番、生まれ育った筈の南部に慣れようと努力しているのかもしれない。チキンにホットソースを山程かける父を見て、ロビンは、そんなことを思うのだった。

夏休みは、ゆっくりと過ぎて行った。まだこんなにもあると思っていたコーンの上のアイスクリームが、いつのまにか、無心に舐《な》めている内に削り取られていた。ロビンは、残り少なくなった休暇を、そんなふうに感じるのだった。舌の上の甘みは、舐める側からはかなく消えて行く。夏休みは、いつも、あっと言う間に終わりを迎えるものだけど、と彼女は残念がる。今回は、ことさら早いみたい。特別に何かをしたという訳でもないというのに。

母は、時々、電話をして来た。当たりさわりのない近況報告の後、ロビンは、ハーモニーに受話器を渡すのだが、彼の受け答えは、きわめて素っ気なかった。あなたが恋しい。空港に迎えに来た車の中で言ったように、何故、伝えないのだろうと、ロビンは、兄の態度を歯痒《はがゆ》く感じた。教会で感極まって泣いた時の彼の心情は、母への思いと決して無関係ではないような気がする。それとも、自分が感傷的過ぎるのだろうか。自分が父との再会を何の抵抗もなく受け入れた、その余裕がそう思わせるのだろうか。人を離れ離れにするのは、決して物理的な距離ではないのだ、とロビンは、ハーモニーの電話口での固い声を聞く。自分から扉を閉めれば、いつだって、その人と別れられるのだ。そして、ある種の人々は、閉めたくない扉を閉めることもある。自らの意志なのか、それとも反射的にそうしてしまうのか。ロビンには、解らない。電話を切った後のハーモニーは、いつも、自分の部屋に入ってしまう。それこそ本当のドアを閉めて。その様子を見て、彼女は決意する。私は、絶対に自分の中の扉を閉ざしたくない。それは、自分が心にかけている人々から、自身も同じようにされたいからだ。まるで相容れないように見えるけど。ロビンは、ひとりで納得する。母と兄は、よく似ている。

ウィリアム伯父以外の全員が、仕事に行ってしまった昼下がり、ロビンは、退屈を持て余して外に出た。家の前の小径を歩きながら、ロビンは、たちまち後悔した。厳しい暑さと承知していながらも、その日は、午前中から百度（華氏。摂氏約三十八度）を越えていた。家に引き返すにしても、長く歩き過ぎていて、うんざりした彼女は、ハイウェイに出た。その角には、ランドリーやピッツェリアなど、いくつかの小さな店が軒を連ねていた。昼時の食べ物の匂いを嗅ぎ、彼女は、急に空腹を覚えた。あれこれ迷った末、サブウェイでサンドウィッチと飲み物を調達しようと思った。そこの冷房に当たって汗を引かせた後、我慢してもう少し歩き、沼地のほとりの木陰で昼食にするつもりだった。たったひとりのピクニックも悪くない。

彼女は、中に入り、注文を待つ人々の列の最後に付いた。壁に貼られたメニューを見上げていると、二、三人前で順番待ちをしていた男が声をかけた。

「やあ《ハィ》」

ショーンだった。

「きみの分、買おうか。おれのが先だから」

まるで予期していなかった再会に、ロビンは、すっかり動転していた。

「中身は何？　パンは？」

「あ、じゃ、ターキー。パンは、ブラウンのやつ……」

ロビンは、財布から紙幣を出してショーンに差し出そうとしたが、彼は、無言で遮った。彼女は、列から離れて、彼の後ろ姿を見ていた。自分が、サンドウィッチを待っているのか、彼を待っているのか、すっかり解らなくなっていた。偶然の再会を喜ぶ余裕などなかった。食欲は、とうに失せていた。足踏みをしたいような気になった。落ち着きを失くしている、と思った。私、あがっているんだ。ドレッシングと野菜はどうするか、と彼が振り向いて尋ねた時も、その意味を把握するのに少しの時間を要した程だ。

「全部はさんでいい？」

ショーンの問いかけに、曖昧《あいまい》に頷いた後、彼女は、ようやく自分が何を頼もうとしていたのかを思い出した。

馬鹿みたいだ、と彼女は思った。男の子に胸をときめかせたのは初めてなんかじゃない。放課後にたむろする仲間《ハング》たちのひとりには、いつも、特別な感じを抱いていた。ボーイフレンドガールフレンドになってあげても良いけれど、あなたは、どうしたい訳。そんな高飛車な態度で彼らに接して来た筈だ。それなのに、今、サンドウィッチを買ってもらうだけで、こんなに常軌を逸している。でも、仕方ない、と彼女は、彼の広い背中を見詰める。私の回りの男の子たちは、誰ひとりとして、二十一歳以上じゃなかったんだもの。

自分を落ち着かせようとやっきになっているロビンの許に、サンドウィッチの袋を手にしたショーンが歩いて来た。その姿を見て、再び彼女は度を失った。彼の抱えている紙袋は、ひとつだけだったからだ。どういうこと？　一緒に食べようとしているの？

彼女の思惑になど、まったく気付いていない様子で、彼は言った。

「どこで食べる？」

「あの、この先の教会脇の道を入ったとこの沼のほとりで食べようとしてたんだけど……」

「焼け死んじゃうよ」

ショーンは、言って笑った。

「おれのトラックで、どこかに行こう」

断わらなくては。ロビンは、あせった。けれど、どうしても否定する言葉が口から出て来ないのだった。知らない人の車に乗ってはいけません。母の声が聞こえたような気がした。でも、マムが、そう言ってたのって、はるか昔、私が小さな子供だった頃のことじゃないの？　今の私に、それ、当てはまる？

自問自答している内に、いつのまにか、ロビンは、古びたダットサンの助手席に乗っているのだった。そして、車は、ハイウェイを走り、いくつもの小川《クリーク》を越えた。途中、ショーンは、ガスステイションでトラックを停め、ストアに入り、自分のためのライトビールのパックと、ロビンのためのアイスティの大瓶を買って戻って来た。

「アイスティで良かったかな？」

ロビンは頷いた。

「シャーリー・テンプルなかったもんだから」

「そんなのいいんです」

「飲みたかったら、いつでも、おれが作ってあげるから」

ショーンは、微笑みながら、ロビンを見て、煙草を吸って良いかと尋ねた後、マルボロライトに火を点けた。煙草を吸う人を久し振りに見た、と彼女は思った。体に悪いのに。彼の片方の目が、最初の一服の煙で歪《ゆが》んだ。でも、全然、嫌じゃない。

「静かだね、ロビン。いつもそう？」

「そんなことないけど」

「どっか、やばいとこに連れて行かれるんじゃないかって心配？」

心配？　心配なのは、そんなことを考えもしない自分の方だ。どきどきしているのは、初めて口をきいた男の人の車に乗っているからじゃない。彼の車に乗ることが出来たからだ。

「よく知りもしない男の車に乗るなんて、何を考えてるんだ」

「え？」

「って、きみのお父さんなら言うだろうな」

ロビンは、ショーンの横顔を盗み見た。相変わらず、髪がヤンキース帽の下ではねている。帽子を取ったとこ、見てみたい。

着いた場所は、ロックフォート川の桟橋だった。平日だというのに、人々が並んで釣りをしている。長い夏休みを持て余した子供たちが、その様子を見物していた。

二人は、サンドウィッチと飲み物を抱えて、桟橋を歩いた。日ざしは強烈だったが、突端には、涼しい風が吹いていていた。

「この土地に、こんなに涼しい場所があるなんて」

ロビンは、海に続く川の幅の広さに驚きながら言った。河口の向こうには、どこまでも水平線が伸びていた。

彼らは、桟橋に腰を降ろして、昼食を広げた。ショーンは、ロビンにアイスティを渡し、自分のミラーライトの栓を開けた。上を向いて喉を鳴らす彼を見て、ウィリアム伯父とは、まるで違うビールの飲み方をする人だ、とロビンは思った。

「ニューヨーク出身なの？」

「え？　どうして？」

「ヤンキースの帽子かぶってるから」

ああ、これ、と笑って、ショーンは、帽子を脱いだ。風で、彼の髪が、ますますはね上がった。

「客の忘れ物。生まれ、フロリダだよ。行ったこと、ある?」

ロビンは、首を横に振った。ショーンは、そう、とだけ言って、サンドウィッチを頬ばった。唇のはしにマヨネーズが付いていたので、彼女は、そう伝えた。彼は、あ、と小さく呟いて親指で、それを拭った。そして、舐めた。その瞬間、どうしたことだろう。彼女の極度の緊張は、急速に消えた。代わりに、強烈な思いが湧いて来て、止めることが出来なくなった。思わず、こう口に出していた。

「ショーン、私、あなたのこと、もっと知りたい」

ショーンは、しばらくの間、無言で食べ物を咀嚼《そしゃく》していたが、それを飲み込むと、静かに言った。

「無理だよ。きみ、もうじき、ニューヨークに帰っちゃうんだろ?」

「まだ、十日ぐらい残ってる」

「十日で、おれの何が解るの?」

ロビンは、言葉に詰まって沈黙した。なんと返して良いのか解らない。彼女は、十日間だけの人間関係を作ったことなどなかったのだ。

「帰ったって、また来られるし、それに、手紙だって、電話だって、メールだってあるじゃない」

「そう言って、いつのまにか、つながり消えて行くんだよなあ。おれ、目の前にいる人間しか信じられない」

「じゃ、今の私は、少なくとも信じてるのね」

「たぶん」

そう言って、ショーンは、照れたように下を向いた。

離れた場所で、大きな魚が釣れたらしく、子供たちのはしゃぐ声が聞こえた。それをねらっているのか、かもめが何羽か頭上を旋回していた。ロビンは、上を見上げた。太陽の眩《まぶ》しさにめまいを感じて視線を落とすと、口を拭う彼の紙ナプキンが、補色の緑に見える。ありとあらゆる緑が存在するこの土地。でも、この緑の色が一番好きだ、と彼女は思いつく。

「明日も、私に会って」

「いいよ」

「あさっても、私に会って」

「いいよ」

「しあさっても……」

ショーンは吹き出し、自分の唇に付けた人差し指を、今度は、ロビンの唇に付けて、彼女を黙らせた。

その日から、二人は、毎日会った。彼の仕事が昼間の時には、その後で。夜の時には、その前に。たいていは、夕暮れから日の沈む前のほんのひとときだった。彼のトラックに乗り、家から少し離れた林や川べりを歩くだけだったが、ロビンは嬉しかった。彼女の夏休みは、それまでとは色を変えた。待ち望む時刻があることは、日々を倦《う》ませない。もしも、この先、十六歳の夏について尋ねられたら、彼女は、間違いなく、この数日について語ることだろう。新しい土地への驚きに、さらに、新鮮さが加えられたのだ。

夕食を全員でとることが稀《まれ》であったので、家族の誰もが、その時間に家を空けるロビンに気付かなかった。日が完全に落ちるのは九時ぐらいだったから、もし誰かがロビンの不在に気付いても、ひとりで出歩くのは危険だなどという考えにも至らないのだった。その時刻に、祖母は、教会のクラスを受けていたし、父は、課外授業やミーティングで忙しかった。ウィリアム伯父に至っては、家族が何人いるかも忘れているように生きていた。ただ、ハーモニーだけが、車も自転車もないのに彼女がいないのは、どうしたことかと訝《いぶか》っているようだった。散歩よ、と彼女は言った。そして、それは、嘘ではなかった。

その日も、ロビンは、ショーンに送られて家に戻って来た。これから仕事に行く彼に手を振り、玄関前の車寄せを歩いて来ると、ガレージからハーモニーが出て来た。自転車《バイク》の手入れをしていたらしく、汚れた布と機械油の缶を持っていた。

「なるほど」

ハーモニーは、腕組みをして、ロビンの顔と去って行くショーンのトラックを交互に見た。

「今、何時だと思ってるんだ」

「馬鹿じゃない？　まだ七時前よ」

ハーモニーは、げらげら笑った。

「ずい分、ぼろっちいピックアップトラックに乗ってるんだなあ」

「余計なお世話よ」

「冷たいなあ、恩人に向かって」

ロビンは、ハーモニーをにらみ付けた。

「あのねえ、私は、あんたにそそのかされたから、こうなったんじゃないのよ。私が、ちゃんと彼を選んだんだから」

「強気だなあ。この間と全然違う。彼の何が、おまえをそうさせたの？　彼のトレーラーハウスで何が起ったのかを兄に報告せよ」

「言ったでしょ、散歩してるだけだって。彼の住んでるとこには行ってない」

通りかかったことはあった。車の中から、あれがおれの居場所だ、と彼は告げた。叔父夫婦とその娘と住んでいるのだそうだ。それを聞いて、あんな狭い場所に寝泊まりするのは、どんな気分なのだろうと、ロビンは思った。彼は、自分とは、まったく違う人生を歩んで来たのだ、と感じた。

「あいつ、いくつ？」

「二十二って言ってた」

「へえ、その年で、飢えてるハイスクールガールに何もしないの？　信じられねえな。もしかして、おかまか《ファゲット》」

「紳士なのよ。あんたと違ってね」

「紳士!?　うーん、恋は、ダットサンをメルセデスに変える」

ロビンは、ハーモニーの脛《すね》を思い切り蹴とばした。彼は、うずくまり、いつまでも呪いの言葉を呟いていた。

明日は仕事が休みだから海辺に行かないか、とショーンが提案したのは、林の中の小径を歩いていた時のことだ。ロビンに、もちろん異存はなかった。それどころか、一日じゅう一緒にいられるという事実に、彼女は有頂天になった。車で一時間程のところに、あまり人の来ないパブリックビーチがあるという。

「そこで、凧《たこ》上げしよう」

「凧!?」

ロビンは、ショーンの顔をまじまじと見た。子供扱いしているんだろうか。ガールフレンドにしたいとは、これっぽっちも思っていないのかもしれない。ロビンは、途端に気落ちして下を向いた。ショーンは、とまどったように、彼女の顔を覗き込んだ。

「凧上げ、嫌いなの?」

「あなたは、好きなの?」

「うん。気持良いよ。見上げてると、空は天井じゃないって思うんだ。あんなに上の方でも風が吹いてるって。手を離したら、この凧、どこまで飛んで行くんだろうって、不思議な気持になる」

「どこまで行くと思う?」

「さあ。海に落ちて、今度は世界じゅうを回るのかも」

少年たちが、二人とすれ違った。その内のひとりは棒を持ち、木を叩きながら歩いていた。林の中を歩く少年は、何故、必ず棒を持つのだろう。ぼくたちの新しい基地のことは秘密にしておこう、と誰かが言い、他の全員が、誓います!! と声を上げた。ロビンは、突然、愉快になった。まるで、スティーヴン・キングの小説みたい。

蟬《せみ》の声が、うるさい程、あたりに響いていた。木洩れ陽が、林の中の水溜りに落ちている。空は、午後の終わりの気配を滲ませ、熱の引いた光の粒子だけを地面に降り注ぐ。二人の影が、そのシャワーを浴びて、道に長く伸びている。歩いても歩いても、その輝きは尽きることがない。

「もうじき帰っちゃうんだなあ」

ショーンが、ぽつりと言った。ロビンは、なんと返して良いのか解らずに、思わず彼の手を握った。

「これっきりにしたくないって言ったらどうする？」

ショーンは、無理矢理のように、軽く言って、ロビンを見て笑った。

「冗談だよ。子供は学校に戻らなきゃね」

「子供だと思うの？」

ショーンは、答えなかった。

「私、あなたには若過ぎる？　そうは思えない。あなただって、まだ爪上げが好きな子供じゃない。五年たって、同じこと言える？　あなたは、二十七で、私は、二十一。全然問題なんかないじゃない」

「五年後のことなんて解らないじゃないか」

「そうよ、だから……」

ロビンの言葉が終わらない内に、ショーンの唇が降りて来た。彼は、両手で彼女の頰をはさみ、ひとしきり口づけた後、その体を抱き締めた。彼の腕の中で、彼女は、泣きそうになりながら、小さく呟いた。

「問題は、今なのよ」

「そう思う?」

「目の前にいる人は信じられるって言ったじゃない」

顔を上げると、不意をつかれたようなショーンの瞳にぶつかった。私以上に、この人は困っている。年なんか、本当に関係ないんだ。ロビンは、新しい発見をしたような気になった。好きになった男の人は、いつだって自分よりも可愛い子供なんだ。きっと。

家に戻ると、そこでは、大変なことが起っていた。祖母と父の車、そして、ハーモニーの自転車まで車寄せにあったので、そうとは知らずロビンは、ばつの悪い思いで中に入って行った。ショーンと初めて互いの心を通じ合わせた後、家族全員の顔を見なくてはならないのは、居心地が悪かった。ロマンスと家族はまったく相容れない、と思いながら居間に行くと、誰もいなかった。庭で騒ぎ声が聞こえるので、バーベキューでもやっているのかと覗くと、ウィリアム伯父が、野球のバットを振り回しながらわめいていた。

ロビンは、慌ててポーチに走り出た。何事かとハーモニーに尋ねると、彼は、身構えたままの姿勢で言った。

「禁断症状《コールドターキー》ってやつじゃない? やばいなって思ってたんだ。ほら、彼、この二日間くらい眠りっぱなしだったじゃない。起きてても、具合悪いから酒飲めなくて、また寝てた。ああなった後って、いつもこうなんだ。一度なんて、ひどい腹痛で病院運んで点滴打って戻って来たら、こうなった」

「よくあることなの!?」

「まあね」
　父は、なんとかウィリアム伯父の手からバットを取り上げようとしていたが、振り回している
ので、なかなか近付けない。それでも側に寄ろうとして、殴られそうになるのを寸前でかわして
いる。そのたびに、立ちすくんだままの祖母が悲鳴を上げる。
「お酒飲ませれば治るんじゃないの？」
「今は、酒を飲むってこと自体、忘れてるよ。何せ、国防省と宇宙人が結託して彼を殺しに来て
るんだから」
「はあ!?」
　ウィリアム伯父は叫び続けていた。これが、野球のバットだと思ったら大間違いだぞ、実は新
しく開発されたマシンガンなんだ、おれを殺そうとすれば、これでやられるのは、おまえたちな
んだ、家族には手を出すなよ、レイ、あそこに停まっているキャデラック、あの金色のやつだ、
あれに気を付けろ、ずっと、おまえたちを見張ってる、知ってたんだ、おれは。
「ウィリー、あれは、ぼくのホンダだよ、落ち着いて!!　お願いだから落ち着いてくれ!!」
　ロビンは、泣き出した祖母の肩を庇《かば》うように抱いた。祖母は、組んだ両手を口に当て、何度も、
嗚咽の合間に神の名を呼んだ。彼女をどうにか落ち着かせて、ロビンが聞き出したところによる
と、起き出したウィリアム伯父は、最初、窓のブラインドの隙間《すきま》から落ち着きなく外をうかがっ
ていたのだという。そして、怯えたように身を隠すことをくり返した。その様子を不審に思った
祖母は、外に何がいるのかと尋ねた。ウィリアム伯父は、恐怖に顔を引きつらせながら答えた。
マム、おれたちは包囲されている！　祖母が外を見ると、もちろん、そこには誰もいない。そう

告げようと振り返ると、彼は、テーブルの下にうずくまって震えていたという。声をかけようとすると、静かに！　と押し殺した声で彼は言った。この家の会話は全部盗聴されているんだ。レイに連絡してくれ、ここに帰って来たら殺される。見ると、冷房の効いた室内だというのに、彼は、体じゅうから汗を滴らせている。目は、真っ赤に充血して、まばたきすらしない。銃を持って来てくれ！　彼は言った。祖母は、慌てて父の寝室に走り、銃を保管しているクロゼットに鍵をかけた。銃をくれ!!　彼は叫び続けている。祖母は、ハーモニーのビーチバッグから、大きな水鉄砲を持ち出して、彼に差し出した。彼は、安心したように、テーブルの下から出て来て、水鉄砲を構えたという。

そこに父が帰って来た。鍵を開ける音がするや否や、ウィリアム伯父は、ドアに走って行き、扉の横の壁に背中を付け、それが開けられるのを待った。そして、父が中に足を踏み入れるのと同時に、彼に水鉄砲を突き付けた。父は、驚きと笑いを交互に浮かべ、両手を上げた。

「ヘイ、ウィリー、いったい、なんだって家の中で水遊びしてるんだ？」

もちろん、父は、ウィリアム伯父が遊んでいるのではないのを、彼の様子から瞬時に悟った。ウィリアム伯父は、急いで父を中に引き入れ、ドアに鍵をかけて、そこに付いた窓から警戒するようにあたりをうかがった。

「よく無事だったな、レイ」

父は祖母を見た。彼女は、無言で首を横に振った。父は、まだ水鉄砲を構えて外を見ているウィリアム伯父の肩を抱いた。

「どうした、今度は、誰に追われてるんだ、兄さん」

譫妄《せんもう》の発作が起きる時、ウィリアム伯父は、いつも誰かに追われていると思い込むのだという。別れた妻の恋人が、ギャングスタを引き連れて来た時もあった。子供の頃に荒した墓地から幽霊が大挙して押しかけて来たこともあった。軍のSPが、戦車《タンク》に乗って彼を逮捕しようともした。そのたびに彼は病院へ運ばれる。追っ手から逃れるためだ、と父が説得するのだ。軽い時には、ロックフォートのメモリアル病院へ、重い時には、チャールストンの州立病院へ。やがて、彼は、けろりとした顔で戻って来る。そして、家族が気が付くと、もう酒を飲んでいるのだ。教会のメンバーが何度も彼を説得した。AA（Alcoholics Anonymous　断酒会）のリカヴァリーハウスにだって入った。けれど、一時的な効果しかないのだ。彼は、いつのまにか飲んでいる。ただ、飲んでいる。

祖母の話を聞きながら、ロビンは、しばらく前に、伯父と交わした会話を思い出していた。二人は、いつものように、庭に座り、ラッキーの通り過ぎるのをながめていた。ウィリアム伯父は、相変わらずグラスを手にしていた。オレンジジュースのようだったが、もちろんそこにはウォッカが溶けているのを、ロビンは知っていた。

「お酒って、おいしいんですか？」

「飲んだことないの？」

「シャンペール（瓶入りのシャンペンクーラー）なら。でも、ただのソーダの方がましって感じ」

ウィリアム伯父は笑った。彼にとって、シャンペールなど酒の内には入らないのだろう。

「酒がうまいって感じたのって、いつ頃までだったかなあ。あまりにも昔のことで、思い出せないよ」

「おいしくないのに飲むの？」

「おいしいとか、まずいとかの問題じゃなくなってるんだよなあ。水みたいなもの？　必要だから飲む。水と違うのは、そこにあれば、それをすべて飲み干さなきゃいられない。少しでも残っていると気になって寝られやしないんだ。全部飲み尽くすと、ようやく一日が終わる。安心するんだ」

「グランマのお菓子《スウィーツ》と一緒ね。教会でいただいたチョコレートの箱、もう空になってた」

「ほんとかい？　心配だなあ。ただでさえ、糖尿病の気があるのに」

ロビンは、おかしくなった。この人ったら、自分の依存症には、まるで気付いてないみたい。

「湾岸戦争の話、聞かせて下さい」

「別に。ただの戦争だったよ」

素っ気ない答えに、ロビンは落胆した。ウィリアム伯父のアルコール依存症は、湾岸戦争の経験に端を発しているのではないかと思っていたのだ。戦争は、未経験の者には、いつだってドラマティックに映る。

「ベトナム戦争のように、泥沼を這い回っていた訳でもないし、ベトコンに殺されかかったようなこともない。おれは、バーレーン駐屯地で、コンピューターの前に座っていただけさ」

「人を殺さなかったの？」

「殺したよ。たぶん、何千人も。でも、見ていないから解らない」

雨の木《レイントウリー》から、さらさらと水滴が落ちた。ウィリアム伯父は、今にも眠りそうに体を椅子に預けている。ロビンが、手にしているグラスをそっと取り上げようとすると、彼は、我に返ったように目を見開く。

「私、ニューヨークに戻りたくないなあ。夏が終わっちゃうの、つまんない」

ロビンが、そう言うと、ウィリアム伯父は、いつものように、とろりとした笑顔を彼女に向けた。

「好きな男でも出来た？」

「どうして解るんですか⁉」

「恋をすると、いつも夏を名残り惜しく思うものだろ？　冬でもなく、春や秋でもなく、何故か、夏」

「そうかもしれない‼　アンクル・ウィリアム、あなたは？　あなたが、夏を名残り惜しく思ったのは、最近ではいつ？」

「大昔」

ウィリアム伯父は、手にしたたるグラスの露をTシャツで拭いながら続けた。

「酒がうまかった頃の話だよ」

あの、いつも穏やかさを崩さなかった彼が、今、庭で暴れている。格闘は続いていた。ハーモニーは、ウィリアム伯父を羽交締《はがいじ》めにしようと試みては失敗し、尻もちをついていた。父は、バットをなんとか取り上げるために、彼の腕をつかもうとしている。

「おれのことは良いから、皆で、ここを脱出してくれ‼　さあ、手遅れにならない内に、マムと子供たちを連れて、あの飛行機に乗ってくれ‼」

バットの指す空には、夕闇を待ち焦がれたこうもりが、ぱたぱたと舞っているばかりである。

何かの冗談ではないのか、これは。ロビンは、目の前で起きていることが、現実とは、どうしても信じられなかった。けれど、抱き締めている祖母の肩の震えは本物だ。父は、このために、住み慣れたニューヨークを離れたのだ。愛する人々の抱える問題を共有するために。

ウィリアム伯父は、父とハーモニーを振り切って、庭を走り回った。疲れ果てたハーモニーが、地面に座わり込んだまま、その様子を呆気に取られた表情を浮かべて見詰めていた。

「そんなとこに隠れたって無駄だ!!」

ウィリアム伯父は、彼にしか見えない敵と戦っているようだった。バットは宙を切り、空気を揺らした。知らない人間が見たら、野球のスウィング練習をしていると勘違いしたことだろう。

「ダディ」ハーモニーが力なく呟いた。

「ぼく、ようやく、この世に幽霊なんかいないんだって思うことが出来たよ」

「脳みその中にしかね」

父は言って、ハーモニーに手を差し出して、彼を立ち上がらせた。

「疲れ果てるまで、戦わせてやるしかないな」

「疲れ果てる時なんて来るんだろうか。ぼくたちの方が、先にまいっちゃうよ。見てよ、あれ、すごい体力。体より心が先に疲れ果てちゃった人って手に負えない」

ロビンは、ウィリアム伯父の心を疲れ果てさせたものとは何だろうと考えている。アルコールは、薬？　毒？　それとも、彼の言うように、水なの？

その時、ハーモニーのポケットの中で、携帯電話《セルフォン》が鳴り出した。その着信音を聞きつけたウィリアム伯父が猛烈な勢いで走って来た。ハーモニーは、慌てて電源を切り、ロビンに向かって叫んだ。

「ロビン!!　居間に行って、TVかヴィデオのリモートコントローラーを持って来てくれ!!」

意味が解らずに困惑していると、もう一度ハーモニーは叫んだ。

「早く!!」

ロビンは、その見幕に飛び上がって、居間に走り、持って来たリモートコントローラーを、再び格闘している父に渡した。ウィリアム伯父は、ハーモニーに覆いかぶさって、彼の携帯電話を取り上げようとしている。

「ウィリー!!　本物の通信機はこっちだ!!」

ウィリアム伯父は、父に差し出されたリモートコントローラーに飛び付いて口に当て、救援を求めた。

ハーモニーは、ようやく起き上がって、服に付いた土を落とした。

「せっかくのペイデイだってのに、だいなし」

ウィリアム伯父は、それまでのことが嘘のように真顔に戻り尋ねた。誰の給料日だって？　ハーモニーは答えた。ぼくの。ぼくのだよ。ようやくこの日が来たってのに。その瞬間、バットは放り出され、本当に救援隊が到着したかのようなウィリアム伯父の喜びに満ちた叫びがこだました。イーッツ　ペイデイ!!

Chapter Two

"Harmony"

第2章 ハーモニー

激しい怒りを感じたことなど何度もあった。泣き叫びたい夜だって過ごしたこともある。もちろん、幸せに笑い転げた日々も思い出せる。ハーモニーは、その年齢で、自分が、すべての感情を味わったことがあると、そう思っていた。けれども、彼は、今、不思議な気分に包まれている。心に、ひたひたと押し寄せるその思いは、あまりにも曖昧《あいまい》で、彼は、そこに当てはめる形容詞を捜しあぐねて呆然《ぼうぜん》とする。悲しい、と言えば、少し悲しい気もする。苦しいのか、と尋ねられれば、そうかもしれない、とあやふやに答えざるを得ない。痛みを訴えるには、あまりにも心安らかだ。彼は、生まれてから初めて手にした感情を扱いかねて途方に暮れている。目の前の写真立てのフレームを指でなぞりながら、思う。うっとりする。まるで甘いお菓子を口にした時のようだ。けれど、たとえてみれば、その菓子の名は、チョコレートブラウニー。甘くて、苦くて、そして、あまりにも、やはり、悲しみに近い。

キッチンでは、祖母とロビンが、冷蔵庫の点検をしながら、感謝祭《サンクスギビング》のための買物リストを作成している。いったい、何に感謝するのか。こんな時にこそ、私たちは神に祈らなくてはならないのよ。祖母は言ったけれども、ハーモニーは、首を傾げてしまう。やっぱり、ぼくは、ゴスペルよりもブルースの方が好きだ。女とセックスのことばかり歌っている方が性に合う。いつも通りの感謝祭は悪くないとは思うけど。だって、七面鳥の丸焼きがうまいのは事実だもの。とろりとした肉汁《グレイヴィ》。味わい深い詰め物《スタッフィング》。ゴッド　ブレス　ユー、ロースト　ターキー!!

ロビンは強い奴だ、とハーモニーは感心している。自分にないものを持っている。夢見がちな自分と違って、現実を見ようとする。彼は、双子の妹を見るたびに、その健気さに不意をつかれる。健気な人間には、いくつかの種類がある。ロビンは、生きる技術の習得のために、貪欲《どんよく》に健気であろうとしている。自分が写真立てを撫でている間に、マカロニチーズのレシピを学んでいる。なんて奴だ。彼は、自身を情けないとつくづく感じる。けれど、そう思わせる人間が側にいてくれるのは、どれほど心強いことだろう。彼女は、既に新しい土地の生活にも慣れつつある。ベルク（ショッピングモール）の入口のアイスクリームショップで、パートタイムの仕事も見つけて来た。ショーンとも再会してデートを重ねている。それらの事実を思うと、突然、彼は、力づけられたような気分になる。やるじゃないか。ゴッド　ブレス　ユー、マイ　シス!!

ロビンが、ニューヨークに戻ってしばらくたった九月十一日の朝のことだ。始まったばかりの数学《マス》の授業が、いきなり中断され、外からのメッセージを受け取った教師は終わりまで戻って来なかった。休み時間になり、教室を移動しようとしたハーモニーの耳に、ロッカー前で騒ぐ生徒たちの声が飛び込んで来た。

「ニューヨークで飛行機事故だって」

ハーモニーは、ロッカーを閉めながら、振り返りざまに尋ねた。

「ニューヨークのどこ？　シティ？　クィーンズ？　ブルックリン？　それとも、バッファローとかあっちの方なの？」

聞かれた生徒は困惑したように肩をすくめた。

「ニューヨークってんだから、ニューヨーク市《シティ》なんじゃないの？」

ハーモニーは、彼の言葉に舌打ちをした。ニューヨークシティとシティは違う。シティとだけ呼ばれるその区域こそ、自分の生まれ故郷なのだ。他のアメリカ人とは違う。そう思わせるホームタウンなのだ。

もっと情報を得ようと、あたりを見渡すハーモニーの目に、足早に歩いて来る父の姿が映った。父は、険しい表情を浮かべて、彼の許に近寄って言った。

「すぐに家に帰るから車に乗りなさい」

ハーモニーがとまどっていると、父は、彼の腕をつかみ、出口へと促した。

「ダディ、いったい何が起ったの？」

父は答えずに、強引に彼を引っ張って行き、車に乗せた。その力の強さに、彼は、急に不安を覚えた。車の中でも、父は無言だった。その横顔を盗み見ながら、彼は思った。何か大変なことが起ったんだ。それも、今まで経験もしたことのない何かが。

家に入ると、祖母とウィリアム伯父がＴＶの前に釘付けになっていた。父とハーモニーの姿に気付くと、祖母は、電話の受話器を手にしたまま駆け寄り、二人に取りすがって泣き出した。父が、彼女を抱き締めて、背中をさすって落ち着かせようとする間、ハーモニーは、ＴＶの前に行き、そこで、信じられない光景を目にしたのだった。二機の旅客機が、マンハッタンの高層ビルに突っ込む映像が画面に映し出されていた。そのビルは、ワールド・トレイド・センター。母が働いている場所だった。

ハーモニーは、咄嗟《とっさ》に、ポケットから携帯電話《セルフォン》を取り出した。すると、寝椅子に座ったままTVを見ていたウィリアム伯父が、彼を見上げて言った。

「無駄だよ。何度かけても通じない」

そして、これが、テロリズムによる可能性があること。沢山の情報が錯綜していて、どのような情況下にあるのかが、正確には、まったく解らないことなどをハーモニーに伝えた。呆然とそれを聞いている間にも、臨時ニュースの画面では、新たなハイジャック、新たな墜落の様子を報道し続けていた。けれど、彼の耳には、新しいニュースなどひとつも届かない。彼の心を占領していたのは、母とロビンが無事であるか否かというそれだけであった。

いつのまにか父が背後に立ち、ハーモニーの肩に手を置いた。それが合図のように、父と息子は抱き合い、何に対して嘆いたら良いのか解らない腑甲斐なさのために嘆いた。

「九月十一日、911《ナインワンワン》か」

ウィリアム伯父が呟いた。

「テロリストの連中も、緊急事態の番号は知ってたって訳か（911は緊急番号、日本の110番と119番を兼ねる）」

悪い冗談だと、祖母が大声で彼をなじった。彼は、モルトビールの缶に口を付けながら、冗談のつもりはないよ、と答えた。

「だって、おれは、911にかけたくてもかけられない場所にいたんだからな」

祖母はさらに泣き叫び、二人のやりとりを聞いていられないというように、父は、コンピューターで連絡を試みてみるからと、その場を離れて自分の部屋に駆け込んだ。ハーモニーは、気持をぶつける場を失い、ウィリアム伯父の手からビールの缶を奪って一息に飲んだ。そして、むせながら思った。こんなまずいもの。友人たちとたむろ《ハング》する時に口にする軽いやつより、はるかにまずい。けれども、この強い味の方が、今は、はるかに必要なもののような気がする。

結局、午後はTVの前に座り込むしか術《すべ》はなかった。父は学校に戻り、祖母は寝室で電話をかけ続けていた。ウィリアム伯父は、寝椅子に酔いつぶれた体を横たえていた。途中、心配した友人たちが、ハーモニーの携帯電話に連絡をして来て、彼の母と妹の安否を気づかった。そのひとつひとつをありがたいと思うものの、彼の心は、何か圧倒的なものに握り締められたままで、息も出来ないくらいだった。彼は、他者を心配してこれほど不安になったのは初めてだった。誰か、どうにかしてくれ!! 彼は、叫び出しそうな思いをこらえるのに精一杯だった。母とロビンが、今現在どのような情況にいるのかを知らせてくれれば何でもする、と思った。南部に移り住んでから、今一番自分は母に会いたがっている。それは、やはり自分は彼女を愛していたのだ、と思うこととは違うような気がした。親に対する愛情の再確認という子供の習性なんかではないのだ、と彼は自身に言い聞かせる。ぼくは、何か重大なことを忘れている。いや、ぼくは、何か重大なことを忘れていた。困るのだ、と彼は思った。とり返しのつかないことになったら、それは、それは、困るのだ、と。

誰か、自分を落ち着かせてくれ。彼は、うめいた。本当のところ、彼は、誰の声が自分を落ち着かせてくれるのかを知っていた。その人からの電話を待っていた。こちらから連絡する気はなかった。自分を心から気にかけてくれるのなら、彼女から電話をして来る筈《はず》だ、と思った。こんな時でも、愛情を秤にかけようとするなんて!! 母と妹の生命が危機に瀕《ひん》しているかもしれないこの時に!! 彼は、自分をつくづく情けない男だと思った。けれど、本当に必要なもののためには、どこまでも情けなくなれる。たとえばあの声。ニューヨークに連絡を取れないのなら、せめて彼女と話したい。大丈夫よ、ベイビー、私がいるわ。それを耳にしたら、きっと、ぼくは泣く。彼は、そう確信している。そして、少しだけ楽になれる。あの掠《かす》れた低い響き。ヴェロニカの声。

ハーモニーが、彼女、ヴェロニカ・ジョーンズに出会ったのは、サウス・キャロライナで、初めて新しい年を迎えた頃のことだった。その日、彼は、転校以来何かと面倒を見てくれた同級生のマーカスにつき合って、中古車センターで車を見ていた。もうじき免許を取るつもりだというマーカスは、自分も運転することになる父親の車を真剣に選んでいた。

「マムは反対してるんだけど、絶対トゥドアタイプが良いよね。コンヴァーティブルだったら最高だよな。ガールフレンドを乗っけて走りたい」

「家族で乗るんだろ? 不便じゃないの?」

「うん。でも、ダディも言ってた。おれが若かった頃、コンヴァーティブルのトップを降ろして女の子とドライヴするのを夢にまで見たって」

ハーモニーは、ウィンドシールドに貼られた価格表示を見て、首を横に振った。同時に、父の乗っているあちこちにへこみのある車を思い出した。うちは、車以外に金をかけるべきものが多過ぎる。たとえば、ぼくとか。いや、アンクル・ウィリアムよりはましか。グランマだって、いつもおかしな買い物をして父にたしなめられている。

高校教師が賃金に見合わない仕事だと気付いたのは、この土地に来てからだ。いや、両親が離婚してから、と言うべきか。ハーモニーは、朝食のパンが、ディーン・アンド・デルカのバゲットから、バイ・ロウのワンダーブレッドに変わった時に、母親の経済力を知ったのだった。そして、道でブルースを演奏して小銭を稼ぐことがいかに贅沢《ぜいたく》であるのかも。最初は、南部の雰囲気に酔っていた彼も、今では、日に幾度となく呟《つぶや》く。現実《ファッキン》は、まったく《リアリティ》もって厳《バイツ》し《ミー》い。

マーカスの父親は、観光客の多いボードウォークの側で、土産物屋を経営していた。そこには、洒落た小物やポストカードなどに混じって、アフリカンアートと呼ばれる絵やオブジェが並んでいたが、ニューヨークで生まれ育ったハーモニーには、それらがあまりにもちゃちな代物に思われるのだった。別に、ロックフォートで、わざわざ買うものじゃない。けれど、奴隷博物館を覗《のぞ》いた観光客たちの目には、この上なくエキゾティックに映るらしく、その店は繁盛していた。

「あんなガラクタを、白人のばばあたちが、歴史を感じるわ、とか言って買ってくんだぜ、馬鹿だよな」

そう言って、マーカスは、げらげら笑う。そんな時、ハーモニーは、彼を憎めないと思う。この土地は、アートなど必要とせずに生きている人々ばかりだ。それに比べると、ニューヨーク、とりわけダウンタウンの連中は、なんてこざかしいのだろう。誰もが芸術家としての自分を主張する。もっとも、ぼくも、そのひとりだった訳だけど。

マーカスが、従業員の説明を熱心に聞いているのにつき合う内に、ハーモニーは、尿意をもよおし、バスルームを借りるために事務所に行った。そして、ドアを開けた瞬間、デスクに向かっている女が顔を上げた。それが、その中古車センターの経営者の妻、ヴェロニカだった。

彼女は、仕事を中断されたのは不本意だ、とでも言わんばかりに、無言で、コンピューターのデスクトップの陰から、バスルームのドアを指した。

感じの悪い女だ、とハーモニーは、用を足しながら思った。南部のおもてなし《サザンホスピタリティ》とかいう言葉を聞いたことがあるけど、ありゃ嘘だな。それとも、白人用語なのか。あるいは、ぼくを白人の小僧と思ったのか。もしくは、美人だから性格が悪いとか。ヴェロニカは、結い上げた豊かな髪とココア色のつややかな肌を持つ美しい女だった。

綺麗な女は、たいてい性格が悪いって、ダディも言ってたものな。だから離婚したのかな。もっとも、アンクル・ウィリアムは、全然違う説を唱えてた。性格の良さは、容姿に比例するって。そんなことを考えながらバスルームを出て、彼は、マーカスの許に戻った。去り際に礼を言ったものの返事はなかった。

マーカスのあまりの熱心さに次第にうんざりして来たハーモニーは、自分勝手に車を見て回った。そして、ひとつのコンヴァーティブルの前で立ち止まった。シボレーの青が、午後の陽ざしの中で、魅力的に輝いていた。こんな車に女の子と乗ったら、さぞかし幸せだろうな。そう思い、その車体を撫でた。

「あなたも、車を買うの?」

声に驚いて振り返ると、事務所にいた無愛想な女が、腕組みをして立っていた。

「見たとこ、まだ高校生だけど、免許は持っているの? もし、そうだとしても、これ高いのよ。御両親には相談したの?」

ハーモニーは、頬が赤く染まって行くのを感じていた。その女の自分を小馬鹿にしたような口ぶりが腹立たしかった。

「まだ免許はないし、お金もないけど、ただこんなのに乗れたら素敵だろうなあと思っただけです」

「女の子と？」

からかうような視線を感じて、彼は、憮然として言った。

「だとしたら、何かいけないことでも？」

女は、そこで待っていてと言い残して、いったん事務所の中に戻ると、すぐに車の鍵を持って来た。目の前にかざされたキーホルダーを見て呆気《あっけ》に取られている彼に向かって、彼女は、おどけたように笑った。

「乗りなさい。試運転よ」

ヴェロニカのことを思い出そうとする時、ハーモニーは、いつも、この出会いの瞬間から反芻《はんすう》する。すると、日々が流れるにつれて、思い出すべき出来事は増えて行く。二人で共有した時間の記憶は積み重ねられ、ひとりでいる故の心もとなさを待ちかまえる。彼女を恋しく思う時、彼は、それらをひとつひとつ丁寧にいつくしむ。いとおしい時の積み木を崩して遊びながら、次に会う日を待ち望む、その瞬間、彼は胸を詰まらせて、ひとりごちる。この間の別れ際よりも、今の方がずっと、彼女を好きになっていると。

「ボビー!!　今、レイから電話があってね、ロビンと連絡が取れたそうよ!!　ソフィアのお兄さんの家に避難してるんですって。後で、あなたも連絡するようにって。ああ、神様、ありがとう!!　良かった、本当に良かったわ」

祖母が、寝室から走り出て来てハーモニーを抱き締めた。彼は、されるままに体を預けて、溜息をついた。ひとつの不安が急速に消え去るのを感じながら、彼は、尋ねなければならなかった。

「で、マムは？」

祖母は、ハーモニーを抱く腕に力を込めた。

「大丈夫、きっと大丈夫よ」

あの人は死んでしまったのだろうか。彼は、そう思いかけて、慌てて打ち消した。そんなことはあり得ない。あの力強い瞳の色。意志的に結ばれた唇。ああいう人が死ぬ筈はない。何があったって、あの人だけは大丈夫のような気がしていた。頼りになる、と言えば、あの人ほど頼りになりそうな女を、彼は知らない。けれど、いつの日からか、彼は、彼女に身をゆだねるのを止めた。彼女が子供たちに与える安心感というものを嫌悪し始めたのだ。マミーズボーイとしての役割を放棄した時、彼は、どれほどの解放感に包まれたことか。やがて、成長し、大人の余裕を持って、もう一度、自らマミーズボーイの役割を選び取った時、そこには、どれほど豊かな情愛の世界が待ちかまえているかなどと、どうして、その頃の彼に解っただろう。彼が出した答えは、あまりにも明確だった。自分は、何があっても父親の側に付く。それだけだった。彼とロビンは、両親の都合で別々の生活を強いられた双子ではなかった。彼は、自分自身で運命を選択したのだと自負した。そして、そう思うことは、普通の子供が受けるような両親の離婚による痛手から、彼を逃れさせた。彼は、父に付いて南部に来た時、こう思ったのだ。誰も、ぼくを動揺させることは出来ない、と。その時、彼は、自ら作り始めたばかりの王国の主に他ならなかった。

今、ハーモニーの心は、自分でも驚く程揺れていた。母の死の予感を前に、それまで存在すら気付かなかった扉の鍵が外されたような気がした。その扉を開けるべきかどうかが彼には解らない。錆付《さびつ》いて動かないかもしれない。そんな思いつきに、彼は困惑する。馬鹿馬鹿しい。いったい、何の扉だというのだ。その直後に、再び思う。ぼくには、開けなくてはならないものが、確かに、ある。

　祖母は、赤ん坊をあやすように、ハーモニーを優しく揺すっていた。彼は、その胸に顔を埋《うず》めたまま、人の不在とその死の違いについて思いを巡らせていた。一年も会っていない人なのに。そして、一生会わなくても良いと思った人なのに。

　目を閉じて考えていると、床に置かれたままになっていた彼の携帯電話が鳴った。ヴェロニカからだった。出ると、あの切望していた声が聞こえて来た。

「ハーモニー、私よ。大変なことになったわね」

「うん」

「ベイビー、あなた大丈夫?」

「うん」

「お母様と妹さんは?」

「妹は無事だったけど、マムはまだ……」

　そう、と言って、ヴェロニカは沈黙した。彼女の息づかいだけが、彼の鼓膜を震わせていた。幸せだ、と彼は思い、こんな悲劇のさなかに、そんなふうに感じてしまう自分を恥じた。

「ベイビー、もしかしたら泣いている?」

「そうみたいだ」

答えた途端に、本当に涙がこぼれ落ちた。

「可哀相に。今すぐ行って抱き締めてあげたいわ」

その言葉が彼の耳を包み込んだ瞬間、彼は、思った。自分は、悲しくて泣いているんじゃない。なんてことだ。悲しみが、彼女の声を聞ける喜びを引き立てている!! 今、ヴェロニカ以外の人間に、自分の心の中を覗かれたら、恥しさと罪悪感のあまりに死にたい気持になるに違いない。それなのに、彼女には知らせたい。恥なんて簡単に捨ててしまえる程に好きなのだと、知ってもらいたい。

「誰からの電話だったの?」

電話を切った後の祖母の問いに彼は口ごもった。太ったグランマの胸に顔を埋めるのは心地良い。でも、彼女にそうするのとは全然違う。

「優しいお友達がいて良かったわね」

祖母のその言葉に、再び罪悪感を覚えて、ハーモニーは、頭を抱えた。

その日の午後は、TVの画面を見詰めるだけで過ぎた。ロビンと話をすることが出来たのは、祖母が教会での犠牲者のための夜のミサに出掛けてしまった後のことだ。これから教会のメンバーは、増え続ける死者のために、毎晩祈り続けるのだろう。

今まで生きて来た中で、一番悲しい夕暮れを見ている、とロビンが言った。ハーモニーは、受話器を耳に当てながら、窓の外を見た。まだ、あたりは明るかった。ウィリアム伯父が庭のポーチで、通り過ぎるラッキーに話しかけている。ここは変わらない、とハーモニーは思った。祖母は、今頃、天国に向かう人々に祈りを捧げる準備をしていることだろう。どこにあるんだろう。

天国。フェンスに囲まれたこの庭がそうじゃないのか？　時折、嗚咽《おえつ》しながらも、精一杯正確に、この日のことを伝えようとするロビンの声を聞きながら、彼は思った。

「十四丁目から下には、もう行けないの。アヴェニューAのあのロフトが、今、どうなっているかは解らない。せっかくダディがルーフを改造してくれたのに、もしかしたら、もう灰だらけかもしれないわ。私が、今、アップタウンにいるなんて奇跡よ。マンハッタンから出られるようになったら、ブルックリンのグランパの家に行くの。それまでは……」

「それまでは？」

「私に出来るのは、二つだけだわ。ボランティアと、マムを捜すこと」

ハーモニーは、顔を覆ってしゃがみ込んだ。ヴェロニカに向かっては泣けるのに、何故、今、そう出来ないのだろう。気分の悪い時に、吐きたくても吐けない苦しさに似ている。彼は唸り声を上げた。

「マムの写真、今、手元に良いのがないの。アンクル・ラリーとふざけてるのばかり。こんなの持って捜しに行くの嫌」

ハーモニーは、自分の体の具合が悪くなったと感じた。さっき飲み干してしまったモルトビールのせいかもしれない。吐き気がする。けれど、吐き出したいのが、ビールなどではないことも解っている。

「ハーモニー、まさか泣いてるんじゃないでしょうね」

「泣いてない」

「泣きたいのはこっちよ。でもね、私、ようやく解ったのよ。人ってね、あまりにも恐しくて悲しいと、泣くことすら出来ないのよ」

　それでは、自分もそうなのか。彼は、母の姿を思い出そうとする。さまざまな彼女のパーツが脳裏に浮かぶ。サングラスを外した時の眩《まぶ》し気な鳶色《とびいろ》の目。仕事帰りのスーツのままでサラダをトスする手。いつのまにかキスよりも小言に使われるようになった口。ウェイヴのかかった髪の間から覗く額。陶器のようなその額の下には、整えられた眉があった。香水は、確か、カルヴァン・クラインだったけれど、どの種類だったたか。そこまで思い浮かべて、ハーモニーは絶望する。それらの記憶は、ばらばらに存在していて、彼の内で像を結ぼうとしてくれないのだ。

「ねえ、ハーモニー、信じられる？　ワールド・トレイド・センターのないニューヨークなんて想像出来る？　生まれた時から、そこにあったものが、もうないのよ。マムも……」

　ロビンは、こらえ切れなくなったように啜《すす》り上げた。

「子供の頃に戦争を体験した人たちって、その後、どうやって生きのびたのかしら」

　蟬《せみ》が盛大に鳴いている。うるさいくらいだ。夏の名残りも、もうそろそろ消える。彼らも全部死ぬ。ラッキー、ラッキー。ウィリアム伯父の呑気な声が、蟬時雨《しぐれ》に重なって、ハーモニーに届く。もうどうして良いのか解らない。彼に解っているのは、この先、二〇〇一年の夏と秋のはざまの一日を、一生忘れないだろうということだけだ。

「私、ショーンに電話をしたの」

「彼、なんて？」

「ぼくは、どうすればいい？　って聞くから、抱き締めてって言ったわ」

「側にいないのに」

「ハーモニー、あんたって、やっぱり頭悪いのね。好きな人は、側になんかいなくたって、いつだって抱き締められるのよ」

夕食は、父がテイクアウトした中華料理だったが、ハーモニーには、まるで食欲がなかった。つけっぱなしのＴＶから流れる新しいニュースが気になって、一刻も早く居間に移動したかったが、父は、それを許さなかった。スポーツ中継の際には、プレイトを抱えて父と子でＴＶの前に陣取るというのに。

「食べないのか。好きだろ？　エッグロール」

黙々とブロッコリーの炒めものを口に運ぶ父を見て、ハーモニーは溜息をついた。

「よく食えるね」

「おまえが断食しても、ニューヨークの状況は変わらないぞ」

「マムのこと、心配じゃないの？　別れたから、もう他人ってことはないでしょう？」

言って、ハーモニーは、自分の言葉にうんざりした。父が心配していない訳はないのだ。元の妻や娘だけでなく、彼には大勢の友人たちがいて、その人々は、今、あの閉ざされた島で、絶望的な一夜を明かそうとしている。

ハーモニーの問いには答えずに、父は、唐突に話し始めた。

「グラマシーパークの側に、ティナっていうチャイニーズレストランがあって、おまえの母親とよく行ったよ。洗練された料理を出す店で、彼女は、いつもスカリオンパンケーキを食べた。中華といったら、テイクアウト専門か、中華街の食堂しか知らなかったから、最初は緊張したなあ。象牙の箸なんか使ったのなんて初めてだったから。彼女は、とても綺麗な持ち方で、上手に食べ物を口に運んでいたなあ。勘定書きが心配だったけど、ランチだったから、たいしたことなくて助かった。夜に行く時は、彼女が払ってくれた」

いったい、何を言わんとしているのかと、ハーモニーは、少しばかり不気味に思いながら父を見た。

「ダディとマムは、ニューヨーク大学の同級生だったんでしょう?」

父は、その質問には答えずに、落し玉子のスープを啜った。

「学生の頃には、中華街で、北京ダックを食べたこともあったなあ。あれって知ってるかい? 皮しか食べないいんだ。ローストした皮をトルティヤみたいなパンケーキにくるんで食べるんだ。残りの肉の方をテイクアウトしてくれって、彼女が頼んだから、夜食に炒飯でも作ってくれるのかと期待したんだ。そしたら、帰り道で、丸ごとホームレスにくれてやったんだぜ。ショックだったよ。こっちは、食うものにも困ってる貧乏学生だってのに」

あの人のそういうところが嫌いだった、とハーモニーは思う。彼女だって、とりわけ金持の娘って訳じゃない。ブルックリンで、グランパが経営するデリのズィット(トマトソースのマカロニグラタン)は確かにおいしかったけれど。いつも、彼女は、自分を上のクラスの住人のように見せようとしていた。そのために、ぼくまで巻き添えを食っていた。と、ここまで考えて、ハーモニーはふと気が付いた。まるで、自分は、あの人が死んでも悲しまないでいる正当な理由を見つけたがっているみたいだ。

「ティナで、ある時、隣のテーブルに着いた老夫婦が、出て来たむき海老の料理を見て言ったんだ。あら、まあ、甲虫の幼虫みたいだことってね。ぼくたちは、顔を見合わせた。そして、我慢出来ずに笑い出してしまった。気持悪いと顔をしかめるかと思った彼女が、腹を抱えているので、すっかり楽しくなった。ぼくたちは、それ以来、むいた小海老を甲虫の赤ちゃん《ベイビービートル》って呼ぶようになったんだ」

「ダディ、その話、やっぱり気持悪いよ」

父は、低い声で笑った。

「要するに、あの頃のぼくたちには、海老だろうが甲虫だろうが、たいして変わりはなかったってことさ」

ハーモニーは、首を横に振り、食べかけのエッグロールに再び挑もうとしたが、やはり、喉に詰って無理だった。

「ダディ、もう良いかな」

父は、頷《うなず》いて、向こうに行けというように手を振った。ハーモニーは、立ち上がり、自分のプレイトをシンクに運ぼうとした。すると、父は、まるで自分自身に語りかけるように言った。

「そうだ。ぼくとソフィアは、大学に入ってから、ずっと一緒だった。ニューヨークで知り合って、ニューヨークで別れた。ぼくは、あの街でひとりきりでいたことがなかった」

居間に行くと、ウィリアム伯父が、ＴＶのステイションを変えて、新しいニュースを捜していた。

「アンクル・ウィリアム、あっちに、まだ中華料理が残ってるよ」

「いらん。おれは、中国人が嫌いなんだ。結婚してひどい目に遭ったんだから」

「あなたが、結婚してたのは日本人だったのでは」

ウィリアム伯父は、ハーモニーを見上げて面倒臭そうに言った。

「どっちでも似たようなもんだ。アジア人だ」

やれやれ。ハーモニーは、彼の横に腰を降ろした。中国人に日本人。海老に甲虫か。大人は、どうしてこうもいい加減なのか。だいたい、この家の男たちは、自分も含めて、誰ひとり泣いちゃいない。男は泣くものではない、という信念とは、まるで無縁な奴らだってのに。そうぼやきながらも、ハーモニーの心は、少しだけ楽になる。一晩じゅうTVを観よう、と彼は思い立つ。この人たちとなら、画面を正視出来そうな気がする。

しばらくして、自分のための飲み物を取りにキッチンに行こうとすると、父は、まだ、ダイニングテーブルの前にいて、中華料理を食べていた。驚いたことに、ハーモニーの食べ残しまで、すっかりたいらげている。父は、ただひたすら食べ物を口に押し込んでいるように見えた。冷蔵庫まで辿《たど》り着きたいのに、ハーモニーの足は止まったままだ。何かが彼を押しとどめて、鬼気迫ったように食べ続ける父の姿を凝視させている。

その夜更けから明け方まで、ハーモニーは、バスルームで吐き続ける苦し気な父のうめき声のためにTVのヴォリュームを上げざるを得なかった。

ハーモニーと父がニューヨークに向かったのは、それから二週間後のことだ。母は、まだ見つかっておらず、ロビンのことを思うと二人共いても立ってもいられなかった。彼らは、週末をはさんで特別休暇を取り、父の運転で十五時間かけてニューヨークに辿り着いた。家の前まで見送りに出た祖母とウィリアム伯父の表情には、絶望の色が浮かんでいたが、ハーモニーと父は、悲観的な言葉をあえて避けようとしていた。

ハイウェイを走る車の窓から、流れて行く景色をながめて、ハーモニーは思った。母の遺体は見つかるべきなのか、それとも、そうでない方が良いのか。死を確認して諦《あきら》めた方が楽なのか、それとも、生きているに違いない、と永遠に錯覚したままの方が心安らかでいられるのか。けれども、今の段階では、どちらの選択も無意味に感じられた。ただ、彼には、これだけは解る。一生会わないと決意することと、一生会えないと宣告されることは、あまりにも違うということが。一年以上も、会っていなかった母。たまの電話ですら、居留守を使ったことがある。ロビンを通じて無理矢理話をさせられても、素っ気ない挨拶しかしなかった。そして、それは、母の方でも同じだった。でも、互いが生きているという確認だけは、少なくとも出来た。それ以上に必要なことなどあっただろうか。やはり、この人とは上手く行かない、好きじゃない。彼は、そう思った。けれども、別れた後に、母が彼に求めたのは、無事であるという、そのことだけではなかったのか。もしそうだとしたなら、彼女は、自分に最大限の自由を与えていたことになる。息子の人生に関わらない、という方法を用いて。

夏休みにロビンが訪ねて来た時、彼女が運んで来たニューヨークの空気を感じて、彼は思わず、母に会いたいと呟いた。そして、その直後、あまりのばつの悪さに口を閉ざした。父のニューヨークの生活の始まりと終わりには母がいた。それを言うなら自分だってそうなのだ。彼女を思い出す時、それは、ニューヨークの街なしではあり得ない。神経症的な洗練の隙間《すきま》から、いつもブルックリンの下町が覗いていていた。

ハーモニーは、父と喧嘩をする時の母のブルックリン訛《なま》りを懐しく思い出した。自由主義者《リベラル》であろうとしながら、古い家族的なものに捕われていたあの人。そのバランスは、いつも自分本位で狂っていた。家族のディナーを強要したかと思うと、友人の画家のパーティのために、それをすっぽかしたりしたっけ。でも、ぼくは、彼女の作るバッファローウィングが大好きだった。

「ハーモニー、おまえのニューヨークの友達とは連絡取れたの？」

父が、かけ替えるCDをハーモニーに渡しながら尋ねた。

「うん、一応全員無事。でも、一年以上も連絡取ってなくて、どこにいるのか解んなくなっちゃった奴もいるから。あ、テディって覚えてる？　ダディ、あなたが教えてた。あいつのお父さんが亡くなったよ。それと、ブレイズで働いてたキャシーのお兄さんも。消防士だったんだって」

「そうか……気の毒に」

ここにも、気の毒な男たち二人がいるじゃないか、とハーモニーは思った。飛行機に乗れなくて、おんぼろ車を気づかいながら、ニューヨークに向っている二人組が。

「着いたら、アーティチョークのピッツァを食べるんだ。マンハッタンにしかないもん」

「おまえのお祖父さんのとこにもあるだろう？」

「あそこのとは違う。ダウンタウンのがいいんだってば」

「だから、ダウンタウンは、いまだに閉鎖されてるかもしれないんだって」

ハーモニーは溜息をついた。食料にも困るような状態。それは、TVを観て十分知っている。けれど、現実感がないのだ。アヴェニューAのあのピザ屋は本当に閉っているのだろうか。そんなことって、あるのだろうか。こんな疑問、ロビンが知ったら怒鳴りそうだけれど。

「おまえの母親も、あのピッツァが好きだったなあ」

ハーモニーは、父を訝《いぶか》し気に見た。

「ダディ、あなたって、マムの話をする時、食べ物の思い出ばっかだね」

父は、ハンドルを切りながら肩をすくめた。

「だって、デートの基本だろ？」

ブルックリンの祖父の家に着くと、ロビンがエレベーターホールまで走り出て来た。彼女は、父とハーモニーに交互に抱き付き、泣き出した。

「こんなことってある？　こんなことが起っていいの？」

父は、そう言って泣きじゃくるロビンの肩を抱き家の中に入って行った。ハーモニーは、理不尽にも仲間外れにされたように感じながら、とぼとぼと二人の後に続いた。

祖父の家の居間には、ラリー伯父とその家族がいて、順番に、父とハーモニーを抱擁した。明日の土曜日には、他の親族も何人か集まるのだと言う。

ゲストルームが足りないので、二人は、ロビンの部屋に一緒に寝ることになり、荷物を運んだ。そこには、ベッドひとつと折りたたみ式の寝椅子《カウチ》があるだけだった。

「ここで、どうやって寝るの？」

「おまえとロビンが、そのベッド。ぼくは、寝椅子を拡げて寝させてもらう」

「あいつと一緒に寝るの？　なんで!?」

「ぼくの体が一番でかいから」

ハーモニーは舌打ちをした。床で寝てやる、と思った。ロビンとは幼稚園以来、一緒に寝たことなどない。

その様子をながめていたロビンが冷やかに言った。

「あなたたちの言ってることって、今のニューヨークでは、ものすごく贅沢なことなのよ」

翌日の午後から、祖父の家に人が集まり始めた。誰もが抱き合い、挨拶代わりに、ひとしきり啜り泣いた。ハーモニーは、長いこと顔を合わせていなかった母方の親族たちを前にとまどっていた。何人かは、イタリア語を話し、彼は、手持ち無沙汰な気分で、壁に寄り掛かりソーダを飲んでいた。ダディも、居心地が悪そうだ、と彼は思った。ロビンが世話になっているとは言え、祖父にとっては娘と別れた男、そして、たったひとりのアフリカ系アメリカ人なのだ。

ハーモニーは、人々の様子をうかがいながら、昨夜のことを思い出していた。ロビンは、ベッドの中で、ひと晩中、彼の手を握っていたのだった。

「ハーモニー、起きてる?」

気が付くと、暗闇の中で、彼女が見詰めていた。運転疲れのせいなのか、父の鼾《いびき》が大きくて、彼も眠れなかったのだ。

「起きてるよ。ダディの鼾がすごくて。どうしたの?」

「来てくれてありがと」

そう言うと、ロビンは、ハーモニーの肩に鼻をこすり付けた。

「でも、なかなか到着しないから、すごく不安だった。事故にでも遭ったらどうしようと思って」

「ブロンクスを回わって来なきゃならなかったから」

「恐かった。人を失うのは、もう沢山」

「マムが死んだって決まった訳じゃないよ」

Tシャツが濡れて行くのを感じて、ロビンが泣いているのが解った。

「夏休みに教会に行ってゴスペルを聞いたじゃない？　あの天国って、ほんとにつかの間だったわね。今は、地獄。私たち地獄を見てしまったの。でも、こういうふうにも思って、自分を慰めてるの。あれを、あなたとダディが直接見なくて良かったって」

「TVで観たよ。きみとマムのこと思って気が気じゃなかったよ」

「その現場にいるってことは、全然違うのよ。私、あなたたちが、あそこにいなかったってことで心配をひとつ減らせたの」

自分は、母とロビンが、あそこにいたということで、強烈な不安を味わったのは確かだ、とハーモニーは思った。その場にいたかいなかったかなど問題ではないのに。

「あの日、きみは、ずっと、心の中にいて、ぼくを心配させてたよ」

「マムは？　彼女も、あなたにそうさせた？」

「うん……たぶん」

「ならいいの。私、今回、つくづく思ったの。あなたたちを愛してるって。失くしたくないの。絶対に。でも、いつかわかんないけど、確実に失くす時が来るんだよね。マムが、そうなっちゃったみたいに」

「だから、マムは、まだ……」

なんと言葉を続けて良いのか、ハーモニーには解らないのだった。だから、ロビンの手を握った。天国で彼女がそうしてくれたのなら、今度は、ぼくが、地獄でそうしてあげる。

それから、二人は、無言のまま、夜が明けるまでそうしていた。隣の部屋からは、祖父の鼾も聞こえて来て、父のそれに重なった。そのせいで、夜の沈黙が、ますます深くなるように、ハーモニーには感じられた。ぼくたちは、今、同じ感情を同じ分量だけ共有している。彼は、そんなふうに思いながら眠りに落ちて行った。

そして今、ロビンは、昨夜の心もとなさなどみじんも見せずに、気丈に振舞い、人々の間を行き来している。けれども、ハーモニーには、その瞼《まぶた》をつついたら今にも涙が滲《にじ》み出してしまうような彼女の心の状態を知っている。ぼくの妹は、泣き場所を心得ている女だ。彼は、そう誇らしく思うと同時に、たまらないやるせなさも感じるのだった。そう言えば、自分は、母の涙を見たことがあっただろうか。彼女は、いったい、どこで泣いていたのだろう。

居間にいる人々の話題は、今回の同時多発テロを中心にしながらも、次々と変わった。数日前の連邦上下両院合同会議でのブッシュ大統領の演説について誰かが話し始めれば、誰かがアフガニスタンやアルカイダに言及して怒りをあらわにし、母の安否に話が及べば、彼女の子供時代のエピソードを語りながら、誰かしら泣いたり笑ったりするという具合だった。皆、感情の起伏が激しかった。母に似ている、とハーモニーは思った。彼女が、それをコントロールしようとやっきになっていたことは認めるが。けれど、彼女の努力は、時に破綻して、自分たち家族を困惑させていた。自身だけではなく、他人に対してもコントロールマニアであろうとした人。彼女は、自分の信念に従って、家族をひとつにしようとし過ぎていたのだ。あの人が求め続けたあまりに失ったのは、いったい何だったのだろう。

父は、人々の話に頷いていたが、やがて、それがイスラム教徒への非難に移ると、黙って席を立ち、自分たちの寝室に移動した。ハーモニーは、ロビンが客のために忙しく立ち働きながらもその姿を目で追っているのに気付いた。そして、頃合いを見計らったかのように、彼女も寝室に入って行った。

　後に続いたハーモニーが覗くと、二人は、ベッドに腰をかけていた。

「ダディ、大丈夫？」

　父は、膝の上で手を組み、ロビンを見た。

「もちろん。ただ、あそこで意見するのは、ぼくの本意じゃないと思っただけさ」

「あの人たちは、アフリカ系アメリカ人にもイスラム教徒がいるってことを忘れているだけよ。あなたの友達に、何人ものブラックモスリムがいるなんて、知ったこっちゃないのよ」

「そんなこと気にしていないよ。彼らは、可愛がって来た大切な女の子の行く末を案じているだけだ。そして、それは、ぼくも同じだよ」

　そう言って、父は、ロビンの巻き毛を指で梳《す》いて微笑んだ。ハーモニーは、それを見て、訳の解らない腹立たしさに襲われた。

「マルコムXを殺したのだって同じブラックモスリムじゃないか」

　いきなり部屋に入って来たハーモニーを二人は、驚いたように見詰めた。

「何言ってるの？　ハーモニー、あんた馬鹿じゃない？　それと、今度のこととどう関係があんのよ」

「うるせえよ。自分ばっか、なんでも解ってるような顔しやがって」

「あんたより、ずうっと解ってるわよ」

「昨夜は、泣いてたくせに」

「あれは、大きな間違いだったのよ!! 何がマルコムXよ、あんたは、半分イタリア人なんだからね!!」

「そのイタリア人たちは、ダディが同じような目に遭ったとしても、同じように心配してくれると思う? ぼくは、絶対にそう思わない!!」

ハーモニーが避《よ》ける間もなく、ロビンが立ち上がって、彼の頰を平手で打った。

「マムは、同じように心配したわ。サウス・キャロライナで同じことが起ったら、私を連れて飛んで行ったわ。夏休みが終わってニューヨークに戻って来た時、彼女、私を質問責めにしたわ。こっちがとまどっちゃうくらいに。そして、自分のいろんなことを話してくれた。それで気付いたのよ。ああ、この人は、ずうっと我慢してたんだって。彼女が、どういう思いで、どんなことを話してたかなんて、あんたみたいな鈍感な奴に絶対に解りっこない!!」

何もぶつことはないじゃないか。打たれた頰を押さえたまま、ハーモニーは、腹立たし気に父に尋ねた。

「ほんとのとこ、ダディ、あなたは悲しいの? もしそうなら、それは、ぼくたちのために悲しく思うの? それとも、別れた女に未練があるってこと? まさか、まだ愛してるなんて言わないよね!?」

父が答える前に、ロビンが、今度は、両の拳で殴りかかって来た。ハーモニーは、バランスを失い、尻もちをついたまま、呆気に取られて、彼女を見上げた。

「そんなこと言うの、私が許さない!! あんたに何が解るのよ! いい? 私は、あんたより、一年余計にマムとつき合ってるの。そして、ダディは、私たちより、はるかに長いこと、マムとつき合って来たの。つき合いの浅い奴にあれこれ言われたくない‼」

　そう叫んで、再び飛び掛ろうとするロビンを父が制した。そして、ハーモニーを起こして言った。

「二人共、止めなさい。ここにお座わり」

　二人は、にらみ合いながらも、渋々ベッドに並んで腰を降ろした。父は、二人の前の床にしゃがみ込み、彼らを見詰めた。まるで、スポーツクラブの作戦会議中のコーチみたいだ、とハーモニーは思った。

「正直に告白すると、ぼくは、おまえたちの母親を昔のようには愛していない。だけど、彼女との思い出は、ほぼ百パーセント愛してる。喧嘩して、ののしり合ったことも含めてね」

　ロビンが泣き出した。

「彼女が無事でいるってことは、いつも、ぼくを楽にしていた」

「じゃあ、今は、苦しいってことなのね」

「そうだよ。大切な過去を一緒に作った人がいなくなるかもしれないって思うのは苦しいことだよ」

「可哀相なダディ」

　父は、そう言って泣き続けるロビンの涙を手の平で拭った。ハーモニーは、その様子を見て、妹は、自分を楽にする方法を知っている、と思った。

「ダディ、マムは、あなたの前で泣いた？　この泣き虫な女みたいに、あなたに涙をふかせたこと、ある？」

「何よ、その言い方」

父は、ロビンを遮って答えた。

「あるよ。彼女は、ぼくの前でしか泣かなかった」

「……泣きそうにもない人だったけどな」

父は、今度は、ハーモニーの頬に手を当てた。

「泣きそうにもない人が、自分の前で泣くから、愛されてるって解るんだろ？」

ロビンが、クリネックスで鼻をかみ、ようやく落ち着いたという調子で父に尋ねた。

「ダディは？　あなたは、マムの前で泣いたことがあるの？」

父は、一瞬、とまどったような表情を浮かべた後、微笑した。

「あるよ」

その答えに、ロビンもつられて笑った。

「じゃあ、マムもあなたに愛されてるって感じたのね」

「そう思うよ。ぼくも彼女も、お互いの前でしか弱みをさらけ出さなかった。そうさせてくれる人を大切にしたいと、心から思っていたんだよ。でも、いつの頃からか、そう出来なくなってしまった。相手の弱みが、愛を深める動機じゃなくなった。気が付いたら、ただの欠点に見えていた。そうなったら、相手も同じだってことが、二人には解った。弱みを見せないようにしなくては、と思い始めたのは、その時からだ。おまえたちの両親は、ほら、強情だから」

「今の言葉をマムに聞かせたい。彼女のために弱ってるあなたを、もう一度、見せたい」

そう言って、再び涙ぐむロビンを、父は抱き締めた。その人の不在を恋しく思う気持は、どうして人を素直にさせるのだろう。ハーモニーは、その時、ヴェロニカの顔を思い出していた。彼女は、ぼくが、滅多に泣かない男だって知ってくれているだろうか。

いつのまにか、寝室の開けられたままのドアから、人々が、様子をうかがっていた。父が、照れ臭そうに詫《わ》びて、ハーモニーとロビンを促した。居間に戻ろうとする三人を、彼らは、順番に抱き締めた。初対面の伯母のキスと涙で頬をべたべたにされたハーモニーは、閉口して、バスルームへと逃れた。

数日の滞在を終えて、ハーモニーと父は、サウス・キャロライナへの帰途に着いた。母は、まだ行方不明だった。誰も、死という言葉も、遺体《ボディ》という言葉も使わなかったが、彼女の生死を絶望視しているようだった。生きているかもしれないと少しの期待を抱きながらも、皆の顔には疲労の色が漂っていた。

ロビンは、祖父に肩を抱かれながら、二人の車をいつまでも見送っていた。心細い様子ではなかった。それどころか、興奮のためか、瞳が、きらきらと異様に輝いていた。彼女は、前の晩、父に、こう宣言したのだった。

「ダディ、私、サウス・キャロライナに引っ越すわ」

有無を言わせないという調子だった。父は、黙って、彼女の決意に耳を傾けていた。

「マムを待つなら、あなたたちと待ちたいの。グランパの家は狭いし、第一、あんなに年を取ってるのに、これ以上迷惑はかけられない。ここ数日、遠慮して来なかったけど、彼にはガールフレンドがいるのよ。一緒に住むつもりなんですって」

「うっそだろー!? どこのばあさんだよ、それ」

ハーモニーは、ふざけた調子でのけぞったが、父は、真剣な表情で先を続けるよう促した。

「本当よ。グランマが亡くなってから、ずっと、ひとりで子供たちを育てて来たんだもの。許されるべきでしょ。グランパは、私に、一緒に住むように言ってくれてるけど、邪魔しちゃ悪いもの。それで、私、ダディ、あなたにお願いがあるの。転校の手続きを取って下さい。非常事態だもの、仕方ないわ。経済的なこととかで迷惑をかけるとは思うわ。でも、あなたは、私の父親だもの。あと数年だけ、私の面倒を見る義務があるわ」

なんて不遜《ふそん》な物言いだろうと、ハーモニーは、忌々しく感じた。

「ニューヨークでの事務的なことは、アンクル・ラリーがしてくれるって言ってる。マムが買ったロフトは、人に貸すことにするわ。私は、飛行機のチケットを買って、サヴァンナまで行くだけよ」

必死に訴えるロビンの頰は、赤く染まっていた。父とハーモニーが着いた時から、このことを伝えようとしていたのだろう。話し終えると、安堵したように、溜息をついた。

「ダディ、イエス？　オア　ノー？」

父は、答える代わりに笑った。そして、抱き寄せるロビンの耳に、こう囁いたのが、ハーモニーにも聞き取れた。WHY　NOT？

仲が良いんだな。ハーモニーは、他人事のように、二人をながめていた。何のてらいもなく彼らは互いを受け入れている。したいこと、して欲しいことを口に出す。ダディ、アイ　ドゥ　ラヴ　ユー。ロビンは、母にも、いつも同じことを伝えて来た。父もそうだ。言葉を駆使して、解り合うことに心を砕いて来た。そうすれば、容易《たやす》く相手の内側に入り込めると信じている。そんな二人が、彼には、鈍感にも思える。あれこれと画策した末に、結局は、口をつぐんでしまう自分がなんだか憐れに感じられる。そうしている内に、おかしな所で、感情を爆発させてしまったりするのだ。だから、人に、理解しがたい奴だなどと言われてしまうのだ。

「ねえ、ダディ、あいつ本当に南部に住むつもりなのかなあ」

ハーモニーは、運転中の父に尋ねた。

「彼女が決めたことさ。いつまでいることになるかは解らないけどね。大学を選ぶ頃には、はっきりと居場所を選択するだろう」

「あいつって、どうして、いつも自分のしたいことが解ってるんだろう」

父は、横目で彼を見た。

「直感を優先してるんだろ?」

「自信あるんだなあ」

「自信なんかないと思うよ。彼女は、いつも、自分を後戻り出来ないところに置いてから、物事を考える種類の人間だ。おまえとは、反対だな」

「それって、ぼくを責めてるの?」

「まさか。想像力を優先させるのは、アーティストの特長だろう?」

アーティスト!?　今の自分には、その言葉は、役にも立たない理想主義者の都合の良い言い替えのようにも思える。

「ソフィアにもそういうとこがあったな。彼女が、もしも無事だったら、おまえのエージェントになってもらえ」

車は、フィラデルフィアに差し掛かろうとしていた。ハーモニーは、ニューヨークを発つ前に立ち寄ったラリー伯父の家から見えた光景を思い出していた。遠くにかすんで見える筈のツインタワーは、やはり、姿を消していた。

「ワールド・トレイド・センター、ほんとに失くなっちゃってたね」

「うん」

「ダディ、ワールド・トレイド・センターのないニューヨークなんて信じられる？」

あの日、ロビンがした質問を父にしてみた。が、彼は、ただ黙って前を向いたきりだった。

「それって、あなたにとっては、ソフィアのないニューヨークと同じようなもん？」

「馬鹿。母親を名前で呼ぶんじゃない」

たしなめられて、肩をすくめながら見ると、父は泣いていた。愛されていると実感する筈のその人は、もうこの世には、たぶん、いない。ラジオからは、追悼特集番組が流れている。こんな時に、ビリー・ジョエルの「ニューヨークの想い」なんかを流すなんて。ハーモニーは舌打ちをしたい気分だった。父の静かな涙には、あまりにも似合い過ぎる。歌が人の心を動かす時、その共通項は、あまりにも陳腐で、そして、真実そのものだ。

サウス・キャロライナに戻ってすぐに、ハーモニーとヴェロニカは、ハイウェイ沿いのモーテルで抱き合った。彼女の車で、ジョージア州に入る時、いつも、彼は、同じ看板の文字を目に焼き付ける。あなた《ジョージア》の心に《オン》ジョ《ユア》ージア《マインド》を!!　ヴェロニカは、そこを通り過ぎるたびに、その歌を歌う。ジョージア　オン　マイ　マインド。すると、彼の身も心も、得体の知れない熱によって溶かされて行くように感じる。ハイウェイの両側に、どこまでも続く森。その間を抜けて、彼女の車は、彼を別世界に連れて行く。

　ハーモニーは、売り物の車で、彼女と試運転した時のことを思い出す。初めて女と乗った二人乗りのコンヴァーティブル。まだナンバープレイトさえない車。冷たい風が当たっているというのに、彼の頰は熱かった。人気のない林道に入って、彼女は言った。

「どう？　運転してみる？」

　彼は、彼女の適切な指導を受けながら車を走らせた。彼は、オープンカーの効用を思った。女と同じ風に吹かれているのは、なんと心地良い緊張をもたらすものだろう。途中、急ブレーキをかけるたびに、彼女は笑い転げた。事務所で不機嫌そうにしていた同じ女とは思えないくらいはしゃいでいた。

「若い男とドライヴするなんて久し振り。やっぱり楽しい」

「いくつなんです？」

「さあね。あなたより、ずっと上なのは確かよ」

　三十くらいだろうか、と彼は見当をつけた。確かに、自分よりずい分年上だけれど、彼女は、そそる。そう思いついて、彼は、ひとり顔を赤らめた。ただ親切にされているだけなのに。

　中古車センターに戻ると、マーカスがにやにやしながら、ハーモニーを待っていた。

「良かったな、たまたまだんなの留守中で」

「ただの試運転だよ。それより車は選んだの？」

　ハーモニーは憮然として尋ねたが、マーカスは、意に介さないという調子で笑い続けていた。

「また来ることにした。おまえのためにだよ、ハーモニー」

ハーモニーは反論出来なかった。ほんの一瞬の間に、彼は、この友人に自分の気持を見抜かれたような気がした。

試運転の最中、慣れないハンドルを扱うハーモニーの正面に回り込むようにして、ヴェロニカは、彼を見詰めた。目をそらすことなど出来なかった。マスカラとアイライナーに縁取られた彼女の瞳は、彼に身動きすら許さなかった。視線によって拘束された、と感じたのは初めてだった。彼は、うろたえた。女に見詰められたのは初めてじゃない。それを、やり過ごす方法だって知っている。意味あり気に目を見開いて相手を喜ばせることだって。けれど、彼女に対して、そうすることを忘れた。瞳の色は無垢《むく》だった。まるで、何の思惑も持たない動物がそうであるように。この時、彼は、視線から生まれてしまうという、恋の一番最初の掟《おきて》を知ったのだった。それは、相手の瞳に大写しにされる自分の姿を見せられることだった。その自分は、実物よりも、はるかに、澄んでいる。もう少しで、自身を過大評価してしまう程に。

「本当に、もう一度、あなたが友達と車を見に来るとは思わなかった」

初めて、シーツの隙間で抱き合った時、ヴェロニカは、そう言った。

「けれど、その時には、あなたが友達の車を選びに来たんじゃないことは解ってたわ」

「ほんと？　どうして、ばれたんだろう」

「大人だもの。大人の女は、気取って知らない振りなんかしないのよ」

それは、嘘でもあり、真実でもあると、ハーモニーは思った。ヴェロニカは、第三者を交えると、二人の間に漂う気配を、まるで存在していないように扱う。けれども、そのほんの一瞬の隙を縫って彼に無言で伝えるのだ。私たち、秘密を持ってしまったようね、解るでしょう？

「妹さんは、いつこっちに移って来るの？」

「今の学校のスクールレコーズが整い次第だと思うけど、まだはっきりとは……。ダディが何度かニューヨークに戻って、色々な手続きをしなきゃならないし」

ハーモニーは、ヴェロニカの髪を撫でながら答えた。そうしながら、彼女の頭の重みを脇の下のくぼみに感じるのは、なんと安心することだろうと思った。その瞬間だけは、彼女が自分だけのものだと錯覚することが出来る。ベッドの中で、激しく抱き合っている最中には、彼女を奪うことだけしか考えられない。自分を忘れさせないような抱き方をしなくては、と夢中になってしまう。甘やかな思いに浸されるのは、永遠に続くかと思われる呼吸困難の状態から、ようやく脱け出した後だ。放心したような体を抱き寄せると、彼女は、力を抜いて彼に寄り添う。かいたばかりの汗が二人の皮膚を貼り合わせる。まるで隙間がないみたいだ、と彼は思う。

女と寝るのは初めてじゃない。ニューヨークのハイスクールに通っていた頃に、その年齢の男がすることを、ひととおり経験して来た。コンドームのパッケージをいくつ切ったか解らない。彼にとって、セックスは、高校生活において、しなくてはならないことのひとつだった。友人宅でのハウスパーティやタワーレコードでの新譜のチェック、ストリートでのフープ（バスケットボール）などのように。初めての女の子と寝た後には、いつも、何かひとつをこなした、というような爽快感が漂った。これが、恋だ、と思ったこともある。腕の中にいる女の子がいとおしかった。ワシントンスクウェアのベンチで口づけを交わす自分を友人に見せつけた。得意な気分だった。ここから始まるすべてのことは、もう知っているのだ、と言いたくなった。

けれど、今、自分は何も知っちゃいなかった、と思うのだ。それまで自分がして来たことは、ただ本や映画をなぞっただけのもののような気がする。抱いても抱いても欲しくなる。彼は、生まれて初めて持った欲望を持て余している。この女のすべてを自分のものにしてしまいたい。離れたくない。そう感じると同時に、彼は、もう諦めている。彼女を心の中で手離している。永遠に叶わない。そう声に出さずに呟くと、射精の直後だというのに、再び思う。抱きたい。そして、抱かれたい。彼女の心まで、オーガズムに導いて、離したくないと言わせたい。

その日迎えに来た彼女の車の中で、二人は、言葉を交わす間もなく抱き合った。ヴェロニカは、労《いたわ》るように、長いこと、ハーモニーの頭を撫でていた。彼の中から、あの悲惨なニューヨークの光景が消えて行く。自分を涙ぐませて楽にする。そんな女に会ったことはなかった。

ヴェロニカは、自分の胸に顔を埋《うず》めるハーモニーの顎《あご》をつかんで上を向かせた。そして、彼の濡れた目尻を指で拭った。

「あなたって仔犬みたい」

「……ひどいよ、そんな言い方」

「だって、そんな目をして、見えない尻っぽを振ってるんだもの」

ハーモニーは唇を噛《か》んだ。確かにその通りだ、と彼は思った。母を思いやる脳みそが、今のぼくにはない。ここで流れているのは、どちらかというと嬉し涙に近い気がする。そして、それを彼女に見て欲しいと思っている。憐れんでもらうために。よりいっそうの優しさを彼女から奪おうとするかのように。ひどい奴。妹が、今でも壊れた都会の片隅で、心細さに押しつぶされそうになっているというのに。でも、ヴェロニカに再会した瞬間から、ぼくは、思いやりというものを忘れた。もう何も考えられない。この人が欲しい。会えなかった時間を、体を使って埋め尽くしたい。

「行きましょうか。わが心のジョージアへ《ジョージア　オン　マイ　マインド》」

ヴェロニカは、車を走らせた。彼女は、ニューヨークの状況に関して、多くを尋ねなかった。ハーモニーにしても、ＴＶの画面に映し出される以上のことを話せなかった。九月十一日、あの日、あの街にいなかった者に、本当の悲劇は語れない。親を失くそうとしている彼にすら、現実を描写することが出来ないのだ。ひなびたモーテルの小さなベッドの上で、我を忘れることが先決。喜びが苦しみに似た吐息を押し出す時、彼は、死者を悼む義務から解放される。罪悪感を忘れて、彼女の匂いに溺れることが出来る。

もう何度、ヴェロニカと裸で抱き合ったことだろう。いまだに、その快楽と後に続く安息に慣れることがない。もう少し、と思う。けれど、時間は、彼らをせかして、幸福な怠惰を許さない。彼女がシャワーを浴びて服を着る間、彼は、ベッドにもぐり込んだまま、その様子を見ている。ここから出たくない。まるで、登校拒否を決め込んだ子供のように、強情になっている自分を感じる。登校拒否？　それでは、この部屋のドア一枚を隔てた外の世界は学校なのか。彼には、そうは思えない。ここでは、男と女が上昇させる湿度に関して学ぶことが出来る。彼女の溜息の音階を、彼は、正確にそらんじることが出来る。読唇術だって覚えた。唇の形を見るだけで、彼は欲望を具現化出来る。ドアの外に広がる日常で、いったい何をすれば良いと言うの？　けれど、彼は、それぞれがまったく重ならない世界を持っているからこそ、彼女が自分に会い続けるのだろうということにも気付いている。支障をきたさない日常生活。その均衡が崩れ始めた時、二人の関係は終りに近くなる。それを思うたび、彼の心は暗くなる。そして、どうにかその瞬間を避けたいと思い、平然を装ってハイスクールに通う。仕事に行く。友達と語らい、家の手伝いをする。けれど、自分の部屋に入り、ギターを爪弾く時、強烈な飢えが彼を襲う。それを満たすために歌を作ってみようかと思う。聴いて欲しい人は、たったひとりきりしかいないというのに。

「ハーモニー、何をしているの？　早く支度をして。ウォールマートまで送って行くわ」

ヴェロニカにせかされて、彼は、渋々身支度に取り掛る。シャワーなんか浴びない。雌犬の匂いをさせたままでいてやる、と不貞腐《ふてくさ》れた気分で思う。けれど、その匂いは、自分の肌の上で、なんとこなれていることか。仕事の最中に、シャツの衿首に鼻先をつっ込んで嗅いだ時、どれ程、自分を陶然とさせることか。乾いた汗や体液。汚れたものと思われていたそれらが、今は、彼の体を疼《うず》かせる。ひとりの女に、そんなふうに感じてしまうこと。それを恋と呼ぶなら、恋は、ロマンスとは程遠い。

二人は、ドアを開ける前に、もう一度口づけを交わす。区切りを付けるためのキス。ヴェロニカは、唇を離すと、ハーモニーを見上げた。そのもう一度彼を欲しがるような上目づかいを見るたびに、自分の背が彼女より高くなっていて良かったと思うのだった。

「ベイビー、もうあなたが恋しいよって、言って」

彼女のその言葉に彼は従う。ベイビー!!　男も女も年齢も、すべて吹き飛ばしてしまう愛らしい呼びかけ。けれど、男と女がそれを使い合う時、その語尾からは満たされたセックスのしずくがしたたり落ちる。彼は、何度も、彼女をそう呼び、再び力を込めて抱き締める。そして彼女は、そんな彼を優しく現実に押し戻す。

パートタイムの仕事が終わる頃、ウィリアム伯父が珍しくハーモニーを迎えに来た。

「まさか、飲んでないでしょうね」

車の助手席に乗り込んだハーモニーの疑わし気な視線を受け止めて、ウィリアム伯父は笑った。

「飲み過ぎてはいないよ。それより、ハーモニー、おまえ、女と寝て来ただろう」

「言ってる意味が解んないよ」

「おれの嗅覚は犬並みなんだ。ゴードンとタンカレイ（どちらもジンの種類）の違いも嗅ぎ分けられる。その女、年上だろう。しかも、経験豊富で、口《ブロウジョブ》でするのが上手で、愛に飢えてる」

「……アンクル・ウィリアム……」

ハーモニーは、呆れて首を横に振った。ウィリアム伯父は、ひとり納得したように頷きながら車を出した。足許の紙袋に包まれたビール瓶が音を立てる。

「年上の女はいいぞ。おれも、初めての女は年上だった」

「知ってますよ。うんと年上。しかも教師でしょ？　ロビンが言ってた」

「おれのゴシップで盛り上がるなんて、ひどい双子たちだ」

「盛り上がってた訳じゃないよ。盛り上がったのは、ダディも同じ女とだったたって知ってからだよ」

その瞬間、ウィリアム伯父のかけた急ブレーキのせいで、二人は前のめりになった。ライトで照らされた前方に目をこらすと、アライグマが、ゆっくりと道を横切って行くところだった。

「危ないじゃないか、ラッキー」

言って、ウィリアム伯父は、紙袋を口に運んだ。危ないのはどっちだ、とハーモニーは肩をすくめた。

「あれもラッキーなんですか？」

「そうだよ。もうとうに寝る時間だと思っていたのに」

「夜行性でしょ」

夜行性と言えば、ウィリアム伯父もそうだとハーモニーは思う。夜になると急に元気になるような気がする。祖母の車を勝手に使い、バーに酒を飲みに行くこともある。ひと晩じゅうグラス片手に本を読んでいることもある。バスルームに用を足しに行く際、通り掛って見ると、彼は、とても幸せそうだ。誰にもとがめられずに、ひとりの世界を築いているようだ。

「その女に真剣なのか？」

ウィリアム伯父の唐突な質問に、ハーモニーはうろたえた。しばらくの間、口をつぐんだままだったが、彼にになら言っても良いような気がして来た。どうせ酔っ払いだもの。明日になったら忘れているに決まってる。

「男が、こんなにも、女ひとりにかまけてて良いのかな？　どう思います？」

「それはだな、ヤングマン、かまけなくてはおもしろくないという人生の法則なんだよ」

「はあ……法則ですか」

「そう。人と関わり合う時に限って、クールなんて言葉は、ちっとも粋《クール》じゃない」

彼に、粋《クール》の定義付けをされても、まったく信憑性《しんぴょうせい》に欠ける、とハーモニーは思った。何が人生の法則だ。自分こそ、人生の法則をすべて無視して生きているくせに。そのせいで、周囲の人間たちが、どれ程の迷惑をこうむっていることか。それなのに、何故だろう。父も祖母も、この人を嫌いだという素振りを少しも見せない。時に忌々しいと感じてしまう自分だって、いつのまにか彼を受け入れている。そこにいて、どうにかこうにか無事でいてくれれば良い、などと思ってしまうのだ。すべてを投げているように見える彼。けれども、自分を決して見捨てさせない。彼の何かが、人々にそうさせている。

「女と問題を起こしてると、人生に退屈しないぞ」

「それも法則ですか」

「そうそう」

「じゃ、アンクル・ウィリアム、あなたは、どうなの？　女の影が見えないけど、退屈しているの？」

「女の代わりに酒がある。酒で問題を起こしてる」

どうやら酒さえあれば退屈しないですむらしい。言い替えれば、退屈を恐れて酒に依存しているということか。

「ソフィアのこと、残念だったな」

「まだ死んだかどうかは解らないよ」

力なく答えるハーモニーの肩を叩いて、ウィリアム伯父が言った。

「死んでるよ」

それは、慰めの言葉にはあまりにもそぐわないひと言だったが、何故かハーモニーには、彼の精一杯の労りのように感じられた。

「人は、誰でも死ぬんだ。そして、そのたいていの場合は、理不尽な理由によるものなんだ」

「あなたは納得行かない理由で、大切な人を失くしたことはあるの？」

「あるよ。数え切れないくらいいね。でも、その人が大切だったかどうかは、失くした後に、ようやく解る」

大切な人、と口にした自分に、ハーモニーは、とまどっていた。母は、そんなにも、大切な人だっただろうか。父よりも、ロビンよりも大切だっただろうか。

「なあ、ハーモニー、その、今、おまえが夢中になってる女が突然死んだらどうする？」

「そんなこと……」

想像もつかなかった。会えない時間は、会えるという確信があるから耐えられる。もしも、それがなくなってしまったら、と想像すると震えるくらいに恐しい。彼女のために熱くした体を冷ます術を失うなんて。彼女が待ち受けている筈の迷路の出口に誰もいないなんて。ぼくは、永遠に、迷子のままになる。

「恐いだろ。でも、恋は、その恐さが、たとえ想像の中でも確認出来る。じゃ、親はどうだ。親に関しちゃ、滅多に想像力は働かない。病気や事故や余程のことがない限り、安心しているものじゃないか？」

「うん。だって、まさか、こんなことになるなんて」

「想像してごらん。ソフィアが、本当に、この世の中からいなくなっちゃったんだって。その想像が、現実に、ものすごい速さで近付いてるって考えてごらん」

ハーモニーは、思わず目を固く閉じた。考えたくない。考えたくなかった。そう思い続けた自分に、彼は、その時、気付いた。堰《せき》を切って流れ出しそうな感情を、何かが押し留めている。母にしたことをひとつでも後悔したら、自分が自分でなくなるような気がする。

「レイが、ニューヨークのシティホールで結婚した時に立ち会った。ソフィアに会ったのは、それ一度きりだったな。おれは、その時、既に軍に入っていたから、あちこちに行かなきゃならなかったたし。彼女、いい女だったよ。レイがいなきゃ生きて行けないって言ってた。レイも、同じ気持だって言ってね、あてられたな。でも、二人は、離婚して、結局、お互いなしでも生きて行けた。なんとかなるもんだよなあ」

車は、いつのまにか家に到着していて、車停めのライトが点滅した。

「だからさ、ハーモニー」

ウィリアム伯父は、エンジンを切って暗い車内で、ビールを飲み干した。

「なんとかならないことなんて、ないのさ」

本当にそうだろうか。ハーモニーは、ひとりごちた。この得体の知れない焦燥感が消えてなくなる時が来るのだろうか。その期待を持つには、この土地の闇は濃すぎて、つらい。

それから数日後、ロビンの荷物が届き始めて、家族は大忙しになった。それまでウィリアム伯父が使っていた小さな部屋を彼女のために空けることになり、ハーモニーは、散らかし放題だったそこを丹念に掃除した。ウィリアム伯父は、ガレージの片隅を自分の居場所にするという。

「ガレージを隠れ家にするのは、ガキの頃からの夢だったんだ」

ウィリアム伯父は、得意気にそう語りながら、自分の荷物を運び込んでいた。

「隠れ家って……洗濯機も乾燥機も冷蔵庫もここにあるんだから、皆から身を隠そうとしても無駄ですよ」

「時には客人を歓迎するよ」

この人は、酒さえ切らさなければ、何ごとにも動じない人物だ。もう少しで尊敬してしまいたくなる。ハーモニーは、ラヴチェアを運ぶのを手伝いながら思った。棚には既に、ジンの瓶やグラス類、カクテルナプキンなどが並べられている。まるで、バーでも開店するみたいだ。

　段ボール箱には、古びたペーパーバックスが無造作に投げ込まれている。ハーモニーは、その中でふと目に付いた写真のアルバムを開いてみた。そこには、祖父が、まだ健在だった頃のジョンソン一家がいた。

　その中の一枚は、教会に行った際に撮られたものなのか、全員が正装している。まだ幼ない父とウィリアム伯父が、今にも吹き出しそうなのをこらえて神妙な表情を作っている。それを見て、ハーモニーは、何故か良かったと思うのだった。笑いをこらえる瞬間を持てる家にはきちんとした幸せの背景がある。祖父がアルコールで我身を滅ぼし始めたのは、いったい、いつからだったのだろう。少なくとも、この写真の彼は、身なりの良い紳士に見える。

「おれのダッドは、正しい酔っ払いだったよ」

　いつのまにか、ウィリアム伯父は、ハーモニーの背後から、アルバムを覗き込んでいた。

「ジュークジョイントで酔っ払って、いつもそこで引っ掛けた別嬪に送られて帰って来た。ジェリーカール（整髪料をたっぷりと付けた髪形）で女の枕をいくつ汚したか解らないって自慢してた。悲しんでるマムを見て、ものすごくすまなそうな顔をしながら、セヴンセヴン（ウィスキーのセヴンナップ割り）を指でかきまわしていた。サイドベンツのスーツが格好良かったな」

「酔っ払いがなんで格好良いの？」

「ほんとは何も気にしちゃいないって風情を作り出してる酔っ払いは格好良いのさ。実際、ダッドも、マムが許すとすぐに、バーに飛んで行った。結局、少しも自分が悪いなんて思っちゃいなかったんだな」

「あなたはどうなの？　アンクル・ウィリアム。あなたも自分が悪いとは思っていないの？」

ハーモニーの問いに、ウィリアム伯父は首を傾げた。

「さあ、どうかな」

声の調子は沈んでいて、ハーモニーは自分の知る術もない彼の過去に少しばかり同情した。

「ダッドが言ってた。自分の幸せの条件は、酒と女と給料日。その三つが重なると最高だって。そして、家族にちょっとだけ心配されていれば言うことなしだって」

「自分勝手なんだな」

「だから正しい酔っ払いなんだって」

祖母の使っていた洗濯機が脱水に切り替わったのか、大きな音を立てた。ハーモニーは、ガレージの中を見回した。正しい酔っ払いの隠れ家からは程遠い。けれど、ここには、ウィリアム伯父のささやかな幸福が凝縮されている。

ロビンが到着する日、祖母は、朝から料理の下ごしらえに余念がなかった。オーヴンからは、ローストされているラムの良い匂いが漂っていた。ハーモニーも、付け合わせにするじゃがいもを洗ったり、テーブルクロスを替えたりして手伝った。なんと、ウィリアム伯父ですら、家じゅうの床に掃除機をかけて貢献しようとしていた。誰もが、ロビンが来るのを心待ちにしていた。彼女を慰めて、心穏やかな状態にしてやりたいと意欲を持っているようだった。ニューヨークの祖父の家では、誰もが自分勝手に嘆いていた。ハーモニーは、改めて、父と母の育った家の違いを思った。

　ロビンを迎えに空港まで行った父の車が車停めに入る気配を感じて、三人は玄関の外に出た。両手に荷物を抱えてドライヴウェイを走って来る彼女は、小さな少女に見えた。グランマ！　ハーモニー！　アンクル・ウィリアーム！　まるで、サマースクールのバスから降りて久し振りに家族に再会したかのような呼び声。それを耳にして、彼女が、もう既にここを自分の家と決めたのだ、とハーモニーは思った。彼女の決意は、いつだって素早い。

「ロックフォート川のあの長い長い橋を渡る時、もう旅行者じゃないんだって感動しちゃった」

　夕食のテーブルで、コーンブレッドをぱくつきながら、ロビンは話し続けていた。友達にニューヨークを捨てるつもりか、と嫌味を言われたこと。けれども、南部の雰囲気には、とうに魅了されていたこと。

「私のホームタウンは、永遠にニューヨークよ。でも、少しだけ、ニューヨークっ子でいるのをお休みしたいの」

　言葉を区切って下を向いてしまった彼女の頰を父が手の甲で撫でた。祖母が、キャンディヤム（甘く煮たさつまいも）のお代わりを勧め、ウィリアム伯父が、紙ナプキンを差し出した。優しさをひとり占めにしている彼女を、ハーモニーは、少しだけ妬ましく思った。彼女にあって自分にないものとは、何なのだろう。

「ハーモニー、そろそろおまえの出番じゃないのかい？」

　父の言葉に、ハーモニーは照れて横を向いた。

「やっぱり止めとく」

ロビンは、興味津々な様子で、父と兄の顔を交互に見た。すっかり元気を取り戻していた。

「今さらそんなことを言いだすのは許さないよ、ミスターハーモニー」

「それ、命令？」

「そう。滅多にしない父親の命令だ」

ハーモニーは、渋々立ち上がって、自分の部屋にギターを取りに行った。背後から、何？ どうしたの？ というロビンの好奇心に満ちた声が追いかけて来た。彼は、彼女のために歌を作ったなどと、つい父の前で口にしてしまった自分を後悔した。

ハーモニーが、ギターを手にしてテーブルに戻ると、皆が盛大に拍手した。何が起るのかを悟ったロビンは、はしゃぎ過ぎて、キャンドルを倒しそうになった。ハーモニーは、チューニングを完璧にしてから言った。

「九月十一日の朝、ぼくの双子の妹は」

ハーモニーは、静かに語り始め、やがて、ギターの音色に合わせて、次第に歌に変えて行った。生まれ育ったダウンタウンの秋の情景。ユニオンスクウェアの朝市で食べた果物。取り合って喧嘩をしたおもちゃのこと。パパイヤパラダイスの甘過ぎるカップケーキ。生意気な妹。大嫌いだと言った後に、自分と同じ顔にそれを言ってしまった反省。ハーモニーは、淡々と描写した。途中、ロビンは、何度もげらげら笑っていたが、弾き語りが母のことに及ぶと涙ぐんだ。洗面台に並んだクリニーク、エタニティの香水瓶、ニュートロジーナのシャンプー。使いかけのあれらは、いったい、どうすれば良いんだろう。バスルームの使い方で、いつも、彼女に叱られた。けれど、もう、怒られることもないから、平気で汚してしまおう。

「ひどいわ」

ロビンは、丸めた紙ナプキンをハーモニーに投げた。彼は、それを器用に避けながら続けた。そう思ったけど、汚す気なんて起らない。叱られないのならつまらないから意味がない。ほうれん草のソテーだって、もう残さない。何故なら、もう叱ってくれる人はいないから。

歌いながら、ハーモニーは思った。小さな頃、自分は、確かに母の気を引こうとばかり考えていた。素直にピアノを習い始めたのもそのためだった。歓心を得たいとやっきになっていた。求める心を使い果たしたのは、いつの頃だったか。

父は、テーブルに両肘《りょうひじ》をつき、手を組んでそこに顎を載せて目を閉じていた。祖母は食い入るようにハーモニーを見詰めている。ウィリアム伯父は、ビール瓶を片手に、歌に合わせて指を鳴らしている。ロビンが紙ナプキンで涙を拭った。皆、それぞれに、あの一日に思いを巡らせている。そう思った瞬間、陶酔が、彼の内を満たした。あの人に知って欲しかったのは、まさにこれ、自分のやりたい音楽がこれをもたらしてくれるというそのことだけだったのに。

「そうして、ぼくの妹は、サヴァンナの空港に降り立ち、今、コーンブレッドを齧《かじ》っている」

歌い終わると、しばしの沈黙の後に、拍手が起こり、賞讃のかけ声や口笛は止みそうになかった。たった四人しか観客のいないコンサート。けれど、ハーモニーには、満場の客を前に、ステージに立ったような気がしていた。ストリートでの演奏とは、傾けてくれる耳の真剣さが違う。ひとり部屋で歌う時よりは、自分の集中の度合いも違う。彼は、強烈に思った。ぼくは、ミュージシャンになりたい。

食後、皿を洗うハーモニーの横で、それを拭きながら、ロビンは言った。

「すごいわ、ハーモニー、前よりずうっと上手くなってる」

「そう言ってくれると嬉しいけど、でも、ぼくが歌いたいことと、皆が聴きたいことが一致したってだけなんじゃないかな」

「一致させたのは、あなただわ」

　ニューヨークの街角で演奏していた時、本当に歌いたかったことは、自分の中にあっただろうか、とハーモニーは考えた。ブルースマンである自分を夢想して悦に入っていただけではなかったのか。歌うことそのものより、コインや紙幣が投げられることに喜びを感じていたのではなかったか。あの時のぼくは、こう感じていた。どうだ、ブラームスなんかより、はるかにクールだろ？　本当は、より上手くやれるのは、ブラームスの方だったのに。

「マムにあなたの歌、聞かせたかったわ。いなくなってから、そう思うなんて皮肉ね」

「彼女、本当に、もういないのかな」

「ここにいないってだけよ」

　ココニイナイ。ハーモニーは、ロビンの言葉を反芻した。ココニイナイ。ここにいない人のために、多くの歌が作られて来た。彼は、自分が、歌を志す人間として、ようやく入口に立ったような気がしている。ブルースが心の叫びだなんて言い草は嘘だ。叫びというなら、むしろ、肉体からのそれに近い。触れることの出来なくなった人。見ることが叶わなくなったもの。嗅ぐことの許されない匂い。鼓膜を震わせてくれない声。失ったキスの味。喪失の思いは過去を抱き締め、人を歌わせる。

「夏にニューヨークに戻った時、マムが私に聞いたのよ。ハーモニーは、まだピアノを弾いているのかしら」

「ぼくをハーモニーと呼んだの?」

「そうよ。見たとこ、こっちに移って来てからはお客さん用の居間の隅っこに置きっぱなしになってるだけみたいだけど。もったいないな。あれ、中古だけど、すごく良いものなのよ」

「そんなの知ってるよ」

まだ若かった夫婦が、子供のために必死に選んだピアノ。調律師が言った。これ弾いて上手くならなかったら嘘ですよ。

「マムは、自分が与えられなかった教育を、すべて子供に授けたかったのよ。あの人の教養とか洗練って、自分で勝ち取って来たものなんだもの」

ボローニャソーセージのうまいサンドウィッチの作り方を知るだけで満足するには、母の野心は大き過ぎた。彼女を疎《うと》ましく思い始めた頃、ハーモニーは、自分に期待されているものの多さに、いつも身震いしていた。そんなものを一向に意に介さずに、やんちゃなままでいられるロビンがつくづく羨《うらや》ましかった。何も望まれない人になりたい。彼は、そう切望した。父といて嬉しかったのは、彼が自分そのものをおもしろがってくれたからだ。腹がへっている時には、何よりもボローニャソーセージの扱い方を覚える方が大事だと教えてくれる人だったからだ。

「マムが、イタリアンデリの娘のままでいることに反発したように、あんたは、マンハッタンのエグゼクティヴの息子のままでいることに反発してる。似てるわよ、二人は。いつも、もがいてる。でも、どっちの立場も捨てられないの。結局マムは、ディーン・アンド・デルカの野菜のテリーヌも好きだったけど、グランパの作るズィットの味も忘れられなかったわ。ハーモニー、あんたもおんなじよ。B・B・キングに傾倒しても、バッハの弾き方は覚えてるでしょ？」

「似てなんかいない!!」

「似てる!!」

父が、ビールを取りにキッチンに入って来て、冷蔵庫のドアを開けた。ハーモニーとロビンは、同時に口をつぐんだが、会話は、すっかり聞かれていたらしかった。

「何を言ってるんだか。一番似てるのは、おまえたち二人じゃないか」

呆れたように、そう言い残して、父は、居間に戻って行った。二人は、しばらくの間、無言で、後片付けに専念していたが、やがて、ロビンが口を開いた。

「今年は、ニューヨークの冬を過ごさなくても良いのね」

「こっちだって、結構寒いんだよ」

「でも、雪は降らないでしょ？　あそこの寒さって、気分が落ち込んでると耐えられないわ」

ハーモニーは、あのきりりと皮膚を刺すような冷たい風を少しばかり懐しく思い出している。部屋の暖かさに感謝したくなるあの凍てついた空気。この土地にはないものだ。

「ねえ、ハーモニー、マム、大丈夫かしら。寒くないかしら」

母が、冬の朝に、いつも啜っていたカプチーノの湯気が脳裏によぎる。あれさえあれば、彼女は大丈夫な筈なのだが。

数日後、ロビンは、まだ転校の手続きもすまない内に、アイスクリームショップのパートタイムの仕事を見つけて来た。ショーンが知り合いのつてを辿って捜してくれたのだという。もう彼と会っているのか、とハーモニーは、驚くと共に、彼女の行動力に恐れ入るのだった。

「食べに来てよ。こっそり、あなたの好きなチョコレートミントをダブルにしてあげるわ」

そして、彼女は、ショーンとの再会がどのようであったかを事細かに語るのだった。

楽しそうだ、とハーモニーは思った。彼女の心には、喜びと悲しみのプラグが別に付いているみたいだ。自分のそれは、常に交差していて分けることが出来ない。正と負の感情は、いつも混濁していて、自分でも支配することが出来ない。

電話中に、ヴェロニカが急につれない話し方をし始め、時には、途中で切ってしまうことがある。もしかしたら、夫が側にいるのかもしれない、と思う。当然のことだ、と自分を納得させようとはするものの、ハーモニーは心に湧き上がる怒りを抑えることが出来ない。もっと優しいやり方がある筈だ、と彼は怒鳴りたくなる。けれど、次に、彼女の姿を見る時、怒りは、あとかたもなく消えて、こらえ切れない笑みが、体じゅうに刻まれて行く。そうだ、と彼は思う。彼女に会える喜びは、ぼくの全身を笑わせる。見えない尻っぽを振る仔犬。彼女は、正しいことを言ったのだ。

ロビンは、自分の働こうとする店のオレンジのシャーベットが、いかに美味かを話し続けている。口の中に広がるあの風味がたまんないのよ。ハーモニー、あなたも食べてみたくならない？ショーンの大好物なのよ。

ハーモニーは、ヴェロニカの面影を追い払って、オレンジ色の塊を思い浮かべる。すると、どうしたことだろう。頭の中のスクリーンの上で、それは、ゆっくりと溶けて行き、ジョージアに向かう車の中から見る夕陽の色に同調する。運転するヴェロニカの横顔が緋色に染まるその瞬間、彼は、キスすることもなしに、彼女の頰がとてつもなく甘いのが解る。彼の心に潜む舌は、いつも彼女を味わい尽くそうと待ちかまえている。

「ちょっと、ハーモニー、あなた私の話、聞いてるの？」

「オレンジシャーベットだろ？」

「何言ってんの？　その話は、もうとっくに終わって、バナナカフェのピカンパイに移ってんのよ。あんたって、昔から空想癖ありだったけど、ますますひどくなったんじゃない？　南部の暑さで、ぼけちゃったのかしら」

　ハーモニーは、ロビンをこづき、すると彼女が倍の力で返して来たので、急いで自分の部屋に退散した。

　このような二人の小さないさかいは、毎日何度もくり返された。ハーモニーは、そのたびにいちいち腹立たしい思いに駆られたものの、十分後には、何もかも忘れたように話しかけて来るロビンの相手をしている内に、不機嫌なままでいる自分が馬鹿馬鹿しくなるのだった。思えば、昔からそうだった。サウス・キャロライナに来てから、ずっと忘れていた平和な小競り合い。彼女は、ここにニューヨークを運んで来た。彼にとってのニューヨークは、両親と妹と自分が織りなす日常生活そのものに他ならなかった。今、それを形作っていた一角が欠けている。彼にとっては、ワールド・トレイド・センターよりも象徴的な一角が。ぼくたち家族のニューヨークの一部分は、まったく納得の行かない理由で破壊された。その思いは、彼を、茫漠とした寂寥《せきりょう》の中に立ち止まらせずにはおかない。

　ロビンの仕事ぶりを見てからかってやろうと思い立ったのは、早番の仕事を終えた週末の午後のことだった。マーカスの運転する車でアイスクリームショップに乗りつけたハーモニーは、制服に身を包んで慣れない手つきでスクープを扱う妹の姿をながめた。なんだかいたいけな気がした。母の残したものがあるだろうに、彼女は、家計を助けようとしている。もっとも、それは自分も同じだったが。

店に入ると、ロビンは嬉し気な表情を見せ、例のオレンジジシャーベットを勧めた。マーカスは、その笑顔に心奪われた様子で、言われるままにそれを注文したが、ハーモニーは、気に入りのチョコレートミントを頼んだ。彼女は、不満気に唇をとがらせたが、さすがに、慣れない場所で知った顔を見て安心したようだった。

「発音が聞き取れなくって、もう、たーいへん」

代金を受け取りながら、ロビンは小声でハーモニーに訴えた。

「もう二週間になるんだろ？　いい加減に慣れろよ」

「巻き舌なしの早口が恋しいわ」

マーカスは、ロビンを非常に気に入った様子で誉めちぎっていた。おまえと同じ顔なんだと思って最初から期待してなかったけど、あの娘は最高だ、などと言ってハーモニーをからかった。

帰り際、隣接するKマートで買い物があるというマーカスを、ハーモニーは車の中で待った。ぼんやりと外を見ていると、週末の買い物客で混雑する中に、ヴェロニカの姿があった。思わず車から降りようとした時、彼は、横に彼女の夫がいるのに気付いた。中古車センターで、何度か見かけた顔だ。二人共、Kマートの大きな袋を下げていた。ひとつの袋からは、掃除用のスウィーパーの柄が覗いていた。

ハーモニーは、二人の前に走り出て、すべてを話してしまいたい衝動に駆られた。けれど身動きさえ出来ずに、ただ彼らが通り過ぎて行くのを見詰めているのだった。どうってことない。彼は、自身に言い聞かせた。あの夫のおかげで、自分は、あの不様な掃除道具を持たずにすんでいるのだ、と。

家に戻ると、ウィリアム伯父だけがいて、彼の新しいベッドになった客間の寝椅子で眠りこけていた。倒れてテーブルを汚しているビール瓶を片付けようとして、ハーモニーは、埃をかぶったままのピアノに気付いた。彼は、ふと思い立って、その蓋を開けた。鍵盤を見るのは、本当に久し振りのことだった。

立ったまま、片手で、昔習った旋律を奏でてみた。すると、たまらなくなり、今度は椅子に腰を降ろし、両手で弾き始めた。もう前のようには弾けないのが解った。それでも続けた。つたない音。調律を怠っていたピアノからは、少しずつ狂った調べが流れる。それに気付きながらも止められないのだった。夫といた時のヴェロニカの顔を思い出した。人混みにうんざりしたようなあの表情。投げやりな調子でガムを嚙んでいた。ジョージアに向かう夕陽の中の美しさなどみじんもなかった。それなのに、どうしてなのか解らない。ベッドに入る予感を抱いた顔よりも、はるかに性的に見えた。その残像は、欲望を直接ぶつけて来る時よりも、彼に意欲を湧かせているのだ。ここにいない人。彼は、今、その人を思って、ピアノを弾いている。

思うように動かない指に嫌気がさして、もう止めようと思ったのと、寝ぼけたウィリアム伯父に、うるさいと言われたのは同時だった。彼は、鍵盤に伏せて、そのままでいた。額に当たる冷たいキーの感触が心地良かった。ずい分、下手になっちゃったな。彼は自嘲するように笑ったが、気分は悪くなかった。元々、ピアノは嫌いじゃなかったんだ。彼は、ようやくそのことを思い出していた。

「電気点けなくて大丈夫？　暗くないの？」

顔を上げて振り返ると、ロビンが立っていた。ショーンのトラックで送ってもらった、と彼女は言った。

「毎日、オレンジシャーベットを食べに来るのよ。よっぽど好きなのね、どう思う？」

「フロリダ出身だからだろ？」

「馬鹿！　私のこと言ってんのよ」

「兄に向かって、もっと丁寧な口のきき方をしたらどうなんだ」

ふん、と鼻を鳴らして、ロビンは、ピアノに寄り掛かった。

「ピアノの前にいるあんたを見るの久し振りね。調子はどうなの？」

「駄目。調律しなきゃな。こいつもぼくも」

「ついでに性格もそうしてくれるとありがたいんだけど」

ロビンの憎まれ口にうんざりしていると、彼女は、忘れていたというように、デイパックから包みを出して、ハーモニーに差し出した。彼が目で問いかけると、悪戯《いたずら》を仕掛ける前のような表情を浮かべて言った。

「開けてみてよ。私からの贈り物。たまには妹らしいこともさせてちょうだい」

訝しく感じながら、リボンと包装紙を取ると、写真立てが現われた。

「……もう写真が入ってるじゃないか」

「ハーモニー、あなたを産んでくれた人よ」

写真立ての中で、母は、今にも笑い出しそうだった。

「吹き出しそうなの、こらえてるみたいだ」

「ダディが笑わせようとしているのよ」

ハーモニーは、写真を見詰めたままだった。目を離すことが出来なかった。思い出そうと試みた母の面影。そのばらばらだったピースが、今、ひとつになり、ようやく像を結ぶ。彼は、九月十一日のロビンの言葉を思い出す。好きな人は、側になんかいなくたって、いつだって抱き締められるのよ。

「これからだって遅くないよ。ハーモニー、これから、マムを愛して行こうよ」

そう言って触れたロビンの手の感触で、彼は、自分の頬が、いつのまにか濡れていたことに気付く。恥しさを感じながらも、もう止めることが出来ない。涙が後から後からこぼれ落ちる。

礼を言おうと顔を上げたハーモニーを、ロビンは笑って遮《さえぎ》った。

「給料日だもん。たまには良いことしたいじゃない？」

もう給料日？　そうよ、初めての給料日。ハーモニーは、抱き締められて、もう一度、彼女の声を聞く。ディス　イズ　マイ　ペイデイ。

Chapter Three
"Robin"

第3章 ロビン

　手首に巻き付けられた革紐のブレスレットには、小さな銀のチャームがぶら下がっている。十字架《クロス》だ。それが、ふとした際に何かに当たり、ことりと音を立てる時、ロビンは思う。私は、決して信心深いとは言えないけれど、このクロスに関してだけは、別。これは、彼女の小さな祭壇。移動式。クリスマスに、ショーンから贈られたものだ。

　その朝、家の前で鳴るクラクションの音で目覚めたロビンは、飛び起きて外に走り出た。停められたトラックの運転席で、ショーンが笑いながら、小さな包みを掲げていた。もちろん、それが何を意味するかをロビンは知っていた。彼女の部屋着《ハウスコート》のポケットにも前の晩から入れられていたもの。クリスマスギフト。二人は、ヒーターの効いた車の中で互いのために用意した初めての贈り物を交換した。彼からはブレスレット。そして、彼女からはペンダント。偶然にも、彼女の選んだペンダントヘッドは、彼からの物と同じ十字架だった。二人は、驚いて顔を見合わせ、そして抱擁した。ここには、何か重要な意味がある。そう思わずにはいられなかった。始まったばかりの恋は、どのような偶然も見逃さず、そこに運命の味つけをする。九月十一日だってそうだった。あの最悪の事態を迎えた時に、少なくともショーンの声を聞けた。そして、耐えることが出来た。神様のお導きだ。ロビンのその言葉を、ハーモニーは一笑に付したけれども。大きな不幸と引き替えに、小さな幸せを恵むなんて、神様もずい分とちゃっかり《スリック》してるよなあ、なんて言っていた。でも、苦しい時に支えてくれる人は、やっぱり神様の贈り物じゃない？　そう、男の人の腕の中で、悲しみは甘く溶ける。私は、生まれて初めてそのことを知った。ロビンは、思い出して爪を噛《か》む。家族に抱き締められた時よりも、はるかに、心は柔く歪《ゆが》む。そして、甘く崩れる。まるで、焼き上がったばかりのスポンジケーキのように。

きみが必要な時には、いつもそこにいてあげる。久し振りに再会した時、ショーンは、ロビンにそう言った。彼女は、少しの間、立ち尽くしたまま彼を見ていた。泣きたくない。彼女は、そう思って足に力を込めて踏んばった。私は、強い子だ。家族の皆がそう言っている。そして、私は、そう人に思われることが好きだ。弱みなんか見せたくない。だって、いつもマムが言ってた。世の中で一番魅力的なのは、タフな女よ。

そう思いながらも、ロビンは、自分の体がぐらりと揺れるのを感じた。彼女が前屈みになったのと、ショーンの手が、その背中に触れたのは同時だった。その瞬間、彼女は、彼の胸に顔を埋《うず》めて泣き出した。

ロビンが泣いている間、ショーンは何も言わずに、ただ彼女の背を撫でていた。彼女は、自分の体を囲む枠のような彼の骨格を意識した。人に抱き締められて、それを感じたのは初めてだった。労《いたわ》られている。そう思った。そして、守られている。考えてみれば、自分は、これまで、いつも守ってあげたいと願う側だった。父に対してですら、そうだった。それなのに、今、この男の人には守られたいと切望している。自分が、時には弱い生きものなのだと知らせたがっている。母が見たら笑うだろうか。それとも、彼女も、父と二人きりの時は、弱い生きものでいることに甘んじていたのだろうか。いずれにせよ、とロビンは心の内で呟《つぶや》く。背中に当てられる男の手。それは、女にとっての必需品だ。

「お母さんは、まだ?」

ロビンがようやく顔を上げると、ショーンは尋ねた。彼女は、首を横に振った。

「夏に会った時と、状況、まるで変わっちゃったね。大丈夫? 耐えられる?」

「大丈夫なんかじゃないって、今になって解ったみたい。ニューヨークでは、目の前で起っていることを受け止めるだけで精一杯で」

「おれには何も出来ないけれど、側にはいてあげられる。ごめん、こんな時にこんなこと言うべきじゃないんだろうけど、ロビン、きみに会えて嬉しい。ニュースを知った時、きみが無事かどうかしか頭になかった。あんなにも大勢の犠牲者が出たってのに、きみのことしか心配していなかった」

ショーンは、そう言って恥じたように下を向いた。

「自分勝手だね」

「ううん」と、ロビンは、もう一度、彼の胸に頬をすり寄せた。いつだって世の中の大きな悲しみには、ちっぽけな枝葉がある。極めて個人的な生活が、そのはしをになっている。自分がそこにいるのを感じる。私は、悲劇の中の小さなパーツに過ぎない。けれども、その事実は、全身を捕えて身動きを許さない。もがく今の自分に必要なのは、とロビンは考える。世界の行く末を憂える人々ではなく、私だけの手を引いて歩かせてくれる人だ。少なくとも私は生きている、そのことだけで幸せを感じてくれる人だ。もしかしたら、この胸の中で、私は、マムのことだって本当は心配してやしないのかもしれない。自分勝手、と彼は言った。でも、今だけは、そうなるのを許して欲しい。自分だけが憐れなのだと思いたい。そして、その憐れさで、彼の心を占領したい。

二人は、その日、川べりのボードウォークにある背もたれの付いた二人乗りのブランコに揺られて、ただ、ぼんやりとしていた。時折、行き来するボートに塗られた白いペンキが陽の光を反射して輝いた。とりとめのない話に、ロビンは、心からくつろいだ。ショーンの肩にもたれて、彼女は、つくづく平和だと感じた。そして、母を失う前の自分は、平和の真っただ中にいながら、その意味を知らなかったのだ、と思った。

家族のそろわない二度目のクリスマスがやって来る。ロビンは、もう年の暮れに思いを馳せていた。一度目は、父とハーモニーを欠いていた。そして、今年は、母がいない。来年は、どうなるのだろう。本当に、運命って解らない。

「ショーン、あなたは、クリスマスどうするの?」

「クリスマス!? 気が早いんだな」

そう言えば、木々が葉を落とし始めるこの時期のニューヨークと違って、人々は、まだ半袖姿なのだ、と気付いて、ロビンは、顔を赤らめた。まるで、プレゼントを期待している子供みたいだ。

「予定なんかないよ。たぶん、叔父さんたちの子供の面倒みてる。彼ら、クラブハウスで働いてて、その日、パーティ入ってるから」

「うち、来る? その子たち連れて来たっていいわ。グランマも喜ぶと思う」

ショーンは、しばらくの間、無言でロビンの髪を撫でていた。

「イエス？　オア　ノー？」

「止めとく」

「やなの？」

「そうじゃないよ」

ショーンは、不服そうなロビンの頭を抱えて額に口づけた。

「今年は、家族だけで過ごさなきゃ。ロビン、おれで気を紛らわせちゃ駄目だ」

ロビンは、唇を噛んだ。現実から逃げたがっている自分の心を言い当てられたようで悔しかった。でも、側にいて欲しいんだもの。それの何がいけないの？　そう思いながらも、彼女には解っていた。家族全員で静かに受け止めなくてはならない何かが、確かにその日に待ち受けているのだと。

「このあたりのクリスマスの飾り付けはすごいんだ。遠くから見物客がやって来る」

ショーンが、彼女の気分を明るくさせるかのように話題を変えた。

「こんな年でもそうなのかしら」

「こんな年だからこそ、そうしなきゃって、思うんじゃないかな」

そして、彼は、この土地に来たばかりの一九九九年にそれぞれの家の飾り付けが、どれ程きらびやかであったかを語った。

「おまけに、三週間も前から、教会前の路上で聖歌隊が合唱したり、劇をやってたり、さびれた観光地で、サーファーしかいないとこからやって来たおれには驚きだった。こんなにも、ジーザスは好かれていたのかって」

「私だって、教会で、ゴスペル聴いてびっくりしちゃったわ。観光客も来るニューヨークのハーレムとは大違い。ねえ、ショーン、こんなふうに感じる私たちって、よそ者同士なのね」

　二人は、顔を見合わせて吹き出した。クリスマスについて話し合いながらも、彼らにとって、今、神よりも互いの笑顔の方が重要なのだった。実際のところ、神に祈るよりも、ショーンに触れる方が、はるかにロビンに力を与えていた。こんなことを祖母が知ったら、仰天してしまうだろうと、ロビンは、ほんの少し申し訳なく思うのだった。

「ショーン、あなたの生まれ故郷ってフロリダのどこなの?」

「ジャクソンヴィル。知ってる?」

　ロビンは、首を横に振った。

「マイアミみたいなとこ?」

「全然違う。おれのうちは、そこの海辺の小さな街。あんまり観光客も来なくなったとこ。そこで母親が、安宿やってる。いつまで持つかなあ。まわりのモーテルもどんどん売りに出されちゃってるし」

「手伝わなくていいの?」

「母親に若い男が出来ちゃって、そいつが手伝ってる。そりが合わないんで出て来たんだ。残して来た弟が心配なんだけど」

「いくつ」

「うん……と、十四だったかな。あ、きみと同じぐらいだね」

「冗談言わないで!!　全然違うわ!!」

ショーンは、突然声を荒げたロビンに驚いた表情を浮かべて口をつぐんだ。彼女の頬は、急激な怒りのために真っ赤に染まっていた。

「あなただって十六歳だったことあるじゃない!!　覚えてる筈《はず》だわ、十四歳とは全然違うってこと」

「それは……まあ……。でも、たったの二歳だろう?」

「私たちの二年は、大人の二年と全然違うんだから!!」

ショーンは、神妙な様子を保とうとしていたようだったが、こらえ切れずに笑い出した。

「何がおかしいのよ、馬鹿にして」

「確かに、ロビン、きみの言う通りだ。おれ十四の時には女の子は砂糖菓子のようなものだと思ってたけど、十六の時には、そうじゃないって知っていた」

「……それ、寝たってこと?」

「そうだよ」

「ふうん、それで砂糖菓子じゃなくてなんだったって言うの?」

「難しい質問だなあ。うーん、たとえば、トウィンキーズ（クリーム入りのスポンジ菓子。胸灼けする程甘い）とか?」

「嘘よ、そんなの」

「なんだよ、じゃや、ミートパイとでも言えばいいの?」

「馬鹿!!」

ショーンは笑い続けていた。ロビンも、むきになっている自分が恥しくなって来て下を向いた。

「ただ子供扱いして欲しくないって言いたかったのよ。ポッケモン（日本のアニメーションのポケモンのこと）観て喜んでる男の子と一緒にして欲しくないってことよ」

「ポッケモン!? 十四歳だぜ。りっぱなサーファーだよ」

「……たとえよ」

ショーンは、むずかるように抵抗するロビンを力ずくで抱き締め、なだめるように背中を叩いた。

「ロビン、きみは、大人でも子供でもないよ。そんなの関係ない。おれに、一番合う女の子、それだけだよ」

ロビンは、自分が、その言葉を聞きたくて駄々をこねていたのだと気付いた。子供の手段を使ってる。それを知ってる私は、大人だ。

「今度、一緒に行こう。年が明けたら」

ショーンが囁《ささや》いた。どこへ？　と尋ねる前に彼は続けた。

「季節外れのフロリダ。ジャクソンヴィルのビーチロード」

「どこに泊まるの？」

「男にだらしなくっていい加減で美人でセクシーな年増と、怠惰で見てくれの良いビーチボーイと、ポッケモンなんか知らないガキのいる、ひなびたモーテル」

ショーンの低い声が、まるで音楽のように耳に注ぎ込まれて、ロビンは目を閉じる。すると、彼女の想像の中で、フロリダのかもめが列をなす。ロックフォートにいるよりも、はるかに自由なかもめたち。

「ただし、それまでに売り出し中《フォーセール》の札が掛からなかったらの話だけど」

その響きが少しばかり寂しく感じられて、ロビンは、ショーンを見上げた。睫毛の陰で、彼の瞳が彼女に問いかける。

「クリスマスが駄目なら、大晦日《ニューイヤーズイヴ》は？　一緒に新しい年を迎えるっていうのはどう？」

ショーンは、呆れたように肩をすくめた。

「ロビン、きみって人は、いつも約束を取り付けたがるんだね。先のことなんか誰も解らないっていうのに」

そんなこと、知ってる。ロビンは、そう思った。私ほど、それを知っている者はいない。

「ショーン」彼女は、彼の頬を両手ではさんで言った。

「約束って、未来のためにあるんじゃないのよ。今のこの瞬間を幸せにするためにあるのよ」

ショーンは、新しい発見をしたかのように、いつまでも目を見開いていた。その様子は、不意を衝かれた少年のようで、自分よりも余程幼ないように、ロビンの目に映った。ある部分では、彼よりも私の方が大人だわ。そう思い、彼女は誇らしい気分になった。と、同時に、彼が味わって来たらしいトウィンキーズやらミートパイを忌々しく感じるのだった。

クリスマス当日の朝、ショーンからの贈り物を手にしたロビンが、彼のトラックから戻ると、ハーモニーが、ツリーの下に置かれたいくつもの包みを、ひとつずつ手に取り確認しているところだった。

「まだ駄目よ。グランマが教会のサーヴィスを終えてから皆で開けるんだから」

ハーモニーは、ロビンの言葉を無視して、自分あてのクリスマスギフトの箱を振って、その音で中身を探ろうとした。

「どこにも、ぼくの欲しがっているメルセデスはないようだ」

「ばっかみたい。そんなに欲しけりゃ、あの中古車センターの女に持って来てもらえば？　もっとも、あんなとこにベンツなんか置いてないだろうけど」

そう言い捨てて立ち去ろうとするロビンの前に、ハーモニーは、憮然とした表情を浮かべて立ちはだかった。

「何よ」

ハーモニーは、嫌がるロビンの腕をつかみ、自分の部屋に連れ込んだ。

「おまえ、何を知ってるんだよ」

ロビンは、ハーモニーの腕を振り払った。

「何も。ショーンが、あんたたちのことを見かけただけよ。二人がヒルトンヘッドのガスステイションで給油してたところを。この近辺で同じ車に乗っていても誰も何も思わないわよ。足《ライド》が必要な人は沢山いるもの。そして、親切な人も沢山いる。でも、ヒルトンヘッドに二人でいるってことには、何かの意味があると、ショーンも私も思ったのよ。あんな離れた高級リゾート地。ショーンで良かったじゃないの。たまたま彼は、バナナカフェのオーナーの使いで、そこを通り掛ったの」

ロビンに見詰められて、ハーモニーは困惑したように横を向いた。

「美しい尻軽」

「え？」

「ショーンが、その女の人のことをそう言ってた。あなたに深入りするなって伝えてって。彼のお母さんもそうだから解るんですって」

ロビンは、何故か勝ち誇ったような気分になっていた。この兄を前にすると、どうしても、自分が優位に立ちたくなってしまうのだ。反論して来たら、こてんぱんにやっつけてやるわ。そう好戦的になりながらハーモニーの言葉を待ち受けた。ところが、彼は、怯《おび》えたような色を瞳に浮かべて、立ち尽くすばかりなのだ。彼女は、すっかり拍子抜けしたような気分で尋ねた。

「どうしたっていうのよ、ハーモニー、なんだかあなたらしくないわ。ニューヨークでは、ちょっとした女たらし《レディスマン》だったじゃないの」

「言わないでくれ」

ハーモニーは、脱力したようにベッドに腰を降ろして、再び言った。

「誰にも言わないでくれ」

「……あなたがそう言うのなら……でも、ハーモニー、あなた本気なの？」

「わかんないよ……ただ、前とは違う。ヴェロニカが……彼女の名前なんだけど……彼女が、どんな女かなんて、どうでもいいんだ。ただ、今、彼女に会えなくなったら、すごく困るんだ」

会えなくなって困るのは、ショーンと自分も同じだ、とロビンは思った。けれど、自分たちの場合と、ハーモニーの思いは違うように感じた。いつだって軽口の叩き合えた筈の兄とここにいる人は別人だ。そう悟らせる程に、彼の口調は深刻味を帯びている。

「恋、してるの？」

「そんなもの知らない」

ハーモニーは、拗《す》ねたように唇を噛んだ。

「死んじゃえばいいんだ、あんな女」

ロビンは混乱した。会えなくなると困ると言い、次の瞬間には、死んでしまえば良いと言う。私のお兄さんは、いったい、どうしちゃったの？

「ハーモニー、とりあえず落ち着いて。あなたが、何か問題を抱えてるらしいのは解るけど、それって、あなた自身のこと《ビジネス》でしょう？　どうして、今、私に言うの？」

ロビンの問いに、ハーモニーは自嘲するように笑った。

「誰かに知ってもらわなきゃ」

「その誰かが、なんで私なの？」

「知らねえよ。双子だからだろ？　二人とも、元々、おんなじ卵の中に住んでたんだから」

滅茶苦茶な理屈に呆《あき》れ果てて、ロビンは、両手を広げて肩をすくめた。その大仰な仕草は、ハーモニーの気分を少しも軽くしなかったらしく、彼は、ただ溜息をついた。

その時、部屋のドアが叩かれ、祖母の声がした。

「二人共、そこにいるの？　ロビン、これから教会に行くんだけど、ネックレスの留め金がどうしても留まらないのよ」

「今、行くわ」

ロビンは部屋を出ようとドアノブに手を掛けた。そして、思いついたように振り返ると、ハーモニーは、まだそのままの姿勢で、ぼんやりとしていた。同じ卵ですって？　彼女は、母に対する自分と兄の接し方の違いを、そして、彼女への愛情の異なった表現方法を考えた。同じ卵から、まったく違う種類の生き物が生まれたらしいわ。

　その日の遅い午後、家族がそろい、クリスマスディナーは始まった。テーブルには、祖母の得意料理が何品も並んだ。そのいくつかは、彼女に手ほどきを受けて、ロビンが挑戦したものだった。

「このグレイヴィソースもきみが作ったの？」

　父が、ターキーに舌鼓を打ちながらロビンに尋ねた。彼女が答える前に、祖母が誇らし気に言った。

「そうよ。このレッドライスも彼女が炊いたの。たいしたものだわ。すぐに覚えちゃう。今度、ガンボ（南部風のシチュウ）の作り方も教えるつもり」

「ニューヨークにいる時は、サンドウィッチしか作らなかったのになあ。ソフィアが知ったら、さぞかし驚くだろうな」

　父の言葉に全員が反応した。その仕方は、それぞれにさり気なく、だからこそ、誰もが、母の不在を痛い程感じているのが、ロビンには伝わるのだった。不思議なことだ、と彼女は思った。今日は、母のためにも席が用意されている。もしも健在であるならば、絶対に置かれない筈の皿と銀器。いなくなって初めて、母の席は完璧にセッティングされている。

　特別な日のための食器類やテーブルウェアを戸棚から出して、磨いたり並べたりしたのは、父とハーモニーだったが、その際、母の分をどうするかと二人で話し合っていたのを、ロビンは、キッチンで聞いていた。招待しよう、と父は言った。その後、言葉を詰まらせた兄を彼は抱き締めた。ロビンは、彼らの邪魔をしないよう、離れた場所で、その様子をながめていた。あの二人、そう言えば、もう一年以上も、マムとごはんを食べていなかったんだわ。彼女の作る香草を効かせたスナッパーのグリルやチキンパルメジャーノなしで過ごして来たんだ。もちろん、グランマの作る料理も素朴でおいしいけれど。

食卓の会話が、しばらくの間、途切れた。それは、とてつもなく優しい沈黙のように、ロビンには思われたが、きっかけを作ってしまった父は、少しうろたえているようだった。

「ソフィアのために乾杯するか」

ウィリアム伯父が、自分のワイングラスを掲げて言った。祖母が、とがめるように彼を見たが、一向に意に介していないらしかった。

「サウス・キャロライナにようこそ」

彼は、母の席を向いて笑った。すると、今度は、成り行きを見守っていたハーモニーが、自分のアイスティのグラスを上げて続いた。

「メリークリスマス、マーム」

こみ上げて来るものを感じながら顔を上げた時、ロビンは、父の視線にぶつかった。彼は、首をわずかに傾けて微笑した。二人は、同時に自分たちのグラスを手に取り母の席を見た。そして、言った。メリークリスマス！　祖母も、渋々、皆に従った。

「さ、これで、ブルックリンに戻っていいよ」

父の言葉に全員が笑った。しかし、誰もが同時に瞳を濡らしているのだった。馬鹿みたいな乾杯だ、とロビンは心の中で呟いた。けれども、なんて可愛らしい祝杯なのだろう。いなくなって初めて招待されたディナー。母の苦笑が目に見えるようだ。来年は、いったいどうなるのだろう。ニューヨークで、彼女ととるクリスマスディナーは、もう叶わぬ夢なのだろうか。

「ソフィアは、たぶん、もう帰って来ない」

父が、ぽつりと言った。聞きたくなかった言葉に、ロビンは動揺した。

「でも、死んじゃいない。そういうことにしないか？　死亡証明なんかいらない。無理矢理証明書をもらったって仕様がない。ただ、目の前にいない、そういうことだ」

「生きてるって思い込めってことなの？」

父の言葉に納得が行かないというように、ハーモニーが尋ねた。

「そうじゃない。これから、二人に言っておきたいことがある。どうか、おまえたちの母親について語ることを止めないでくれ。心で思うだけでなく、何かにつけて、二人で彼女のことを話して確認して欲しい。自分たちの母親が、彼女であるってことを。そして、彼女から何を受け継いで来たかということを。言葉にして行かないと、思い出は風化する。忘れられた人は、それこそ、本当に死んでしまう」

「忘れる訳なんか、ないわ」

ロビンは、泣き出しそうなのをこらえて言った。

「今は、もちろんそうだろう。でもね、時間は、思いやり深いと同時に残酷なものだよ。人を楽にするけれども、大切なものも葬り去ってしまう」

祖母が啜《すす》り上げた。

「レイの言う通りよ。ボビー、ロビン、私は、あなたたちのグランパのことを、いつだって話したかったのに誰も聞いてくれなかった。冷たい息子たち」

「ひどい飲んだくれだったってことは、いつも思い出して話していたよ」

「おだまり!!」

茶化すようなウィリアム伯父の言葉を、祖母は、ぴしゃりと遮《さえぎ》った。

「あんたは、父親とおんなじよ。怠け者で、お酒ばかり飲んでいて、女をとっかえひっかえして、この間から電話をかけて来るシャーリーンて誰なんです!?」

ハーモニーが口笛を吹いた。自分の本意ではない方向に話が展開しそうな気配に、父は、呆気《あっけ》に取られているようだった。物事は、そう感動的には続かないものだ、とロビンは溜息をついた。

「で、アンクル・ウィリアム、誰なの? そのシャーリーンって」

ハーモニーが、スペアリブをしゃぶりながら、好奇心たっぷりに尋ねた。

「酒屋の娘だよ。つけが溜ってる」

「なあんだ」

「それを払わなくて良いようにしたら、電話がかかるようになった。つけの催促はしなかったのに、別な催促をするようになりやがった。不思議だと思わないか、ハーモニー」

「不思議だ。ものすごく不思議だ」

意気投合したかのように、音を立てて互いの片手を合わせるウィリアム伯父とハーモニーを、祖母は、苦々しい表情で見ていた。そして、ロビンの視線に気付くと、親指で隣の男たちを指して首を横に振るのだった。彼女は、二人の息子たちのことも、このようにして諦《あきら》めて来たに違いない、とロビンは思った。真剣な話に水を差された感のある父は、今は、憮然とした様子ではあるけれども。

「ダディ」ロビンは、コーンブレッドの入った籠を父に差し出した。

「大丈夫よ。私とハーモニーは、これからだって、ずっと、マムのことを話して行くわ。だから、ダディ、あなたも、別れた女だからって、彼女のことを忘れたりしないで」

「当り前じゃないか」

「マムについて、色んなことを話して。私は、いつだって聞くわ。昔のあなたとアンクル・ウィリアムみたいに意地悪じゃないもの」

父は、照れ笑いを浮かべた後、祖母の方に向き直った。

「マム、ごめんね。ダディの思い出を話したかったら、今からでもいいよ。ウィリーはともかく、ぼくには聞く準備が出来てる」

「今さら話したいことなんて、なんにもないよ。あの飲んだくれは、もう遠いとこに行っちゃった。今、私の心にいるのは、出会ったばかりの粋な男」

父は、祖母の肩を抱いて頬に口づけた。

「育ててくれてありがとう。マム、感謝してるよ」

自分の肩に置かれた父の手を取って、祖母は頬ずりした。

「子供は、面倒ばかり連れて来る。でも、それにかまけてたおかげで、あんたたちのひどい父親は、今でも、私のいい男」

祖母は、祖父について語り始めた。彼が、どのように自分の気を引いたか、どのように自分を他の男から奪ったのか、ジュークジョイントのパーティで踊った時、似合いの二人が、どれ程、人々を羨《うらやま》しがらせたか。

ロビンには、粗末なクラブでステップを踏むきらびやかな二人の様子が目に見えるようだった。ズートスーツに身を包み、パナマ帽を斜めに粋にかぶった祖父と、スパンコールを縫い付けた深いスリットのドレスから、ストッキングスに包まれた形の良い脚を覗かせた祖母。この先の生活の苦労など、まるで予感出来ないくらいの歓喜に満ちた宴。

祖母は、うっとりと目を閉じた。そうしながらも語り続けている。時は、はるか昔に溯る。口に出したくてたまらなかった数々の記憶が、堰《せき》を切ったように、彼女の口から溢《あふ》れ出る。今、ようやく許しを得たかのように、言葉たちは、封印を解かれて飛び回わり、そして、それを遮るものは誰もいない。息子たちは、何十年かぶりに、心の内なるアルバムに、新たな父親の面影を追記する。

話して行こう、とロビンは思った。この先、何があろうと、自分の知り得る母について語り継いで行こうと。私は、決して、母を忘れ去られた人にはしない。古き良き思い出の中の登場人物に貶《おとし》めたりはしない。どんな困難が待ち受けていようとも、彼女を忘却の小部屋に閉じ込めてひとりぼっちになんかしやしない。

ロビンは、物言いたげに自分を見ているハーモニーに気付いた。あんたも、どっかの奥さんにうつつを抜かしているだけじゃ駄目なんだから。今のところ何の障害もない自分とショーンの関係を思い、彼女は、優位に立ったような気分になっていた。今朝、着けたばかりの手首の十字架のせいで、すっかり強気になっていた。どう、これ、素敵でしょ？　そう自慢せんばかりに、彼女は、ブレスレットを誇示した。ところで、あなたは、あの奥さんから、どんな心づかいを受け取ったの？

ロビンは、ハーモニーが羨望の眼差しを向けるだろうと思っていた。ところが、彼は、唇のはしを歪めて笑ったのだった。彼女の勝ち誇ったような気分は、急激にしぼんだ。彼は、私をせせら笑っている!?　彼女は、意味が解らず、意地悪な笑いを浮かべている兄を、まじまじと見詰めた。すると、彼は、さりげなくその視線を外し、祖母の話に聞き入っている素振りを見せるのだった。ひどい奴。彼女は思った。朝は、あんなに気落ちしていたように見えたのに、今は、まるでものの解った大人のようにすましている。

「ダディ、皆、ここのおうちの人たち、大晦日はどうするの？」

祖母の思い出話に区切りがついて、食事がなごやかに進められようとするのを待って、ロビンは尋ねた。

「どうしたいの？　去年は、皆、それぞれに出掛けたよ。マムは教会でサーヴィスを受けていたし、ウィリーは行き付けの店に、ハーモニーは友達のハウスパーティ、ぼくは独身の同僚たちとあちこちの家を回った。もし、きみが皆と過ごしたいなら……」

「私、ここに呼びたい人がいるの」

「お友達？」

祖母が尋ねた。ロビンは、曖昧《あいまい》に頷《うなず》きながら言った。

「でも、別に、皆にここにいてくれって頼んでる訳でもないの。ただ、その日、ここにその人を連れて来てもかまわないかって聞いているの」

「要するに、皆、ここにいないでくれって言ってるんだろ？」

　ハーモニーが、自分の皿にサラダを取り分けながら、さして関心もなさそうに言った。

「あんたって、ほんとに、やな男」

「可愛い妹のために代弁してやってるんじゃないか」

「余計なお世話よ。あんたには、別の心配があるんじゃないの？」

「あー、ロビン、きみの作ったサラダドレッシングは最高だ」

　そう言って、ハーモニーは、市販のブルーチーズドレッシングをたっぷりと野菜に振りかけた。

「ボーイフレンド？」

　父は、柔い笑みを浮かべて、ロビンに尋ねた。

「そのようなもの。でも、ハーモニーが言ってるようなことを考えていた訳じゃないわ。私、隠し事は嫌いなの。ダディにちゃんと紹介して、ここに連れて来る許可をもらいたいの」

「男女関係は、隠した方が燃えるぞ」

　ウィリアム伯父が茶化すのを無視して、父は言った。

「きちんと話してくれて嬉しいけど、彼は、いったい、どこの誰なの？　もうそういう人が出来たとは知らなかったな」

「ダディ、あなたも知ってる奴だよ」

「ハーモニー、少し黙っててくれない？　私は、あんたと違って、人に言えないようなつき合いをしたくないの」

「おまえの態度、まったく気に入らないね。いい子ちゃんぶってさ、色気ゼロ。ショーンも、どこが良いんだか」

「私があげたクリスマスプレゼント返してよ。あのピアス高かったんだから！」

「やだ。もう、ぼくのもん」

　祖母が二人をたしなめた。ウィリアム伯父は、愉快でたまらないというように、御機嫌でグラスを重ねている。父は、しばらく考えた末、ロビンの連れて来ようとしている男が誰であるかに思い至ったらしかった。

「彼は、良い人なのかい？」

　父の問いに、ロビンは、大きく頷いた。

「力になってくれてるの。ダディ、私、今回のことで、自分に家族がいてくれたこと、ほんとに良かったと思ってるわ。でも、それとは別に、彼にも、すごく助けられたの」

「もし、ソフィアがここにいたら、彼女は、なんて言っただろう」

　ロビンは、母の顔を思い浮かべて、もじもじした。何故だか解らない。昔から、父には何でも話せたが、母に対しては打ち明け話を選んで来た。とりわけ、学校生活以外のことについては。彼女は、秘密を拒否するあまりに、逆に、他人に秘密を持たせてしまう人だった。父の思ういい子と母の思うそれとは、あきらかに異っていた。ハーモニーと違って、ロビンは、両親それぞれの期待に上手い具合に応えて来たが、母が、フロリダから流れて来たバーテンダーと自分のつき合いを許してくれたかどうかを想像すると、自信がなかった。

　黙り込んでしまったロビンを労るように、父は言った。

「連れておいで。ソフィアには、ぼくから言っとこう」

　ロビンは、立ち上がり、父の側に行って抱き付いた。

「ダディ、大好きよ」

ハーモニーが、からかうように口真似をした。ダディ、大好きよ。すると、ウィリアム伯父も続いた。ダディ、大好きよ。そして、言うのだった。

「ボーイフレンドの存在を許した父親は、娘に神よりも感謝される」

「いいえ！　誰よりも感謝すべきは、神様のみです！」

祖母が、ぴしゃりと飲んだくれの息子を黙らせた。隣の家からは、これからディナーが始まるのか、来客の車のブレーキの音に続いて、挨拶が交されるのが聞こえて来た。窓枠の色とりどりのライトが点滅するのを、父の肩越しにながめながら、ロビンは、再び母を思って涙ぐんだ。その耳には、いつまでも終わらない隣人の祝いの声が響いている。メリークリスマス！　メリークリスマス!!　彼女は、もうこの世にいないかもしれない人に向かって語りかける。マム、あなたの娘は、なんとかやっているわ。


クリスマスが終わっても、家々の派手なデコレーションは取り外されることはなかった。感謝祭、クリスマス、大晦日、と年末行事の区切りを小気味良く付けて行くニューヨークの街とは大違いだと、ロビンは思った。ここでは、時が、ロックフォート川の流れそのままに、ゆったりと流れて行く。動いてるのかいないのか解らない水面《みなも》に浮かべられているように日々は、いつのまにか過ぎて行く。毎日をカレンダーで確認しないと、いつのまにか年が明けてしまいそう。彼女は、慌ただしいニューヨークの年の瀬を恋しく思う。住人の誰もが、きっと悲痛な思いを抱えながらも、せわしく歩き回っている筈だ。

良いクリスマスだった、とロビンは、しみじみとあの夜のことを思い出す。あの日、父は、子供たちに、前を向かせる決意をさせたのだ。そのことに彼女は感謝する。けれども、何故だろう。日ごとに、心の内では、決着の付けられないもどかしい思いが広がって行く。自分の人生を変えた人間たちが憎い。それなのに、憎しみの対象があまりにも漠然としていて、どうやって怒りをぶつけたら良いのか解らないのだ。

十月七日以来、アフガニスタンへの空爆は続いている。それに関するニュースを、家族全員が日課のように観ている。同時多発テロの犠牲者と何の関わりもなかった家族は、どういう気持でTVを観ているのだろう。やはり怒っているのだろうか。何に対しての怒りなのだろう。人間の自由と尊厳を侵されたこと？　そこに至ると、ロビンは混乱する。人間って、誰？

「不朽の自由」作戦と名付けられた軍事攻撃が始まった時、ウィリアム伯父は、戦争だ、戦争だ、と言って、げらげら笑った。画面に映るコリン・パウエルを指差して、叫んだ。ヨウ、ウァーツ　アップ　メーン、また会えて嬉しいよ。それを横目で見ながら、うんざりしたように、ハーモニーが尋ねた。友達なんですか？　それに対して、ウィリアム伯父は、答えた。そうだよ、親友だ。もっとも、向こうは、おれのことを知らないけどな。こいつもブッシュも、山ほど親友がいるんだが、二人共、その親友の名前を誰ひとり知らないのさ。どうだ、ハーモニー、可哀相だろう。おまえも、彼らの親友になってやったらどうだ。

母を殺した連中が死ぬ程、憎い。戦争したって何もならないわ、と言った仕事仲間を殴りつけたくなったくらいだ。でも、それをニューヨークで聞いたら、その無力感に同意してしまったかもしれない。あそこで素直に耳に入って来る言葉が、ここでは冷静に受け止められない。タリバンもアルカイダも皆殺しよ、と気楽な調子で口にした別な仲間も殴り倒してやりたいと感じたのだ。

　父が、そうさせようとしているように、この先、完全に前向きに物事を考えられる時が来るのだろうか。母は、自分に、いつだって必要なのは、冷静な判断力よ、と言っていた。何かにつけて、そう娘に教えようとしていたのは、それを持つことが、あまりにも難しいと知っていたからではないのか。そして、今、自分は、そのことを痛感している。

　ハーモニーは、近頃、いつも、ぼんやりしている。今日もそうだった。バックヤードを埋め尽くす落ち葉や枯れ枝の掃除を言いつけられたのに、見ると、エンジン付きの作業車に乗ったまま、考え事をしていた。片膝を立てた上に頬杖《ほおづえ》を突いた彼は、午後の陽ざしの中で、別人のようにロビンの目に映った。一点を見詰めるような瞳には憂いが込められていて、まるで大人の男の人みたいだ、と彼女は思った。声をかけて、からかう気にはなれなかった。彼は、子供らしい無邪気なものを一切、拒否しているように見えた。そんな彼のたたずまいに出会うと、彼女は、どぎまぎしてしまうのだった。何かが彼を急速に変えている。そんな気がする。それが、母の死によるものなのか、ヴェロニカによるものなのかは、解らないけれども。

　ロビンは、しばらくの間、ハーモニーを盗み見ていた。金色に染めた短いドレッドロックスが輝いている。ぶかぶか《バギー》のジーンズから出たハイカットのスニーカーの紐は、ほどけそうに緩く結ばれている。その格好こそティーンネイジャーだけれど、隣に寄り添うとしたら、ハイスクールの女の子は似合わない。彼女たちを相手にするには、彼は、お気楽さに欠けている。何かによって脱力させられているようなその風情。それなのに、瞳は澄んでいて、ほとんど思慮深く見える。

悔しいけど、とロビンは思う。魅力的だ。彼は、着実に、私とは違う顔を作り始めている。

　ロビンに気付いたハーモニーは、顎《あご》を斜めにしゃくって、彼女を呼び寄せた。彼女は、ばつの悪い思いで、彼に近付いて行った。

「何、見てんだよ」

「別に。ちっとも、進んでないなあと思って」

「こんなだだっ広い庭、いくらやっても片付きゃしないよ。それより、何か言いたいことがあるんじゃないの?」

　あるような気もする。でも、それが何なのかが解らない。

「ねえ、ハーモニー、あなた、私のことどう思う?」

「何、それ?　どういう種類の質問?」

「ショーンは、私をどう見てると思う?」

「ぼくは、彼じゃないから解んないよ」

「この間、あなた、私のこと色気ゼロって言ったじゃない」

　ハーモニーは、ハンドルに伏せて笑った。

「真実だろ?」

「どこがどういうふうによ」

「そういうとこ。なんでもはっきりさせなきゃ気がすまない。物事すべてに説明がつけられると思ってる。だから説明しようとする。でも、それって、時と場合によるんじゃないのか?　おまえのような奴って、男はつき合うの楽だと思うよ。でも、楽なもんて、すぐ飽きる」

もしかしたら、私は、ものすごくひどいことを言われているのではないか、とロビンは思った。そんなこと友達だったら絶対に言わない。父も言わない。母が聞いたら怒り出しただろう。それなのに、ハーモニーは、平然として言い放つ。まるで、自分にだけは、そうする権利があるかのように。

「ショーンが、私に、その内飽きるだろうって思ってるのね」

「さあね」

「どうしてよ!! どうして、私が飽きられなきゃなんないのよ。彼は、私のことすごく好きよ。私も、そんな彼が必要。何故かっていうとね……」

「うるせえな」

ハーモニーは、ロビンの言葉を遮って、作業車から飛び降りた。彼は、彼女の正面に密着しそうなくらいに近寄った。いつのまにか、彼の背は、ずい分と伸びていて、彼女は、見上げなくてはならなかった。

「何故、飽きるか。そんなの解らない。ただ飽きるからだ。何故、好きになるか。ただ好きになってしまうからだ。何故、必要としてしまうか。理由なんか、ない。ただ必要な存在になってしまうからさ。ロビン、きみってさ、小さい頃から、ダディにもマムにも、頭の良い子、賢い子って言われて来たよね。聞き分けが良かった。それは、自分自身を納得させるやり方を知ってたからだ。でもさ、それって言い替えると、納得出来る程度のものしか受け入れて来なかったからさ。コントロール不可能なものに関しては、ぼくの方がよっぽど詳しいよ」

ロビンは、かっとして、思わずハーモニーの胸を両手で押した。彼は、バランスを崩して後ずさりしたものの、すぐに体勢を立て直した。少し前までだったら、尻もちをつかせてやったのに。そう思うと、彼女の目尻に悔し涙が滲《にじ》んだ。そして、そんな自分が、あまりにも子供じみているように感じられて、ますます腹が立った。

「何よ、偉そうに……」

ハーモニーは、ロビンを一瞥《いちべつ》した後、彼女を残して家の中に戻って行った。途中、振り返り、歯がみをして立ち尽くしている彼女に言った。

「女を好きになるって病気だよ。あいつは、そんな病気にかかってる？」

ロビンは、答えを捜しあぐねた。自分とショーンの間に横たわる暖い空気に、病気と名付けるような物騒な要素は何ひとつない。私たちは、お互いを思いやってるんだもの。そう自身に言い聞かせながらも、彼女は、昔、交した母との会話を思い出していた。マムとダディは、どういう理由で結ばれたの？　ジャングル・フィーヴァーよ。

新しい年が明けて冬休みも終わると、ロビンは、日々の生活に追われた。学校と仕事先のアイスクリームショップを往復し、その合間にショーンと会った。時間がいくらあっても足りない、と思いながらも、この土地に馴れるために友達づき合いも欠かさなかった。級友たちは、物おじしない彼女に、極めて友好的ではあったが、最初の頃はとまどっているようだった。それが自分の人種のせいである、と彼女が気付くのには、少しばかり時間を要した。始めは、自分のニューヨークアクセントのある早口が人々を困惑させるのだろうと彼女は思っていた。ところが、そうではなかった。皆、彼女を黒人と白人のどちら側として扱えば良いのかを考えあぐねていたのだった。

それに気付かせてくれたのは、ロス・アンジェルスで生まれ育ったという中国系アメリカ人のミシェールだった。隣り合わせのロッカーを開け閉めする内に、二人は、急速に親しくなった。

「都会から来た女の子。皆、言葉づかいや、ちょっと違うクールなスタイルで自分たちとの違いを感じるの。そしてね、次は、同じところを見つけようとするのよ、人種でね。人種が同じじってことは、生活習慣が同じじってことでしょ?」

そう言うミシェールは、八〇二号線沿いの中華料理店の娘だった。一族の経営するレストランを手伝うために、母と兄の三人でロックフォートに移って来たのだった。バフェもあるその店は、繁盛していて、彼女も忙しくなる時間帯には駆り出されて働いている。

「あなたなんか、まだ良い方よ。私なんか、転校して来た当初は、誰もが不思議そうに振り返ったのよ。この市内に中華料理店が何軒あると思う? たったの五軒よ。ここの人たちって、そこでしか中国人を見たことがなかったのよ。私が、香港にも行ったことのないアメリカ人だって認知されるまでに、ずい分と時間がかかったんだから」

ミシェールは、ニューヨークに親戚がいるのだと言った。そして、九月十一日の出来事には、自分も心を痛めていると。その思いを共有出来るロビンには親近感を持ったと語ったが、本当のところ、同じ都会育ちであることに共通点を見出しているようだった。

「皆、田舎の良い人たちよ。人種差別なんか全然してませーんって見える程度にね。それは、ある意味、ほんとなの。でも、心の奥底では、ものすごく頑固で大きなものが眠ってるわ。時々、それが顔を出すのよ。でも、田舎者だから自覚がないの。悪意なんかこれっぽっちもないのよ。だって、それが伝統なんだから。ところで、ロビン、あなたのボーイフレンドは、白人? それともアフリカ系?」

ロビンは、唐突な質問に面食らいながらも、ショーンの話をした。ミシェールは、もっともらしく頷きながら、真っすぐな長い髪を揺らした。そして、悪戯っぽく笑いながら、彼女を指差した。

「あなた。これから、とまどうことがないよう、教えてあげるわ。黒人の子たちは、あなたのお父さんのことを思って自分たちの仲間だと思うわ。そして、白人の子たちは、そのボーイフレンドのことを知って、自分たち側だと思う筈よ」

解りやすいのか、解りづらいのか。ロビンは、人種の入り乱れたニューヨークのダウンタウンを思った。ミシェールの意見は、あそこにいたら意味がないような気がする。しかし、自分が、それを意識しないまま育って来たのかもしれない。ある時期から、アップタウンに通い出したハーモニーは、そのことに気付いたのだろうか。いずれにせよ、とロビンは、ひとりごちた。ニューヨークは、私にとって、どこよりも気楽な街だった。

「まあ、高校を卒業するまで、生きのびればいいってことよ。ところで、ロビン、あなたのお兄さん、ガールフレンドいるの?　ハーモニーは、女の子に人気よ。皆、ねらってる。私も、その内のひとり。今度、うちの店に連れて来てよ。酢豚とヌードルスープが、とってもおいしいの」

そう言って、ミシェールは、レストランの割引クーポンを渡した。見ると、春巻ひとつおまけします、と書いてある。ロビンは、新しい友人を前に、すっかり愉快な気分になるのだった。

それからしばらくして、ロビンが、ミシェールの店に食事に誘ったのは、ハーモニーではなく、ショーンだった。

「ヤミー・ドラゴンてレストランなの、知ってる?」

「八〇二にあるとこだろ？　行ったことあるよ。でも、おいしい龍《ヤミー・ドラゴン》はメニューになかったけどね」

「そんなの食べたことある人なんていないわ」

二人は、顔を見合わせて吹き出した。彼と過ごすすべての時間が好ましい。ロビンは、そう感じながら、トラックの助手席から手を伸ばして、運転席側のロックを外した。ショーンは短く礼を言い、エンジンをかけた。いつだったか、映画で観たことがある。先に乗り込んだ女が、男のために車のロックを外してやったとしたら、それは、彼女が彼に気がある証拠だと。気があるどころか、とロビンは思った。いつのまにか、自分は、自然にそんなことが出来ている。

まだ夕食には少し早い時刻のせいか、ヤミー・ドラゴンはすいていた。お好きな席にどうぞ、と言われてテーブルについた二人の元に、ミシェールが飲み物のオーダーを取りに来た。ショーンは、ビールを頼んでくれと言い残してバスルームに立った。

「私は、アイスティ。甘くないやつね。代わりに、あったらイクォール（ダイエット甘味料）を付けて」

オーケイ、と言ってメモを取った後、ミシェールは、ショーンの後ろ姿を目で追った。

「私が連れて来てって言ったのは、ハーモニーなのに」

「いいじゃない。この次、連れてくるわよ。それより、春巻おまけしてくれるんでしょ？」

「それは、ア・ラ・カルトを頼んだ場合よ。見たとこ、あなたのボーイフレンドは、そんなにお金持じゃなさそうだから、バフェにしなさい。春巻、十本でも二十本でも食べ放題よ」

「金持じゃなくて悪かったわね」

ふざけて、怒った振りをするロビンの耳許に、ミシェールは顔を寄せた。

「でも、実際のところ、金持の不細工《アグリー》は、貧乏な色男《セクシー》に、絶対に勝てないのよ。私たちのような可能性に満ちた女たちにとってはね」

「あんたって、時々、すごく良いこと言うわ」

ロビンは、ミシェールを、すっかり好きになっていた。他の級友たちとは、どうしても、こういう話が出来ない。彼女は、いつも辛辣《しんらつ》で、その毒舌のために、他の生徒たちには敬遠されがちだったが、ロビンは、それ故に元気付けられた。あの事件のあったニューヨークからやって来た彼女に同情し、思いやり深い態度で接する人々は多かったが、ユーモアと皮肉がなきゃやってられない、とばかりに攻撃的な調子で喋《しゃべ》るミシェールの方が、心地良いのだった。彼女は、都会の効用を思う。カナル通りのチャイナタウンが、つくづく懐しい。

戻って来たショーンに、ミシェールは、にっこりと笑いかけ、バフェはあちらで食べ放題でございますと、まるで女主人のように気取った様子で立ち去った。

二人は、山盛りにした皿をいくつも並べて食事を楽しんだ。目が合うたびに意味もなく笑い合った。そんな最中に、ふと、気付いたように、ショーンは、ロビンの首筋にかかる巻き毛をかき上げた。何事かと目で問いかける彼女に彼は、照れた表情を浮かべて言った。

「ごめん、強く吸い過ぎちゃったみたいだ」

ロビンは、思わず、自分の首に手を当てた。頬が赤く染まって行くのが解った。キスの跡。付けられたのは初めてなんかじゃない。母に内緒で出掛けたクラブで、スロウジャムに合わせて踊っていた男の子たちに、何度か付けられた。不快感だけが残った。何故だか、今なら解る。段階を踏まなかったからだ。好きになった男の人から受ける唇へのキスが他の場所へとずれて行く。その経過を辿《たど》らなければ、キスの跡など、ただの痣《あざ》。そして、今、ここに浮かび上がっているらしいものは、人に自慢したいくらいのいとおしい恋の染み。彼女は、この先の口づけの行く方を予想して、胸苦しい甘みに耐えている。

大晦日の夜から始まったのだ、とロビンは思った。その日、夕方から夜にかけての教会のサーヴィスに家族全員で出た後、ロビンは父に送られて家に戻って来た。それと、ほぼ同時に訪れたショーンを、彼女は、父に紹介したのだった。父は、彼を、娘のボーイフレンドというよりは、知り合ったばかりの仲間のように扱った。娘に対して、大人の男としての自覚を持つことを、期待したのかもしれない。二人は、ロビンをはさんで、しばらく居間で、ビール片手に話していた。そのなごやかな様子は、ロビンの緊張を解きほぐしたが、ショーンは、くつろぎながらも礼儀正しさを崩そうとはしなかった。

父のショーンに対する質問は、雑談の最中《さなか》にも要所を押さえて的確だった。彼は、短い時間に、娘のボーイフレンドの人物像を探ろうとしているようだった。カジュアルな面接って訳ね。ロビンは、今さらながら、父の職業を思った。彼は、若者の真意を引き出す術《すべ》に長けていた。

父が教会に戻った後、ロビンとショーンは、ようやく二人で向い合った。つけっぱなしのＴＶの画面には、新しい年を迎えようとするニューヨークの様子が映し出されていた。寝椅子に並んで腰を降ろしていた二人は、それを背景に抱き合った。絶望に別れを告げたいと願う人々の姿が、ロビンの目のはしを通り過ぎた。それを感じながら、ショーンの口づけを受け、自分もまた壊れた心の一部を、どうにかして蘇生させようとしているひとりなのだと、彼女は感じて涙ぐんだ。

ショーンは、何度も何度も、ロビンに口づけた。彼女の顎は、彼の大きな手に包み込まれて、上を向かされたままだった。彼は、彼女の目尻に浮かんだ涙を舐《な》めた。涙は塩辛いと皆、言う。でも、他人の涙も、そうなのだと実際に知るのは大人になってからだ。好きな人が涙を流す時、出来れば、自分も舌先が届く場所にいたいものだ、と彼女は思った。必要とした時に、側にいてくれる人。そういう人に出会えるのは、なんと幸運なことだろう。

「教会で、お母さんのために祈って来た？」

ショーンの問いに、ロビンは頷いた。家族の誰もが同じ人のために心を捧げていた。祖母に無理矢理連れて来られたとはいえ、あのウィリアム伯父までもが、牧師の話に涙を浮かべていた。両脇の人と手をつなぎ目を閉じた時、彼女は、初めて、神に救いを求めるということが、どのような意味を持つのかを知った。それは、はり裂けんばかりの心に凪《なぎ》を呼び寄せるということだった。行き場のない怒りが、徐々に沈殿して行くのを、彼女は、感じていた。そして、悲しみの上澄みが、内側を満たす。それが許容量を越えんばかりに盛り上がった時、ゴスペルが、外に流す手助けをする。聖歌隊の歌声を聞きながら、自分から流れ出て行く悲しみのしたたる音を、彼女は、確かに、その時、聞いた。

あの後、ウィリアム伯父は、シャーリーンと出掛けると言っていた。ハーモニーは、友人宅のハウスパーティに。たぶん、祖母と父は、まだ祈っている。始まったばかりの悲惨な世界のために。あらかじめ失なわれた場所から生き直さなくてはならない人たちのために。そして、新しい年という命題に取り組んで行く自分たちのこれからのために。それなのに、私は、好きな人の胸の中に身をゆだねて、うっとりと目を閉じている。でも、それの何が悪いの？　神様も必要だけれど、男の人も必要だ。今の私に、どちらが重要かなんて言えない。言えるのは、形のないものに救われた後には、触れることの出来るものに癒されたいということ。自分ではない人の眼差し、息づかい、手触りで、私という存在を確認したい。私が生きているという事実を解らせて欲しい。ほら、彼の唇に覆われるから、自分にも唇があるのを知ることが出来る。彼の指が首筋を撫でるから、そこに産毛が生えているのに気付く。睫毛が、彼の頬に当たった。今、私は、まばたきをしたのだ。

ロビンは、TVから流れる人々の祈りの声を聞いた。たぶん、あそこは、ユニオンスクウェアだ。事件の後、私も行った。そして、友人たちと泣きながら祈りを捧げた。マムの写真を置いて来た。厳しくて優しかった、時々大好きで、時々少し嫌いだった人。でも、失ってから、改めて思う。愛するって気持、そこには、好きも嫌いもない。そんなちっちゃな気持、どこかに消えてしまう。生きていてくれるだけで幸せ。そして、生きていてくれただけで幸せ。マム、私は、あなたを愛していた。そして、これからも愛している。

「大切に大切に扱わなきゃって思えば思う程、壊れてしまうくらいに強く抱き締めたくなる」

ショーンは、言って、そうした。ロビンの息は詰って、目眩を覚えた。母は、自分をこう諭した。本当に大切に思う人以外キス以上のことをしちゃ駄目よ。だったら、マム、こういう人とはどうなの？　自分が大切に思われている人。ロビンは、彼の体を少し押し戻して、自分からシャツのボタンを外し始めた。そして、彼を見詰めて言った。

「私、初めてなの。そのことに意味を持たせようとは思わないけど、やり方がよく解らないの」

思いも寄らない言葉に、ショーンは驚いたようだったが、あまりにも真剣な色を瞳に浮かべているロビンに、かえって愉快な印象を受けたらしく、可愛くてたまらないという顔をして、彼女の頰を突ついた。

「こういうことにやり方なんてないんだよ。やりたいこととやって欲しいことしか」

「じゃ、それを教えて。ショーン、あなたは、何がしたいの？」

「おれにも教えてよ。ベイビー、きみは、何がしたいの？」

　急に緊張が解けた二人は、笑い出し、そのはずみを利用して、寝椅子に倒れ込んだ。なんて、わくわくするんだろう。ロビンは、ブラジャーのホックを外そうとするショーンの指先の動きを感じて思った。片手で外すなんて、女には、出来ない芸当だわ。

　そう思った瞬間に、ショーンの手の動きが止まったので、どうしたのかと見上げると、彼は、居間から続く通路の方を向いていた。ロビンが体を起こして、彼の視線を追うと、その先に、玄関のドアを開けて入って来るハーモニーが見えた。

　二人は、慌てて体を離し、衣服を整えようとしたが間に合わなかった。ハーモニーは、寝椅子の背から顔を出している二人を見つけて、少しの間、立ち尽くしていた。ロビンは、剝《む》き出しの肩にショーンがかけてくれたシャツの袖に腕を通しながら、ぎこちなく言った。

「ハイ、ハーモニー、あなた、パーティに行くんだと思ってたけど」

　ハーモニーは、何を始めようとしていたのか一目瞭然の様子の妹を一瞥して、憮然とした表情で、自分の部屋に入って行き、音を立ててドアを閉めた。

「彼、大丈夫？　気を悪くさせちゃったね」

「いいのよ。彼に怒る権利なんか、まったく、ない」

そうだ。彼が不機嫌になる理由なんてない。自分は人妻との逢瀬を繰り返しているくせに。納得行かない気分が高じて腹を立てたロビンは、乱れた服を直して、ハーモニーの部屋に行き、ドアを叩いた。

「ハーモニー!! 開けて!! 話がしたいの」

返事はなかった。

「どうしたっていうのよ。何も、そんな態度取ることないじゃない」

首を横に振りながら戻って来たロビンを見て、今度はショーンが立ち上がった。

「あと三十分で年が明けちゃうよ。おれが話して来る。一緒に新年を迎えなきゃ」

無駄だと思いながら、ハーモニーの部屋を見ていると、ショーンの声で、ドアはいとも簡単に開いた。男たちは、部屋にこもったまま、なかなか出て来ようとはしなかった。TVは、もう既にカウントダウンの準備に入っている。苛立ったロビンが迎えに行こうとすると、二人が居間にやって来た。ハーモニーの機嫌は、すっかり直っているようだった。

「ごめん。ぼくが怒ったのは、きみたちのせいじゃないんだ。ま、いい気なもんだなって思ったのは確かだけど」

ショーンは、邪魔をされた、とは思っていないようだった。それどころか、親し気な様子でハーモニーに、自分の買って来たシャンペンを開けないか、と提案して、トラックの中のクーラーボックスまで取りに行った。急げよ!! 年が明けちゃうぞ。ハーモニーが笑いながら叫んだ。現金なものね、とロビンは肩をすくめた。

「ヴェロニカに会っちゃったんだ」

二人きりになると、ハーモニーが、ぽつりと呟いた。

「仲間内のパーティに出掛けるみたいだった」

「だんなさんと一緒だったのね」

無言で頷くハーモニーを見て、ロビンは、強烈ないとおしさを感じた。

「可哀相に」

彼女は、傷つくまいと必死であろう兄を抱き締めた。戻って来たショーンが、二人を見て、黙ってグラスの用意を始めた。カウントダウンが始まろうとしていた。

「さあ、兄妹愛は、ひとまず休んで、新しい年を始めてみないか？」

抱き合っていた二人は、照れ臭そうに見つめ合った。何はともあれ。ロビンは、心の中で、ひとりごちた。こんなふうに年を越せるのは、決して、悪いことじゃないわ。


そう。悪くなかった。今、ミシェールの店で、炒飯をぱくついているショーンを見て、ロビンは思う。途中で入って来たのがハーモニーで、本当に良かった。教会から祖母と戻って来た父は、居間でＴＶゲームに興じている三人を見て機嫌が良さそうだった。シャンペンの空《あ》き瓶《びん》に関するお咎《とが》めもなかった。年頃の娘が、男と二人きりでするべきことをしなかった、その意外さを喜んでいたに違いない。親って、どうして、あんなにも呑気なのだろう。子供たちが、抱き合う場所なんていくらでもあるのに。だいたい、自分のティーンネイジャーだった頃を思い出せば解る筈だ。女教師と寝ちゃったバッドボーイだったくせに、とロビンはおかしくなった。

「どうしたの？　思い出し笑いなんかして」

「別に。それより、ハーモニーから、ヴェロニカのこと、なんか聞いてる？」

大晦日以来、ハーモニーとショーンは、すっかり仲の良い友人同士になっていた。時には、ロビン抜きで一緒に出掛けることもあり、彼女は、それを不服に感じることもしばしばだった。今では、ショーンの方が、彼女よりハーモニーの個人的事情に詳しくなっていた。

「自己嫌悪に陥っていたよ。自分のこと、彼女に尻っ尾を振ってる仔犬みたいだって。だから言ってやった。男は皆、好きな女の前で尻っ尾振ってる犬なんだって」

「あなたもそうなの？」

「見えない？」

そう言って、ショーンは、背中を向けて犬の鳴き声を真似た。ロビンは、思わず吹き出しながらも首を傾げた。不思議な人。物思うのが好きな静かな人かと思えば、こんなふうにおどけたりする。何事にも関知しないとでもいうように飄々としているかと思えば、情熱的な恋人として、私に接する。煩《わずら》わしい人間関係なんか嫌いみたいなのに、ハーモニーとは面倒臭がらずに友情を築いているようだ。

「学校では、色んな女の子たちが、ハーモニーに夢中なのに。どうして、わざわざ人の奥さんとなんか」

「手に入らないものは素晴しく見えるよ」

「じゃあ、あなたは、完全に手に入れたら、私のこと素晴しいとは思わなくなるの？」

「そうだと言ったら出し惜しみするの？」

ショーンは、笑いをこらえているようだった。子供扱いされている。ロビンは、拗ねた目つきで彼をにらんだ。

「そんなことしない。私が処女《ヴァージン》のままでいるのは、ただの成り行きよ」

「じゃあ、成り行きで、おれと寝るのは嫌？」

「嫌だなんて言ってない」

「ロビン」ショーンは、彼女の頰に触れた。

「おれ、寝たからきみを手に入れたなんて思わないよ」

「そうなの？」

「ハーモニーを見てごらん。彼は、ヴェロニカと寝る回数を重ねる程、彼女を手に入れられないって実感してる。彼は、そのことで苦しがってる。でも、おれにはどうすることも出来ない。男は、何年かに一ぺんそんな女に出会うんじゃないかな。セックスだけじゃすまない女。まあ、女もそうだろうけど」

「私、あなたのそういう人になりたい」

ショーンは、微笑を浮かべた。その静かな笑みは、彼が、自分よりもずい分年上であることを、ロビンに確認させた。

「おれ、誰かを完全に手に入れることなんて、最初から諦めてる」

ロビンの心に寂しさがよぎった。ショーンは、彼女に、感傷的な気分を運んで来ることがよくある。それは、苦くて、時に、甘い。

「そんな言葉を聞くと悲しくなっちゃうわ」

ショーンは、元気づけるかのように、ロビンの頰を、当てていた手で軽く叩いた。

「ロビン、きみの、いつも希望に満ちた雰囲気、大好きだよ。手に入れるのを諦めるっていうのは、何もいらないってこととは違うんだから」

彼は、世の中の出来事を何も結論づけない人なんだ。ロビンは、彼の手のぬくもりが、いつものように自分を落ち着かせるのを感じた。私とは、まるで違う。だから、心惹かれるのだ。現実を、ただ受け止めている。前の自分だったら、そんな人を消極的だとなじりたくなったものだ。でも、今は、そうじゃない。時の流れに身をまかせるのは悪いことじゃない、と思える。彼は、私の心を軽くする。苦しみや悲しみを感傷に変える程に。どんなふうにして、その術を身に付けて来たのだろう。

「ショーン、私、あなたのこと、もっともっと知りたい」

「知る程のことなんて、おれには何もないよ」

「それは、あなたの意見でしょ？　私には、あるの」

ショーンは、ロビンの我儘《わがまま》な口調に困ったような表情を浮かべた。

「そういう言い方は、きみらしくて好きだけど……」

「けど……何？」

ショーンは、少しの間、考え込んでいた。そして、良いアイディアを思いついたというように言った。

「フロリダ、いつ行こうか」

ロビンは、そう来なくっちゃ、というかのように指を鳴らした。父には嘘をつくことになるだろう。罪の意識など露ほども感じずにそう予感した時、彼女は、咄嗟《とっさ》にハーモニーの顔を思い浮かべた。今、ようやく彼を理解出来るような気がしている。親に言えない領域に踏み込んで行かなきゃ、恋じゃない！

その日以来、二人は、フロリダ行きの計画を立て始めた。ジャクソンヴィルまで車で三時間もかからないとはいえ、父が知ったら決して良い顔はしないだろう。ロビンは、ミシェールと彼女の親戚を訪ねるという口実を考え出した。ハーモニーを紹介してくれるのなら共犯になっても良い、とミシェールは快諾した。万が一の時のために、ハーモニーにも打ち明けておくべきだろう。こちらだって、ヴェロニカとの秘密を握っている。私は、隠し事のないいい子ちゃんであるのをとうとう止めようとしている。この思いつきが、彼女を興奮させた。まるで、自分が、勇気ある人になったように思われたのである。

いつものように、仕事が終わり、ロビンはショーンに送られて帰宅した。居間の寝椅子にハーモニーが座っているのが見えたので声をかけたが返事はなかった。彼は、一心不乱に何かを読んでいた。覗《のぞ》き込むと、懐しい活字が目に飛び込んで来た。

「それ、ザ・スペクテイターじゃない？　うわ、どうしたの？」

ロビンは、ニューヨークで通っていたハイスクールの校内紙を、ハーモニーの手から取り上げてめくった。テロ事件の後、いち早く特集を組んでニューヨーク市民の間で話題にもなった校内新聞だ。

「あっちにいる友達が送ってくれた。こういうものを読むと、やっぱり心が騒ぐよ。ぼくたちは、ロックフォートと別世界に住んでたんだなって。ここでのんびりしていて良いのかなって気にさせられる。それとさ、これも送ってくれた。見てよ」

ハーモニーは、ニューヨーク・タイムズ紙の「悲しみ《ポートレイツ》の《オブ》肖像《グリーフ》」のページを開いてロビンに見せた。そこには、事件の犠牲者たちの顔写真と経歴が載り、そして、どのようないつくしむべき人生を送って来たかという短い文章が添えられている。

「このマーカーで囲まれているのが、送ってくれた奴のお父さん。ぼくも会ったことあるんだ。今、こんな紙の上で笑っているなんて信じられない」

寝椅子の背に腰を降ろして、ロビンは、ハーモニーの頭を撫でた。彼は、彼女の太股にもたれ掛って溜息をついた。

「恐いよ。いつマムが、ここに載るんだろうと思っただけで、たまらない」

ロビンには言葉がなかった。さっきまで浮かれていたのが嘘みたいだ、と思った。楽しむことに全力を傾けようとしても、いつも、あの事件が現実に引き戻す。ダディに隠れてラヴアフェアだなんて勇気ある。そんなふうに心躍らせていた自分が惨めに感じられる。どんなに幸せぶっても、自分たちは、母を失くした子供たちなのだ。目の前の喜びにうつつを抜かそうとすると、いつも、たしなめる声がする。お忘れではないでしょうね、とばかりに。

「ねえ、私たち、いつまで、あの事件の犠牲者の遺族の役割を果さなきゃならないの？」

ハーモニーは、ロビンの声が震えているのに気付いて、驚いて顔を上げた。

「私、ニューヨークから、こっちの学校に移る時に、全然親しくもない子に言われたわ。逃げ出すのねって。逃げ出す訳ないじゃない。だって、そう出来ないんだから」

ハーモニーは、ロビンの腕を引き、自分の隣に促した。そして、彼女の肩に腕を回して慰めるように言った。

「ロビン、きみは一所懸命やっているよ。そんなこと、家族は全員知ってる」

「私たち、お気楽なティーンネイジャーでいちゃいけないのかな」

「誰もそんなこと言ってないじゃないか。ロビン、きみは、いつも、自分勝手に重荷を背負い込もうとする。昔から、こうあるべきだと思い込んでしまう。お気楽で良いじゃないか。そういう部分がなかったら、マムのこと、永遠に受け入れられないよ」

「だって、ハーモニー、あなたったら、こんなとこでこうしていて良いのかな、なんて言うんだもの」

「きみに言ったんじゃないよ。自分自身に対して言ったんだよ。ぼくは、あの現場にいなかったから、なんだか無責任なように感じたんだ。だって、やっぱり、あそこは、ひとつしかない生まれ故郷だもの」

　街に対して、責任を回避していると思うなんて。ロビンは、やはり、彼もあの事件の呪縛から逃れられないのだと、自分たちのこの先を不安に感じずにはいられなかった。マムについて語り継いで行こうと、明るく誓ったばかりだったのに。

「珍しいね、ロビン、きみがそんなに気弱になってるの。ショーンと何かあったの？」

　ロビンは、ようやく旅行の計画について話し始めた。ハーモニーは、さして驚くふうでもなく、彼女の話を聞いていた。そして、いつものように意地悪な調子で言った。

「初めてのセックスは、お気楽どころじゃないぞ」

　ロビンは、ザ・スペクテイター紙を投げつけた。ハーモニーは、笑いながら、それを避けようとした。何よ、先輩づらして。彼女は、腹立たしさを感じていたが、こうも思うのだった。先輩の言うことは、素直に聞いておく方が身のためかもしれない。

綿密な計画を立てた結果、フロリダ行きは、ロビンの試験が終わる週末に決まった。万が一、父にばれてしまっても、成績さえ良ければ、事は簡単にすむだろうと、彼女は、必死に勉強した。ハーモニーは呆《あき》れていた。彼女が完璧主義過ぎると言うのだ。男との週末旅行を成功させるために勉強熱心になるという発想が、彼には、まったく理解出来ないらしかった。お気楽じゃないと言ったのは、あなたじゃないの。彼女は、そう心の中で呟いた。ショーンのせいで自分のレベルが下がるのは許しがたいことだ、と思った。彼に負い目を感じさせたくなかった。けれども、ふと、ノートブックから顔を上げる時、彼女は、自身を省みた。私って、まるで、マムみたい。ショーンは、こんな私を望んでいる訳ではないかもしれないのに。

待ち望んだ週末がやって来ようとしていた。前日、彼女は、何度も荷物を点検した。ハーモニーが無理矢理押し込んだコンドームの箱を手にして、彼女は、ひとり、部屋で笑った。午前中に、ミシェールの兄が、車でショーンとの待ち合わせ場所まで送ってくれることになっていた。後は、待つばかりだった。

ところが、思わぬことが起った。頭痛がすると言って、二、三日寝込んでいた祖母の容体が急変したのだ。ロビンが荷物を詰め直していると、ハーモニーがノックもせずにドアを開けた。彼女は、憮然として彼を見たが、その怯えたような表情に、ただならないものを感じて目で問いかけた。

「グランマが、さっきから吐き続けてる」

ロビンは、慌てて祖母の寝室に入った。部屋に付いたバスルームにすら行けなかったのか、祖母は、ごみ箱を抱えたまま横になり、その中に吐いていた。ロビンは駆け寄り、彼女を抱き起こして背中をさすった。ハーモニーが、バスルームから持って来たトイレットペーパーで、周囲に散らばった汚物を拭った。

「ダディとアンクル・ウィリアムは?」

「どっちもまだ帰って来てないよ。ぼく、ダディの携帯電話《セルフォン》にかけてみる」

居間で、ハーモニーが電話をかけている間、ロビンは、祖母の苦し気な呻《うめ》き声を聞いていた。彼女の呼びかけに、祖母は答えることも出来ないようだった。その様子を見て、これは、ただの過労でも風邪でもない、と彼女は、嫌な予感を覚えた。そう言えば、祖母は、一週間程前から、耳が痛くて聞こえないと言っていた。持病の中耳炎だろうと、誰も気にしていなかったのだが。

戻って来たハーモニーは、落ち着きを失くして、部屋を行ったり来たりしていた。

「ハーモニー、何もする気がないのなら、あっちに行ってなさいよ!! ダディと連絡はとれたの?」

「会議が終わったら、すぐ戻るって。どんな状況か全然解ってなくて、残り物のレバーなんか食べるからだって言ってた」

そう言いながら、祖母の具合いの悪さを重大なものと思いたくないのか、顔を引きつらせて笑った。ロビンは、彼の腑甲斐なさに舌打ちをしながら、祖母を見守った。吐き気は治まったようだったが、ほとんど意識を失くして薄目を開いているだけだ。彼女は恐怖を覚えた。死、という言葉が頭に浮かんだ。そんなに簡単に人は死なない。そう信じて来たのが嘘だというのを、彼女は、もう知っている。人間は、次の日、いなくなることもある。彼女は、自分の本意ではないところで、その真実を学んでしまったのだった。神様は、私にどうしろって言うの？　おさらいをしろとでも⁉　彼女は、祖母の額の汗をタオルで拭いながら、叫び出したいのをこらえた。

しばらくして帰宅した父は、子供たちの怯えた表情を目にして、事態が思ったより深刻であるのを悟ったようだった。彼は、祖母に覆い被さるようにして彼女を何度も呼んだ。しかし、応えることも出来ないと知り、彼は、呆然《ぼうぜん》として振り返った。

「いつから、こんなふうなの？」

「二時間程前から。何度も吐いてる」

ハーモニーが答えた。

「病院に連れて行かなきゃ。手伝ってくれ」

父とハーモニーは、横になったままの祖母に靴を履かせた。ロビンは、パジャマの上にコートを着せようと、彼女を何とか抱き起こそうとした。その最中にも、彼女は吐いた。ハーモニーが、慌てて彼女の口許にごみ箱を当てた。

「こりゃ駄目だ。救急車を呼ばなきゃ」

いつのまにか戻ったウィリアム伯父が、祖母のベッドを覗き込んで言った。父が、コートのポケットから携帯電話を出して、緊急番号にかけようとした。手が震えて、何度もやり直した揚句、皆を見て尋ねた。

「救急車って、何番だった？」

ウィリアム伯父が、首を左右に振りながら、ベッド脇の電話の受話器を取り上げて、９１１を押した。

救急車が到着するまでの間、父とハーモニーは、絶望したように、ベッドのはしに腰を降ろしていた。ロビンが居間に戻ったウィリアム伯父の様子をうかがいに行くと、彼は、モルトビールを飲んでいた。彼女に気付いて彼は手招きをした。

「座りなさい。あせったたって仕様がない」

ロビンは、頷いて、隣の寝椅子に腰を降ろした。彼は、日課になっているTVのニュース番組を見ていた。画面には、アフガニスタンが映っていた。彼女は、彼の側で冷静になって行く自分を感じた。私とアンクル・ウィリアムは、死に、慣れている。そんなことを思った。少なくとも、父とハーモニーよりは、場数を踏んでいる。祖母が死ぬと決めつけたようなこの思いつきを、彼女は不謹慎だと反省した。そうしながらも、何か、新しい発見をしたような気になった。重大な局面で、度を失わずにすんでいる自分が不思議だった。まるで、知らぬ間に訓練されてしまったみたいだ。とても、悲しいことだけど。

ベッドサイドに電話があるというのに、居間に走ったハーモニー。911を忘れてしまった父。男たち二人のだらしなさに溜息をつきたくなると同時に、彼女は、彼らを羨しく思った。彼らは、明らかに、自分とウィリアム伯父よりは無垢《むく》なのだ。

「ロビン、きみは強い子だな」

「そんなことないわ。ハーモニーが弱虫だから、そう見えるだけです」

「強い人間の弱味は見つけにくいんだ。理解してくれる男を見つけるのは大変だぞ」

ロビンは、もう既に、明日の旅行を半分諦めていた。けれども、病院に運ばれた祖母の容体が大事に至るものではないと判明した時のことを考えると、ショーンに連絡が出来ないのだった。

もし、今、電話したら、彼は取り止めようと言うだろう。彼の落胆した声を聞くのが嫌で、彼女は、ためらっていた。ひどい孫だ。こんな時に、男の方を気づかっている。

救急車が到着して、ストレッチャーに乗せられる時、祖母は、うわ言のように尋ねた。

「私をどこに連れて行くの?」

「病院だよ、マム。救急車が来たからもう大丈夫だからね」

父が答えた。

「なんてことしたの? そんなもん呼んだら、御近所に知れちゃうじゃないの。また、ウィリアムがおかしくなったって」

そう言って、再び意識を失った。ロビンは、ウィリアム伯父を見たが、彼は、聞こえなかったかのように、救命士が血圧を計るのをながめているだけだった。

祖母を乗せて救急車が出てしまい、父が自分の車でその後を追った後、残された三人は、気が抜けたように、居間の寝椅子に腰を降ろしていた。

「アンクル・ウィリアム、あまり飲まないで下さいよ。ICUで緊急事態が起ったら、あなたの運転で病院に駆け付けなきゃならないんだから」

新しいビールの缶を開けるウィリアム伯父を咎めるように、ハーモニーが言った。

「酒が入ってないと、手が震えて運転が出来ないからな」

ハーモニーは、ウィリアム伯父の言葉に頭を抱えた。

「ああ、どうなるんだろう。マムに続いて、グランマまでいなくなったら、耐えられない。耳が痛いって訴えた時に気付いてあげれば良かったんだ。皆、自分勝手に……」

いつまでも続きそうなハーモニーの嘆きに腹を立てて、ロビンは怒鳴った。

「うるさいわよ!!　めそめそしてないで、ガーベッジ缶のげろを洗って綺麗にして来たらどうなの!?　そんなにグランマを愛してるなら、そのくらいしなさいよ」

ハーモニーは、反論せずに立ち上がり、肩を落として、祖母の寝室に入って行った。そして、ごみ箱を抱えて出て来たかと思うと、自分もその中に吐いた。その後、それを恥じるかのように急ぎ足になり、バックヤードに出て、水道の水でごみ箱を洗い始めた。

ロビンは、窓からその様子をながめていたが、やがて自分も手伝おうと外に出た。

「ごめんね、ハーモニー。私、言い過ぎた。手伝うわ」

「いいよ。もう、終わる」

ハーモニーは泣いていた。こういう時、彼と自分は双子でありながら感受性を異にしているなあ、とロビンは思うのだ。自分は、何か困難が待ち受けた時、それに立ち向かおうとする。そして、それが不可能だと知った際に涙を流す。その涙は、主に、怒りや悔しさや後悔のために使われる。ショーンの前で泣いたのも、そういった感情を彼が引き出してくれたからだ。それでは、ハーモニーの涙はどうだろう。彼の涙には、もっと柔かな出所があるような気がする。ごみ箱の掃除をすませて鼻を啜る彼を見て、彼女は、声に出さずに呟いた。私の兄は、とても、優しい。

「おい、おまえたちの父親から電話だ」

ウィリアム伯父が、開けられたドアから首を出して、ハーモニーとロビンを呼んだ。二人は、我先にと居間の電話に向かって走った。

父の声は暗かった。ＩＣＵに運ばれた祖母は、予断を許さない状態だという。炎症を起した耳から入ったバクテリアが脳を侵しているとのことだった。脳髄膜炎という耳馴れない病名を聞いた時、ロビンは首を傾げたが、ハーモニーは震え出した。

「その病気で、ぼくの友達の妹も死んだんだ。それも、具合が悪くなってから、たったひと晩で」

「大丈夫よ、落ち着いて、ハーモニー」

ロビンは、ハーモニーの手を握ろうとしたが、彼は、その手を振り払った。

「おまえ、言ったじゃないか!! 自分の方が、ぼくよりも、マムとのつき合いは一年長いって!! だから、ぼくには、おまえの気持なんか解らないって!! 同じ言葉を返してやるよ。おまえになんて、ぼくの今の気持なんか解らない。ぼくは、おまえより、一年もグランマと長くつき合って来たんだ。彼女は、マムがしてくれなかったことを全部してくれたんだ!!」

ハーモニーは、そう怒鳴って、父との会話も途中のまま、自分の部屋に走り、中にこもってしまった。ロビンは、どうして良いのか解らずに受話器を持ったままうろうろした。

「放っておけ。甘ったれなんだから」

ウィリアム伯父が言った。ロビンは、再び父と話し始めた。彼は、もうしばらく様子を見てから、いったん家に戻ると告げて電話を切った。ハーモニーが常軌を逸してしまうのも無理はないことだよ、と言い残して。

明け方近くになって、父は戻って来た。彼は、無言でウィリアム伯父の隣りに座り、膝の上に組まれた両手の上に顔を伏せた。ウィリアム伯父も何も言わずに、父の肩に手を置いた。ロビンは、キッチンに行き、ストーブに点火した。スープの入った鍋がかけられていた。ウィリアム伯父に言われたのだ。レイのために、何か食いもんを作ってやっといてくれないかと。弟に対する心づかい、という感じではなかった。ただ彼は知っていたのだ。こういう場合に、エナジーを注ぐものが何であるかということを。そう言えば、あのテロ事件の後に半狂乱になった自分を落ち着かせてくれたのも、ブルックリンの祖父が作ってくれたミネストローネスープだった。人々の抱擁を自覚を持って受け入れることが出来たのは、それを食べた後だった。

「ダディ、食べなきゃ駄目よ」

ロビンは、父に、スプーンを挿したスープボウルを差し出した。彼は、スプーンをボウルに入れたまま、直接口を付けてスープを啜った。行儀が悪いと、祖母なら、なじっただろう。ロビンは、父のこのような姿を初めて見た、と思った。彼は、今、祖母の息子としてだけ、そこにいた。

「そうだよ、レイ。食わなきゃ始まらない」

そう諭すように言うウィリアム伯父は、相変わらずビールの缶を手にしていて、目が合ったロビンに片目をつぶって見せ、彼女を呆れさせた。

翌朝、父の姿は、もうなかった。川沿いのメモリアル病院に先に行っているから、後で、ウィリアム伯父の運転で来るように、と書き置きが残されていた。

食堂で、瓶入りのミルクコーヒーを飲みながら、そのメモ用紙をぼんやりながめていると、ハーモニーが起きて来た。

「もう九時か。いつの間に寝ちゃったんだろう」

そう言いながら、ハーモニーも冷蔵庫からコーヒーの瓶を取り出した。

「それ、私のなんだけど」

ハーモニーは、ばつが悪そうに、ロビンを見た。

「昨夜はごめん」

ロビンは、黙ったまま、置きっぱなしになっていたエッセンス・マガジンのページをめくった。

ハーモニーは、ロビンの前に神妙に腰を降ろした。

「ロビン、本当にごめん」

目をやると、まるでスターバックスの瓶に頭を下げているようなハーモニーがいた。彼女は、途端におかしくなり笑いをこらえて言った。

「飲みたきゃ飲めば？」

ハーモニーは、ほっとしたように瓶のキャップをひねった。

「ハーモニー、それ飲んだら準備して。病院に行きましょう」

そう言った直後に、外で車のクラクションが鳴った。ロビンは、眠りこけているウィリアム伯父を一瞥し、外に出て、車の中にいるミシェールの兄に行き先の変更を告げた。ロックフォートメモリアル病院までお願いしたいの、と。

病院のICUのベッドの上で、祖母は身動きもせずに横たわっていた。あちこちに取り付けられたチューブが痛々しかった。大きなモニター画面に映し出された血圧や脈搏の数値が室内を照らしていた。ロビンは、父を残して廊下に出て、見舞客用の椅子に腰を降ろした。慌てふためいた様子の人々が、走って彼女の前を通り過ぎて行った。彼らも、大切な人の生命の危機に瀕《ひん》して度を失っているのだ、と思った。命が消える間際には、その儀式が必要だ。それすら持てない死があるなんて。彼女は、あまりにもあっけなかった母の死を再び思い起して悔しさを噛み締める。

いつのまにかいなくなっていたハーモニーが戻って来て、ロビンの肩を叩いた。

「ショーンには、ぼくから連絡しといたよ。彼、後で来るって」

「そう」と、ロビンは溜息をついた。

「先を見越して、あんなに沢山のコンドームを詰め込んだのに無駄になっちゃった。ハーモニー、あんたに返すわ」

　肩を落とすロビンを、ハーモニーが抱き寄せた。

「いらないよ。ヴェロニカが病気なんて持ってないのは、もう知ってるし、ピルを飲んでるから妊娠の可能性もない」

「風船でも作って遊ぶしかないわね」

　場違いな会話を交わしている自分たちが情けなくなり、二人は、同時にうなだれた。そうしている最中にも、別な家族が泣きながら彼らの前を通り過ぎ、ドアの向こう側では、祖母が、自分の命のために戦っている。

　ショーンは、バナナカフェのランチの入った紙袋を抱えて病院にやって来た。二人は、川に面したカフェテリアのベンチに腰を降ろして昼食を取った。Tシャツ一枚で過ごせるような暖かい日だった。川べりの枯草に陽ざしが当たって金色に輝いていた。

「この前は、アンクル・ウィリアムで、今日はグランマ。いつも家族の事情で、あなたと海に行けない」

「いいじゃないか、凧上げだって、その……二人きりになるのだって、いつでも出来る」

「そんなに物解りが良いのは、私に同情しているからなの？」

言っている意味が解らない、という表情を浮かべて、ショーンは、ロビンを見詰めた。

「お母さんを亡くして、今度は、おばあさんまで失おうとしている。おまけに、伯父さんはアル中だ。こういう子は気づかってやらなきゃ。事情を汲んでやらなきゃ。親切にそう思いやってくれてるの?」

ロビンには、自分が理不尽なことを言っているのが解っていた。けれども、ショーンの態度が何故か気に障るのだった。自分が本当に見たい彼の反応は、今のようなものではないように思えた。

「きみは、おれが、雨の日にどうしても遠足に行きたいんだって駄々をこねる子供みたいな真似をすれば、満足するの?」

「そうじゃない。そうじゃないけど……」

言いながら、自分が彼に望んでいるのは、それとあまり変わらない振舞いのように思えた。

「だって、少しも残念そうじゃないんだもの」

ショーンは、食べ終わったブリトーの包みを勢いよくつぶして丸めた。その必要以上に大きな音で、ロビンは、彼を怒らせてしまったのを知った。

「冗談じゃないよ。おれが、どれだけ我慢してるか解ってるの? きみは、口に出した言葉しか読み取れないの? おれは自分自身に感心してるよ。つき合ってる女とベッドにも行かないで、これ程、もってるなんて。でも、こんな気持になったのは、初めてだから悪くないって思ってた」

「初めて? 初めてなの?」

ショーンは、自分自身の言葉に顔を赤らめた。

「……そりゃ、寝た女の子は何人もいるけど」

「じらしてる女は、私が初めてって訳ね。それも絶対に怒れない事情で」

ショーンは、言葉を捜しあぐねているかのように呻いた。

「ロビン、きみは、おれをうんと年上の男と思っているかもしれないけど、他の大人から見たら、ただの若僧なんだよ。大切にしたいと心から思える女の子に、そんなに何度も出会ってる筈ないじゃないか」

「私もあなたが大切よ」

「家族だって大切だろう？　正直言って、きみの家族が羨しいよ。おれの家には、ないものがある。それが、どんなに素晴しいものだか、おれには解る。それを優先して欲しいと思っただけなのに、心外だよ」

素晴しいもの。確かにそうなのかもしれない。けれど、彼は、その素晴しいものとやらを決して欲しがらない人種に思える。家族のしがらみには、決して引き止められない人のように。

「私、あなたに、明日会えなくなったらどうしよう」

ブリトーにサルサをかけながら、淡々とそう言うロビンの横で、ショーンは無言だった。

「前向きな気持でいようとすればするほど、ふとした時に、ものすごく恐くなるの。もうあれほどのひどい出来事はない、あれを通り越して来たんだから、この先何が起っても平気って思う一方で、今度、同じような目に遭ったら、もう耐えられないだろうとも思うの。私、愛している人を、もう失いたくない」

祖母を失う不安を抱えて旅行になんか行けない。けれど、ロビンは、このことでショーンが遠ざかって行くのも恐れているのだった。遠ざかる可能性があるからこそ、心は、ますます傾いて行く。自分をいつも見守って欲しい。そう思いながらも、見守られているだけなんて自分らしくないと感じている。

「おれにどうして欲しいの？」

「して欲しいことなんてないわ。私だって、あなたのために何かしなきゃって思っただけよ」

「もしも、それが、おれと寝るってことだと思うんなら大いなる勘違いだよ」

「私があなたにして欲しいことは、私があなたにしたいことなのよ。こんな状況で、こんな気持の私を、見守ることしか出来ないなんてあなたは馬鹿だわ」

ショーンは、立ち上がり、腹立たし気に丸めた包み紙をごみ箱に投げ入れ、その場を立ち去ろうとした。

「私をひとりにするの⁉」

ロビンは大声を出した。カフェテリア内の人々が興味深そうに二人の様子をうかがっていた。ショーンは、背中に投げ付けられた彼女の言葉に立ち止まったままだったが、やがて、振り返り、まばたきもせずに涙を流している彼女を認めると、戻って来てその腕をつかんだ。そして、強引に、カフェテリアの外に連れ出した。

「どこに行くの？」

「ここから車で三十分ぐらいのところに、静かなビーチがあるんだ。前に、おれが凧《たこ》上げをしようって言ってたところ。そこに面した場所に、友達が管理している小さなモーテルがある」

「でも、グランマが……」

「おれには、きみのお祖母さんより、今のきみの方が重要だ」

その瞬間、彼女は、家の事情をすべて忘れた。

ＩＣＵで意識を取り戻して以来、祖母の容体は快方に向って行った。まだ口もきけない様子ではあったが、家族の訪問には嬉し気な笑みを浮かべるようになった。数日で一般病棟に移れることが決まった時の家族の喜びようと言ったらなかった。父は、まだチューブの付いた彼女の体に覆い被さり、キスの雨を降らせた。ウィリアム伯父は、これで安心して酒が飲めるとうそぶいた。ロビンは、ハーモニーに提案して、彼女に新しいパジャマと部屋着を贈ることにした。

Ｋマートで、それらを物色している間、ハーモニーは、ロビンを意味あり気に見ては、にやにやした。

「ちょっとは、真面目に選んだらどうなの？　グランマは、お洒落にうるさいのよ」

「あそこのモーテル、最高だろ？　窓を開けるとすぐ海が見えて。波の音って、なんで、あんなにロマンティックなんだろう」

「ヴェロニカと行ったんじゃないでしょうね」

不快な表情を浮かべるロビンに、彼は、慌てて否定した。

「まさか。あんな近いとこで会える訳ないじゃない。ショーンから聞き出したんだ。彼、最初は、隠し通そうとしてたんだけど、本当は誰かに聞いて欲しかったんだって。ロビンは、すごくスウィートだなんて言ってるんだぜ。だまされてるとも知らないで」

「男同士って、信じられない」

そう言いつつも、決して悪い気はしなかった。実は、ロビン自身も、ミシェールに、その忘れがたい一日のことを事細かに語っていたのだった。誰かに話さずにはいられない。恋って証人を必要とするものなの？

いよいよ、祖母が一般病棟に移された日、家族は、次々に病室を訪れた。全員から祝福のキスを受け、彼女は、深々と安堵の溜息をついた。

「私、死ぬとこだったわ。生き返って良かった。まだあの男に再会したくないもの」

全員が顔を見合わせて、肩をすくめた。祖母も、おどけたように、それに倣ったが、ふと気付いたように尋ねた。

「今日は何日？」

父が日付けを言うと、彼女は、一大事でも起きたような叫び声をあげた。給料日じゃないのーっ!! それは、とても病人とは思えないような力強い響きだった。皆、喜びで心を満たしながら、いつまでも祖母の嘆きを聞いていた。アイ　ミースト　マイ　ペイデイ!!!

Chapter Four
"Harmony"

第4章 ハーモニー

　どうやら父に恋人がいるらしい、と言い出したのは、ロビンだった。自分が予想してみたこともないその言葉に、ハーモニーは唖然としたが、それ以上に彼を驚かせたのは、彼女の態度だった。彼女は、こう口にするのと同じような調子で言ったのだ。どうやらダディは、次にニューヨークに戻った時、ブルックス・ブラザーズでスーツを新調するらしいわ。あるいは、ニックスの試合のチケットが手に入りそうなんですって、と告げるような。つまり、いつもより贅沢《ぜいたく》をするそうよ、というのと何も変わりがないように言ったのだ。

「いい加減なこと言うなよ」

　ロビンは、ハーモニーをちらりと見て、ふんと鼻を鳴らし、自分の作業を続けた。彼女は、今、キッチンのシンクの横にボウルを置き、ミートボール用の挽き肉を熱心にこねている。その手には、皮膚よりも薄そうなゴム手袋が貼り付いている。祖母の入院している病院のICUにあった使い捨ての手袋だ、と気付いた途端、彼は、胸が悪くなった。ティッシュペーパーの箱のように引き抜き式になった、手術や看護のための手袋を見つけた時に輝いた彼女の目は、そういうことだったのか。箱ごと失敬してしまったのに違いない。

「ショーンに、ミートボールサンドウィッチを作ってあげるの。サブウェイなんか目じゃないわ。

ハーモニー、あなたにも味見させてあげる」

ハーモニーは、パンの間に並んだミートボールに顔があり、それらが笑い出す光景を想像してぞっとした。まるで、古いホラー映画みたいだ。何と言ったっけ、そう、確か「エルム街の悪夢」。

ハーモニーは、気分を直したくなり、冷蔵庫を開けて、ウィリアム伯父のビールを取り出した。ロビンが、咎《とが》めるような視線を送ったが、気にせずにシンクに寄り掛かって飲み始めた。アルコール依存症の原因は、どこにでも転がっているということだ。

「どうして、そんな平気な顔して、あんなことが言えるんだ」

「何が？」

「ダディのことだよ」

「彼だって男よ。ストレートの男には、女が必要でしょ」

ロビンが、そのことに思い当たったのは、祖母の見舞いに行った時だと言う。病院のカフェテラスの外で、父が携帯電話《セルフォン》を使って誰かと話していた。

「それだけ？」

「それだけよ」

ハーモニーは、ロビンのあまりにも短絡的な憶測に呆《あき》れた。そして、そう言うと、今度は、彼女が呆れた表情を浮かべた。

「だからあんたは馬鹿だって言うのよ。セル　フォンの持ち方で、相手がどういう人物かが解る時だってあるのよ。それが恋してる相手だったりしたら、もう一目瞭然。ダディ、とってもいとおしそうに頰をすり寄せてたわ。背景には、きらきら光る川の水があって、まるでロマンティックな映画みたいだった。あそこにブルックリン橋が掛ってたら、ウッディ・アレンが絶対にカメラを回した筈よ」

そう言うと、ロビンは、丸めた肉を握り締めて、うっとりと宙を見詰めるのだった。ハーモニーは、その不気味な様子から目をそむけて尋ねた。

「ただの想像じゃないか。聞いてみた訳じゃないんだろ?」

ロビンは、嘲笑《あざわら》うかのようにハーモニーを見た。

「想像じゃなくて確信よ」

「証拠がない」

「じゃあ、こういうのはどうよ。ダディはね、電話を切る時に、とろけそうな顔をして、セルフォンにキスをした。三回はしてたわね。この意味解る? いくら家族思いの彼だって、電話のおしまいにキスなんてしないわ。されたら気味悪いわ。彼が家族の中でそうして良い人は、たったひとりだけだったわ。マムよ。そうでしょ? 違う?」

何故か大変なことが起ったように、ハーモニーには感じられた。有り得ない、と彼が思い込もうとしていたことが、今、ロビンの言葉によって、ぽんと彼の目の前に投げつけられたような気がした。彼女によって開けられたびっくり箱《ジャック イン ザ ボックス》に後ずさりした幼ない頃の自分が蘇っている。

「もし……それが本当だとしたら……」

「事実よ」

「許せないよ」

ハーモニーの言葉に、ロビンは怪訝《けげん》な表情を浮かべた。

「どうして許せないのよ」

「だって、マムの死亡確認だって、まだ出来ていないのに、そんなに早く女を作るなんて」

「はあ？　ハーモニー、あんた何言ってるの？　どうして、そんなにも子供じみてるの？　いい？　ダディは、九月十一日に妻を失くした訳じゃないのよ？　かつて妻だった人を失くしたのよ？　その時に既に新しい恋人がいたとしても誰も責められないじゃないの」

「そうだけど……おまえ、なんだって、そんなに物解りがいいんだよ」

ロビンは、新しいミートボールを丸めながら、得意気に言った。

「ショーンと上手く行っているからよ。自分の恋が順調な人間は、他人の恋に寛大になれるのよ。ハーモニー、あんた、その様子じゃヴェロニカと行き詰まってるわね」

ハーモニーは、かっとなり、空のビール瓶《びん》を音を立ててシンクに置いた。ロビンは、意地悪く笑いながら、肉をつかんだ拳を彼の前に突き出し握り締めた。白く透けたゴムに包まれた指の間から、生き物のように肉がはみ出して来た。

「昔、二人で見たホラー映画覚えてる？　今夜、あんたの夢で、フレディ・クルーガー（「エルム街の悪夢」に登場する怪物男）によろしく言っといて」

ハーモニーは、ロビンのその言葉に身震いしながら、自分の部屋に駆け込んだ。ドアを閉めても聞こえて来る彼女の笑い声がつくづく忌々しかった。

ベッドに横になり、ぼんやりしていると父の顔が浮かんで来た。人の良さが滲《にじ》み出ているような笑顔。屈託のなさそうな様子は、まるで苦労を通り越して来なかった人のそれに見える。けれど、実際は、むしろその逆だ。彼は、周囲の人々の困難を一手に引き受けている。それなのに、そう見せないのは、彼が、大昔に、たぶんこの土地を出てニューヨークに行こうとした時に、覚悟を決めたからだ。何が起ころうと自尊心だけは崩させないと。ハーモニーは、いかにも気易い奴を装う彼に時折かいま見える誇り高さを見逃すことはなかった。それは、自分が、彼と同じ男だからだと思う。女だったら、そこに性的な匂いを感じるのではないか。けれど、自分は、そこに、自身がまだ持ち得ない、けれども、やがて手に入れたいと切望するものを見る。

　父が言ったことがある。ウールワース（安売りのスーパーマーケット）の安っぽいプラスティックバッグの中に、ようやく買うことの出来たウィリーとぼくの下着が二枚だけ入っていた。それを手にぶら下げたマムの姿をぼくは恥しいと思ったことがある。でも、何故だろう。大人になって、彼女のあのたたずまいを思い出すたびに、あれ程の威厳を漂わせていた女の人を見たことがなかったと感じたんだ。どうして、そう思えてしまうのか。そう思える人間に、ぼくはなったのか。それこそが、マムが息子にかけた手間の結果だと気付いたのは、ずい分、後のことさ。

　誇りは、わざわざ他人に証明する類のものではない、と父はいつも示して来たように思う。けれど、諭されながらも、自分の誇りらしきものは、容易に、どこかに流されて行ってしまう。意識することもなくそれを身に付けつつあるのは、むしろ、ロビンの方だ。彼は、娘には、はちみつパイの役割しか求めなかったというのに。

　自分が、あらゆる事柄に対して反抗的な気持を抱いた時も、ごろつき《サグ》に身を落とさずに何とか軌道修正しながらやって来れたのは父のおかげだ。ゲットーに住む友人たちの多くは、父親がいなかった。いても、その義務を放棄したような男たちが多かった。ハーモニー、おまえが、どれだけ幸運か知っているのかい？　ある友人の言葉だ。彼は、その後、こう続けた。でも、あんなダッドに側にいられたら、おれはすぐに逃げ出すね。彼らは知らなかった。自分が逃げ出したかったのは母親の方からだったのを。受け止めてくれる者が必要な年齢だった。そして、そこに父がいた。

あんたは甘えっ子なのよ。ロビンの声が聞こえるような気がする。ストリートで生きて来た連中と同じに振る舞うことが、クールだなんて私は思わない。ハーモニー、あなたはあなたであるように振る舞えば良いのよ。彼女がそう言った時、父は肯定も否定もしなかった。彼は、いつも子供たちに選ばせる。そして困難な課題を出された時のように、自分は頭を抱えてしまうのだ。命令されたい。その方がはるかに楽だ。その思いに至る時、母の面影を追い求める自分に気付くのだ。

それにしても、とハーモニーは思う。完璧な母の味方だった筈《はず》のロビンが、どうして父の恋人に関して平然としていられるのだろう。むしろ母と敵対していた自分の方が、父を許せないと思っている。母の代わりの女を隣りに置いている彼の姿を想像すると苛立ちが湧いて来る。そこは、マムの場所だ！　そう叫びたくなる。あまりにも子供じみているのは充分承知しているのだが。

両親は、何故、別れたのだろう。二人の離婚を平然と受け止めた自分が、今、彼らを替えのきかない一対だったように思うのは不思議だ。あの時、納得が行かないと泣いたロビンの横で、ハーモニーは、一滴の涙すら流すことなく、そこにいた。両親が離婚した友人は何人もいた。今度は、自分もそのひとりになった。そう思っただけだ。ただ、その経験を経た友人の大半が、離れた方の親を熱烈に愛し直すという事実を訝《いぶか》しんだ。今ならその気持が解るような気がする。離れた片方の親は、子供が見たくないものを見せずにすむという特権を、はからずも手にしているのだ。とりわけ本当の意味で母を失ってしまったハーモニーのような立場では、そのことが身に染みる。そう感じながらベッドの上で体を丸めていると、寂しい気持が押し寄せて来て、彼は、たまらなくなる。もう少し。もう少しだけ待ってくれよ、ダディ。そんな彼の心情に気付くこともなく、ドアの外では、ロビンが呑気に大声を上げている。

「ハーモニー、ハーモニー、マイ　ディア、ミートボールサンドウィッチが出来たわよ!!」

無神経な女だ、とハーモニーは舌打ちをした。彼は、父と離れていたロビンの一年間を思う。彼女は、父を自分と切り離して、ひとりの男として見ることが出来るようになったのだ。自分だって、今なら、母に対してそう出来たかもしれない。不測の事態で、永遠に消えてしまうようなことがなかったなら。

いつまでも歌うように叫ぶロビンの声に観念して、ハーモニーは、起き上がってドアを開けた。差し出されたサンドウィッチにはさまれたミートボールは、トマトソースにまみれて、おまけにグリーンピースの目が付いていた。彼は、憮然としながら、それを受け取り、笑いをこらえている彼女に見せつけるように、かぶり付いた。

その日以来、ハーモニーは、注意深く父を観察するようになった。父は、前と少しも変わりなく穏やかで、食事の時には、いつもと同じように笑った。楽し気だった。その楽しさが新しい恋に端を発するものとは思えなかった。休日のバーベキューの計画を話す時と何ら変わりはないように思えた。態度に出さないのは、大人の男だからなのか、親としての義務なのか。彼には解りかねた。ロビンが目撃した時のように、父のひとりきりの時間にしか、その恋人の存在をかいま見ることが出来ないのだろうと、そう想像した。それでも時折彼は、父に何か変わったところがないかどうか確認するために、視線を当てずにはいられなかった。不意に目が合うと、父は目で問いかけた。そのたびに、彼は、ばつの悪い思いをして下を向く。

「何か言いたいことがあるんじゃないのかい？　ミスターハーモニー」

ハーモニーは、そう聞かれるたびに、別に、と答えて、ポケットに手を入れたままうつ向き、その場を立ち去ろうとする。やーね、子供みたい、というロビンの声を背中で聞きながら、彼は不貞腐《ふてくさ》れて呟《つぶや》く。皆、ぼくだけが子供だと思っているんだ。

そんな訳ないじゃないの。ヴェロニカだけが、そう言ってハーモニーを抱き締めてくれる。その所作は、まさに子供に対する母親のようだけれども、そうではないのだ、と彼女は言う。

「本当の大人の男こそ、女に自分を抱き締めさせるものよ。いたいけさをさらけ出しても、自分自身に余裕と自信があるから平気なの。そんな男が私だけに弱味を見せている。そう感じる瞬間って、女には極上のひとときよ」

ハーモニーは、その言葉に少しばかり得意気になってしまうのを隠せない。けれども、ヴェロニカは、次にこうも続けて、彼を再び気落ちさせるのだ。

「いたいけさそのものに出会った時も腕を回したくなるけどね。ペットとか迷子とかみなし子とか病人とか」

「ぼくは？　ぼくは、どっちなの？」

ヴェロニカは、意味あり気に微笑んで、ハーモニーの手を取り自分の胸に押し当てる。彼は、たまらなくなり、彼女を引き寄せて抱き締める。やはり、自分が、女を抱き締める方が良い。彼の腕の中にすっぽりと収まるくらいに彼女の体は華奢で、胸と尻の弾力だけが、その頼りなさを裏切っている。

「あなたのお父さんのガールフレンドって、たぶんあの人じゃないかしら」

「誰？　会ったことあるの？」

「どういう人かは知らないけど……クラブハウスで白人の女の人と一緒に飲んでるの見たことあるわ。あなたの財布《ウォレット》に入っている家族の写真見せてもらったことあるでしょ？　ああ、ハーモニーのお父さんだわって思って、私、思わず隠れちゃった。向こうは、こっちのことなんか知らないのにね」

その時の自分を思い出したのか、ヴェロニカは、さもおかしそうに笑った。

「どんな女？」

「あなたのお父さんと同じくらいの年齢の人だったわ。もう若くないけど、知性でそれを補っているってタイプの人。私の友達なんかに、ああいう白人の女に黒人のいい男は持って行かれるのよ、と言わせる種類の女の人じゃないことは確かね」

「ぼくのダディがいい男なの？」

ヴェロニカは、肩をすくめた。

「仕事があって、家族思いで、ハンサム。黒人のいい男って、それで充分じゃない？」

「本当にそれだけ？」

尋ねながら、ハーモニーは思った。だったら、彼女の夫だって、充分に良い男なんじゃないのか。

「いい男と結婚してるのに、どうして、ぼくとここにいるの？」

「それはね」ヴェロニカは、自分の唇で彼のそれを塞ぎながら、シャツのボタンを外して行った。

「あの人には、セックスとユーモアといたいけさが足りないからよ」

「その三つが、ぼくにはあるの？」

ヴェロニカは、それには答えず、ハーモニーの裸の胸に唇を移した。彼は、恍惚として目を閉じる。そして、彼女を引き止めておくための三つの要素に思いを馳せる。

「あなたが必要なのよ」

その声には真剣さが滲んでいて、きっと、それは本当なのだろうとハーモニーに思わせる。そして、彼も心の内で呟く。自分にも、この人が、ものすごく必要だ。抱き締めたい。ヴェロニカの体が、柔く彼に向かって倒れ掛かる。受け止めると、もうあちこちが熱い水で濡れている。彼女こそいたいけだ。恥し気もなく全身でぼくを欲しがっているのだもの。こらえ切れないものを持つ人は、どんな大人だって、いたいけなんだ。

「あなたが必要なのよ」

彼女は、吐息の合間に、もう一度言う。今度は、囁《ささや》きに近い声。それは、もうじき啜《すす》り泣きに変わりそうな湿り気を帯びて、ハーモニーの耳に届く。彼は、たちまち自分が優位に立ったような気になり余裕を取り戻して尋ねる。

「どうして必要なの？」

「日々を乗り越えて行くために」

日々がずっと続いて行けば、それが人生になる。彼女の人生に必要とされたい。ハーモニーは、快楽のさなかに、そんな夢を見る。彼は、セックスと人生を結び付けたことなど、それまで一度もなかった。けれども、ひとたびそうして見ると、自分の人生のひとこまは、何と強烈な印象を持って、身にせまって来ることか。こんなこと、長くは続かない。続いたら疲れ果てて死んでしまう。そう自分に言い聞かせようとはするものの、その死という言葉ですら、愛撫のために追加された彼女の指のように彼の皮膚を撫でるのだ。伝えなくては、と彼は思う。でも、いったい、何を？ 今、自分は、言葉を覚えたての赤ん坊ほどの語彙《ごい》すら持っていないではないか。生きのびるために紡ぐ最少限の言葉たちしかそこにない。その第一番目を優先させて、彼は伝える。愛している、と。

ヴェロニカとの逢瀬の後、ハーモニーは、いつも歩いて帰れる距離のところまで車で送られる。住宅地に続く小道の入り口、ドッグウッドストリートの標識の前で、彼はひとり残される。ぼんやりとたたずんで彼女の車を見送る自分の姿は、きっとリア・ミラーの中で小さくなり消えて行くのだろう。そう思うと、ようやく彼は振り返ることなく、歩き始める。そして、何かを諦《あきら》めながら、家路につく。情事を堪能した後に人恋しくなるのは、自分が大人になり切れないからなのか、それとも満たされない思いのせいなのか。こんな時、祖母が入院中なのは、少し寂しい。何でも良い。暖かな湯気の立つ食べ物をおなかに入れたいな、と思う。パントリーに積んであるキャンベルのチキンヌードルスープが頭に浮かぶ。風邪を引いた時、あれしか受け付けないぼくのために、マムが温めてくれたっけ。缶詰は偉大だ。アートにもなるし、栄養にもなる。だけど、恋の熱にも効くとは知らなかったな。

そんなことを思いながら、棚を探っていると、ロビンが背中に鼻を押し当てて来た。驚いて振り返ると、彼女は、犬のようにハーモニーの体を嗅いでいる。

「ラルフ・ローレンのロマンスね」

「なんだよ、それ」

「ヴェロニカの着けてる香水よ。演出してるんだわ。これ、あんたと会う時用だと思うわ。可愛い女の振りしてるのよ」

「なんで、そんなの解るんだよ」

「実は、私も同じの着けてるの。ショーンがプレゼントしてくれたの」

「なんで、また」

「私が可愛い女だからよ」

ハーモニーは、首を横に振った。

「ヴェロニカとは上手く行っているようね」

ロビンの問いには答えずに、ハーモニーは二つのスープ缶を手に取って、どちらにしようか、と思案していた。

「それなのに、まだ、ダデイに恋人がいるかもしれないってことに腹を立てているの？　自分に起こることは、他の人にも起こるのよ。彼だって、この先、一生独身でいるには若過ぎるわ。アンクル・ウィリアムだってシャーリーンと仲良くやってるのよ」

「それとは話が違うよ」

言った後で、それでは、どう違うのか、とハーモニーは考えた。

「ロビン、きみさ、ダディとその人が万が一結婚することになったら、その人を母親って呼べるの？」

ロビンは吹き出した。

「呆れた。そんなことまで考えちゃってるの？　その質問に関してなら、答えはノーよ。私たちのマムは、ソフィア・ジョンソンその人しかいないわ。これから他の女の人を母親と思い込むには、私たち、年を取り過ぎてるでしょ？　あのね、ハーモニー、人って、いつ消えちゃうか解らないのよ。私が、去年の九月十一日に学んだのはそのことよ。楽しい日を一日ずつ増やして行くってことに全力を傾けたいの。でも、それ、自分だけじゃ嫌なの。これって、人を思いやる優しさとは全然別なことよ。私の好きな人たちが楽しくないと私自身が困るのよ」

　ハーモニーの目には、ロビンが毅然とした小さな女の子のように映った。思いやり深い大人の女に見せかけながら、実は、究極のエゴイストでいることを彼女は選択したのかもしれなかった。まるで正しい子供のように。本当の大人が、こんなにも、ひたむきに前を向くことは出来ないだろうと彼は漠然と思うのだった。腑甲斐ない自分とは比べものにならない強さを備えた妹。でも、妹だ。小さく見える。このきりりとした様子。それは、ブルースマンを気取っていた時の自分に、どこか似ている。

　ガレージから笑い声が聞こえて来た。ウィリアム伯父の楽し気な声の響きに、女の嬌声が重なる。うかがうように首を伸ばしたハーモニーに、ロビンが言った。

「シャーリーンが来ているの。スープ食べ終わったら、後でガレージにいらっしゃいよ。あの二人、昔のステップ思い出して踊ってるのよ。スマーフっていうの？　すっごく変なダンスなの」

　ステップか。そう言えば、もうずい分と長いことクラブに行っていないなあ、とハーモニーは思い出した。ニューヨークにいた頃、偽のＩＤカードを買って興奮して深夜のクラブに出掛けたことがあった。あるいは、早朝ジョギングと嘘をついてアフターアワーズに。けれども、すぐに飽きた。酒を楽しむ年齢まで待てば楽しさも解るのだろうと思っていた。その頃のガールフレンドは、パーティとダンスさえあれば何もいらないというタイプだった。出掛けるよりもなご《チル》むのを好んだ彼とは、つき合いも自然消滅して行った。ある日、学校のカフェテリアで、彼女と女友達が話すのを聞いた。ハーモニー？ 駄目駄目、外見は最高だけど、ちっとも趣味が合わないの。だって、あいつ、ブルースなんか聞いてるのよ？ 友達が笑った。仕方ないじゃないの、黒人の男《ブラザー》じゃないんだもの。白人の方が、まだ良かったかもよ。だって、彼らは少なくともハウスミュージックでは踊れるでしょ？ 黒人の女《シスター》たちのくせに、ルーツも知らない。ハーモニーは、おおいに憤慨した。少しは勉強してみたらどうなんだ。

ハーモニーの年齢で、ジャズやブルースが好きだと言うと、皆、いかにも意外だという表情を浮かべる。クラシック音楽を習っていると続けると、もっともらしく頷《うなず》く。まるで、伝統音楽を継承する者を見るような特別扱い。そんな扱いに出会うたびに腹を立てていたものだが、今では、もうすっかり諦めている。彼らだって、ジャズやブルースが嫌いって訳じゃないんだよ。そう父に言われたからだ。ただ、彼らは、それらの音楽に、自分たちの入り込めないファンタジーを見てしまうんだ。素直に自分を震わせるものだけを大事にしてごらん、ハーモニー。黒人のティーンネイジャーだからといって、誰もが、ハードコアのラップを好きになる必要なんてない。そう開き直って、ブルース専門のレコードショップなどに出入りしている内に、話の合う友人が増えて行った。驚いたことに、彼らは、古い時代の音楽を愛好すると同時に、最先端に携わろうともしているのだった。クラシック音楽にも造詣が深かった。プロフェッショナルＤＪと呼ばれる人種だ。

古いものと新しいものを融合させるとこんなにもおもしろい所に行き着くのだ、というのを彼らはハーモニーに教えた。彼らは、音楽を極上の遊びと心得ていた。極上のものは、何であれ人を夢中にさせる。ハーモニーは、それを十分に楽しんだ後で、ますます原点のブルースに傾倒して行った。そして、今、どういう訳かブルースなど聞こえないアメリカ南部にいて、溜り場のダイナーで、ジャ・ルールとＤＭＸ（どちらも人気ラッパー）のいさかい《ビーフ》について語る友人たちの声に耳を傾けていたりするのである。

「ハーモニー!!　早く来て!!　見てよ、アンクル・ウィリアムったら、ほんとにクレイジーなんだから!!」

ロビンに呼ばれて、ガレージに続くドアを開けると、旧式の大きなカセットレコーダーから流れる音楽に合わせて、ウィリアム伯父とシャーリーンが夢中になって踊っていた。二人共、犬が交尾するような姿勢で腰を振り、側で見ているロビンが腹を抱えて笑っている。

「ヨウ、ハーモニー、この曲、知ってるかい?」

ウィリアム伯父が、後ろ向きになったシャーリーンの腰を抱えたまま尋ねた。

「『アトミック・ドッグ』でしょ?……ジョージ・クリントン?」

「当たり!　この曲がかかると、皆、こうやって踊ったんだ」

「スヌープ・ドッグ（人気ラッパー）がサンプリングして使ってましたよ、この曲」

ハーモニーの言葉など聞こえなかったかのように、二人は踊り続けている。いつのまにか、ロビンも、この曲大好き!　と言いながら立ち上がって踊り始めた。母がこの光景を見たら何と言うだろう、とふと彼は思った。眉をひそめたに違いない、と前の自分なら予想しただろう。しかし、今、本当は、そうではなかったのかもしれない、と感じる。もし自分が母の願ったようにピアノを続けていたら、こう言ったかもしれない。ロバート、あなたも一緒に踊りましょうよ、と。そういう人だったような気がする。今となっては、知る術《すべ》もないことだけれど。

この間の放課後、いつものように、行きつけのダイナーのレニーズで友人たちとたむろしていたら、その中のひとりがハーモニーに尋ねた。

「ブルース、ブルースって、ハーモニー、いったい、なんだって、あんなビートもフロウ（ラップのの
りゃ言いまわし）もない音楽が好きなんだよ、変わってるな」

「ほんとだよ。今時、あんな音楽ありがたがるのって年寄りか白人だけじゃないのか？」

続けたもうひとりの友人は、うっかり口にしてから、気まずい様子で謝った。

「ごめん、ハーモニー、別に深い意味はないんだ」

ハーモニーは、少しも気にしていない、というように笑ったが、その態度は、我ながらぎこちないように思われた。

もう親友と呼んでも良いくらいに親しくなったマーカスが、屈託のない調子で会話に割り込み、ようやくその場はなごんだ。

「もっと遠慮なく言ってやれよ。それがホームボーイ同士ってやつじゃないの？」

友人たちは、人種に関するきわどい冗談を連発し始めた。ハーモニーは、すっかり気を楽にして応酬した。偶然立ち寄った白人のクラスメートが、興味深そうに近付いて来たかと思うと、ごく自然に、その会話に加わった。驚きを隠せないハーモニーに、マーカスが片目をつぶって見せ

た。

「ハーモニー、州の伝統なんて、くずだぜ」

　この土地が好きだ。ハーモニーは、自分の胸に突如湧き上がって来たその思いにとまどった。自分の溶け込むべき南部は、どこまでも続く湿地や熱にかすむ木々からだらりとたれたスペイン苔《ごけ》ではないのだ、と思った。それは、人々が、接点を持つ場所。教会であり、ダイナーであり、モーテルであり、ショッピングモールである。遅れて来た情けないブルースマンを気取るなら、情けなさついでに、点在するそれらの場所に自分なりのクロスロードを見出したって良いじゃないか。

　ガレージで踊り狂う三人を見ながら、ハーモニーは、愉快な気持になった。そうだ、ここにだって、ぼくをその気にさせる人々がいる。心の中のクロスロードのリストに加えよう。マムが消えた。でも、楽しい日を増やして行きたいの。ロビンの言葉を思い出す。ガレージでも出来ること。キッチンもある。ヤードもある。寝室。居間に食堂、バスルーム。あらゆる所に、きらきら光る欠片《かけら》が落ちている。それらを拾い上げて組み立てる。イン・ザ・ハウス。彼は、胸に詰まっていた空気を吐き出す。大きく溜息をついて楽になる。

「すごいな、こんなにパーティが盛り上がってるとは知らなかったよ」

　いつのまにか帰宅した父が、ハーモニーの背後で口笛を吹いた。

「ダディも踊ろうよ！」

　父は、ロビンの誘いを笑いながら遮《さえぎ》った。

「そうしたいとこだけど、マムの病院に行かなきゃ。TVガイドとエボニー（アフリカ系アメリカ人用の雑誌）を頼まれてたのを忘れてた」

　そう言ってガレージを出る父の後に、ハーモニーも続いた。

「ダディ、あなたは、マムとああいう曲で踊ったことあるの？」

「あるよ。彼女の方が、いつも我慢出来なくて、ダンスフロアにぼくを引っ張って行った」

　父は、懐しそうに目を細めた。そして、しばらく何かを思い出しているようだった。ハーモニーは、ダンスフロアで破目を外している二人を想像して不思議な気分になった。まったくそぐわないようにも思えるし、似合いの二人にも感じられる。

「そういうマムを見てみたかったな」

　父は、頷きながら、ハーモニーの肩をぽんぽんと叩いた。

「そう言えば、ハーモニー、きみは、この先どうするんだ」

「どうするって？」

　父が大学進学について話しているのだと気付くまでに少しの時間を要した。

「ＮＡＳＭ（National Association of Schools of Music　米国音楽大学・学部協会）のある大学に行くのなら、今から、プライヴェートレッスンを受けなきゃならないだろう？」

「そんなお金、うちにあるの？」

「ぼくの友達の知り合いなんだけど、アトランタのエモリー大学で教授をしてた人がいるんだ。体を壊して、休職してこっちに今いるんだけど。その人に頼んでみることは出来る」

　父の表情をうかがっていたハーモニーは、自分の内に不快の種が落とされたように感じた。それは、直感としかたとえようのないものだった。息子に対する父の礼儀正しい物言いが妙に癇に障った。

「そのダディの友達って、女の人？」

「……そうだけど」

「年齢的な衰えを知性で補っているタイプの女の人？」

父は、ハーモニーの言葉に困惑しきった様子だった。

「それは、どういう種類の質問なんだい？」

「別に。考えておくよ」

そう言い残して、ハーモニーは、ガレージに戻った。踊り続ける三人を見てももう、先程のように、幸福な気持にはならなかった。彼は、人格者然とした父に生まれて初めて嫌悪感を覚えた。嘘つきめ！　そう呟いている自分に気付き、愕然とした。どうしたって言うんだ、ハーモニー。誰もが認める素晴しい父親に対して。そう感じた瞬間、申し訳なさがこみ上げた。

「ねえ、ハーモニーったらあ!!　仲間に入ろうって言ってるのにー」

呑気な奴だ。怒りの矛先をロビンに向けそうになった自分を、さすがに大人気ないと思い直して、彼も踊りに加わった。母の顔がちらついた。今だったら、自分が彼女を踊らせることが出来るのに。ガレージの床がダンスフロアに見えた。もう少し待っていてくれれば、ぼくがここに誘い出せたのに。

ロビンが、念願のフロリダ旅行にハーモニーを巻き込んだのは、夏の到来を告げるような陽ざしの強い週末のことだった。ミシェールも含めた四人の小旅行の提案に、彼は、あやふやな返事をしていたが、いつのまにか押し切られた形になった。ロビンは、はしゃいでいた。祖母は、既に退院して自宅療養に入っていたし、試験も終わって夏休みを待つばかりだった。友人グループの旅行と聞けば父も反対する理由がなく、問題は何もなかった。

「ハーモニー、密室で育てているだけの恋なんか健康に悪いわよ。たまには、年齢に見合ったかわい子ちゃんたちとお出掛けしなくちゃ」

「それって、おまえとミシェールのこと？」

ハーモニーは、皮肉たっぷりに聞いたつもりだったが、ロビンは、浮かれていて聞いてなどいなかった。迷っている内に、たったの二泊なら気分転換に良いかもしれないと思い始めた。そして、ヴェロニカの突然の呼び出しを断わる自分を想像した。いつも、意のままになると思ったら大間違いだ。そうひとりごちると、何だか自分が強くなったような気がするのだった。

当日の朝、ショーンは、ミシェールのレストランに自分のトラックを置き、代わりに、彼女の兄に借りた車で二人を迎えに来た。ミシェールは、ロビンのために助手席を開け、後部座席にハーモニーと並んだ。玄関口に、父と祖母がいて手を振っていた。ショーンは、挨拶代わりにクラクションを鳴らして、車を走らせた。

ロックフォート川の河口に架かる長い橋を渡る時、ハーモニーは、ヴェロニカのことを思い出さずにはいられなかった。彼にとって、その橋は、二人きりになれるベッドに架けられたようなものだった。そこを渡る時の水の匂い。それは、彼の体を期待と興奮で震わせる、香水よりも香水の役割を運んで来るものなのだった。

「五月なのに、もう夏みたい」

ロビンが、ぽつりと呟いた。ハーモニーは、彼女が何を考えているのかが解るような気がした。ニューヨーク郊外にある避暑地、モントーク。まだ混み合わない時期に、家族で借りたロッジ。木の枝の先に刺した毛虫をかざして、ぼくがロビンを追いかけた。湖のほとり。水は、やはり光を反射して輝いていた。ちょうど、この川のように。眩《まぶ》しさの向こうに、黒いサングラスをかけた両親が笑っていた。悲鳴をあげて逃げまどったロビンは父の腕の中に倒れ込み、追いついて息を切らしているぼくの額の汗を母が拭った。そして、言った。五月なのに、もう夏みたい。

「フロリダは、もっと夏だよ」

ショーンが、横目でロビンを見て言った。すると、彼女は、ハーモニーが見たこともないような笑みを浮かべて、ハンドルを握る大きな手に触れた。その笑み崩れた横顔。家族には決して見せないとっておきだ。ヴェロニカといる時、自分も、きっとそうなのだろう。恋しか作れない顔がある。誰もがそれを隠し持っていて、その包装を丁寧に剝《は》がしてくれる人を待っている。

「八月が来たら、私たち、もう一年ね」

「記念日を祝おうか」

「素敵、でも、どれを記念日にする？　初めて会った日？　それとも、初めてデートした日？」

「初めてキスした日は？」

ミシェールが、聞いちゃいられない、というようにハーモニーを見た。彼は、肩をすくめて、それに同意した。

フロリダ州に入ると、大きなパーキングエリアと観光案内所があり、四人は、そこで無料のオレンジジュースを飲んだ。いつのまにか二人きりになった時、ミシェールがハーモニーに言った。

「ほんとは、私なんかお呼びじゃないって解ってるの。ハーモニー、あなたには好きな人がいるのよね。夢中なんだって、ロビンが言ってたわ。でも、いいの。友達として仲良くやれない？」

もちろん、ハーモニーに異存はなかった。いちいちこんなことを言って、こちらを楽にさせてくれるなんて良い子じゃないか、と感心した。そして、それを伝えるべく気の良い笑顔を向けた途端、ミシェールは、鼻先で笑った。

「なあんてね。まさか？　友達なんか、まっぴらよ。私、あなたを絶対に奪って見せる。年上の人妻なんかより、私の方が絶対にあなたを喜ばせてあげられるわ。あ、これも、あなたの妹が言ったのよ」

そう言うと、ミシェールは、バスルームから出て来たショーンとロビンの許に走ろうとしたが、何かを思いついたかのように振り返った。

「カンフーだって教えてあげられるんだから」

真面目な表情でカンフーのポーズを決めた後、おどけて走り去るミシェールを唖然としてながめていたハーモニーは、我に返って吹き出した。良い子なんかじゃない。でも、おもしろそうな子だ。彼は、すっかり彼女を気に入った。

ジャクソンヴィルのビーチロード沿いは、ショーンの言うように確かにさびれていた。建ち並ぶモーテルやコテージには、売り《フォー》出し中《セール》の札が掛かっているものも少なくなかった。しかし、その少し寂し気な雰囲気が、のびのびとくつろぐ地元のサーファーたちの姿と相まって、感傷的な魅力をかもし出していた。ロックフォートのひなびたビーチとも違う、はかない時が流れているように、ハーモニーには感じられるのだった。

「それは、ニューヨーク育ち特有の感覚だわ」

ハーモニーと砂浜を散歩しながら、ミシェールが言った。四人は、ショーンの母親の歓待を受けて昼食を取った後、海辺に出たのだった。波の砕けるあたりで、ロビンがショーンにブギーボードの乗り方を教えてもらっている。彼女は、何度も失敗し、そのたびに彼に助け起こされ抱き締められている。

「ニューヨーク育ち特有ってどういうこと？」

「ほら、東海岸の人たちって、サーファーのいる海っていうのに、独特の幻想を持ってるじゃない？　過ぎ去った青春の日々のイメージ。でも、カリフォルニアに住んでいた私としては、ナイーヴだなって思うわけ。だって、サーファーの人たちって、ずっとサーファーなんだもの。青春が過ぎ去ったりはしないのよ」

「でも、色々、映画とかあるじゃない？」

「ああいうのは、地元の連中以外の人用。映画観てロマンティックなイメージ持ってやって来て、ローカルの子たちにぼこぼこに殴られてた人たち、いっぱい知ってるわ」

「サーフィンやってる奴とつき合ってた？」

「まあね。アジア人の女はもてるのよ。男のプライドを満足させてくれると思ってるのよ。これも、また幻想だけどね。私は、男にかしずくのが好きだけど、それは、男も自分にかしずいてくれる場合だけ。絶対に、男より弱い立場になんていたくない」

「きみのボーイフレンドになったら大変だな」

「よく言われるわ。恋人より親友にしたい女だって。でも、親友になったらこっちのものよ」

「どうそっちのものなの？」

ハーモニーは、笑いをこらえて、ミシェールに尋ねた。

「親友としての地位を確保しながら、恋人の座も奪ってやろうと隙《すき》をねらうのよ」

「ぼくに、そんなことばらしちゃっていいの？」

「いいのよ。フェアな精神が私の信条なんだから。せいぜい、ハーモニー、あなたも気を付けることね」

「オーケイ。でも、親友であり恋人であるなんて相手に、人は出会えるものなんだろうか」

ミシェールは、肩をすくめた。彼女にも、まだ答えは出せていないようだった。ハーモニーは、ヴェロニカのことを思った。決して親友になどならない女。自分は、彼女を信頼などしていない。彼女の幸福だって願ったことなどない。ただ、欲しいと思っているだけだ。そして、欲しがられたいだけだ。幸福どころか、むしろ、自分のために不幸になって欲しいとすら思う程だ。

「手の内をさらけ出しちゃったんだから、あなたは気にすることなんかないのよ」

何を？　とハーモニーは、ミシェールに目で問いかけた。

「苦しいことがあったら、私に話したらいい。悲しい時には、私が慰めてあげる。下心を持ってるんだもの。あなたのこと、とても優しく丁寧に扱ってあげられるわ」

「そりゃ、どうも」

ミシェールの長く真っすぐな髪が潮風に吹かれてなびいていた。それを横目で見ながら、女の子に好意を持たれるのは良いものだ、とハーモニーは思った。彼は、自分を好きだと態度に表わす女の子たちすべてをいとおしく感じていた頃の記憶を反芻《はんすう》した。もう名前すら思い出せない子たちもいた。すべての子たちに共通しているのは、彼女たちが綺麗で甘くて軽い風味を持っていたということだった。いさかいや喧嘩もあった筈なのに、今となっては、嫌な思い出などひとつもない。懐しく過去の思い出に浸りながら、彼は、もう、自分が後戻り出来ない場所に来てしまった気がしてせつなくなった。

「ニューヨーク特有だなんて、それは違うよ、ミシェール。やっぱり、海辺には、感傷が良く似合うよ」

「そんなこと照れずに言うなんて大人なのね」

「そう？」

「そうよ。大人って、こちらが気恥しくなることを照れずに平気で言うわ」

ハーモニーは、何か反論しようと言葉を捜していたが見つからなかった。

「でも、もしかしたら……」

ミシェールが、ふと思いついた、というような調子で続けた。

「照れずに言えることって、真実だからなのかもしれないわね」

「きみが好きだよ。すごく賢いと思う」

「ありがと。照れずに言ってくれて」

その瞬間、ハーモニーは、父も真実を言っているのではないか、と唐突に思い至った。時に、こちらを苛立たせるような理想を口にする父。いつも、目をそらさずに自分を見詰める彼。それは、自身が見つけ出した真実を息子に語り継ごうとするためではなかったか。新しい恋人との関係が深まって行く内に、もしも新たな真実が見つかったとしたら、それもまた真剣な瞳で語ってくれようとしているのではないか。ただ、ぼくには、その準備など出来ていない。あまりにも混沌とした感情が渦を巻いていて、それを受け入れることなど、まだ出来ない。何故なら父の真実と自分の真実が、今の段階では重なっていないからだ。

「見てよ、あの二人。ブギーボードが、まるで、バスタブの中のマットみたい」

荒い波に足を取られたショーンとロビンがボードにしがみ付いてはしゃいでいた。

「ロビンは、女の子たちと上手くやってる？」

「大丈夫よ。私が付いてるもの。なんてね、私がいなくても平気よ。最初の頃は、なかなか仲間に入って行けなかったみたいだけど、私は私っていうあの調子がニューヨーク的だっていうんで、憧れて近寄って来る子も増えたわ。あっちでは何がはやってるの？　とか、誰か有名人に会った？　とか、そんな他愛もない近付き方だけどね。彼女は、田舎者に都会コンプレックスを与えない人だわ。ついでに言えば、人種的なコンプレックスもね。お母さんのおかげだって、彼女は言ってた。でも、私が本当に彼女を好きになったのは、ショーンとああなってからだわ」

「ショーンって、そんなに影響力のある男？」

ミシェールは、可愛いらしい質問をすると言わんばかりに、ハーモニーの頬をつねった。

「素朴な質問ねー。ショーンだからかどうかなんて、私には解らないわ。私は、ただ処女《ヴァージン》を人間扱いしてないだけなのよ」

ハーモニーは、ミシェールの直截な物言いに吹き出した。

「セックスって動物的なことじゃないか」

「でも、そこから生まれる感情を知らなかったら人間とは言えないわ」

「確かに」

「あなたなら同意してくれると思ってたわ。ついでに言えば、そのことで傷付いたことのない奴も、私は人間扱いしないのよ」

「厳しいな」

「だから親友に向いているのよ」

ハーモニーは、なるほど、と頷きながら、ミシェールの肩を叩いた。波打ち際では、腰を降ろしてショーンにもたれ掛ったロビンが、自分の親友を兄に取られたとも知らずに呑気に手を振っていた。

たった三日間の滞在だったが、四人は、休暇を堪能した満足を感じながら帰途に着いた。帰り際、ショーンの母親のリンダは、息子を抱き締めたまま離そうとしなかった。到着した時もそうだった。こんなにも自分を必要とする母親の許を何故離れたがるのだろうと、ハーモニーは、ショーンの気持を計りかねたが、理由は、すぐに判明した。

リンダの恋人は、ショーンの話していた人物とは別人だった。よくあることらしく、ショーンも彼の弟も、その恋人に対して出入りの業者にするのとさして変わらない接し方を選んでいた。必要以上に母とその相手の間に入り込もうとするとろくなことにはならないのだ、とショーンは打ち明けた。邪魔しないようにしなきゃね、と彼は笑った。男がいなきゃ生きて行けない人だから。ただ、その回数が息子たちにとっちゃ耐え難い訳で。そして、こうも続けた。慣れてないきみが羨《うらやま》しいよ。父の新しい恋人という事実に苛立つ兄について、ロビンが話したらしかった。

慣れてない、か。いったい、どのようにして、母親は息子たちに慣れさせたのだろう。そして、息子たちは、どうやって慣れて行ったのだろう。リンダの恋人は、ショーンとたいして年齢が違わないように見えた。そして、そのことを彼女も恋人も、少しも気にかけていないかのように振舞った。モーテルに付いている小さなプールを掃除しながら口づけを交わす彼らを、側のテラスからながめて、ハーモニーとミシェールは目配せを交した。ショーンとロビンは、自分たちのことに夢中で、それどころではないようだった。

「二人が少しも奇異に見えないのは、ここがフロリダだから？」

ミシェールの冗談めいた言葉に、ハーモニーは、笑って首を傾げて見せたが、内心は複雑な思いが交錯していた。息子の前で、平然と仲睦まじく振舞うリンダに父を重ね、人前で、はるかに年の離れた女を所有物のように扱うことに悪びれない恋人に自分を重ねた。ぼくたちがしたくても出来ないことをいとも簡単にやってのける人たち。ぼくたちは躊躇《ちゆうちよ》する。それが、南でありながら、南部《サウス》とは呼ばれない土地のせいとは思えない。

「それはね」と、ミシェールが言う。

「あなたたちが、家族のくせに礼儀正し過ぎるってことの問題な訳よ」

「礼儀正しいって、その人を尊重することだろう？　それの何がいけないの？」

「本当にその人を好きだと、尊重なんて忘れちゃうじゃない？　ベッドの中が楽しいのは、そんなことを考えずにすむからよ。親子も時には同じよ。だって、子供は、ベッドの中の出来事から生まれて来るんですもの。私のうちは全然違う。遠慮なんかない。その代わり、プライヴァシーもないからそこは問題だけど」

ハーモニーは、レモネードに浮かぶ溶けかかった氷をストローでかき混ぜた。先程から見ていても、リンダとボーイフレンドはふざけ合っているばかりで、掃除がはかどっているようには少しも思えない。もっとも、いくら掃除をしても、綺麗とは言えないこの小さなプールで泳ぐ人がいるとも思えないのだが。

「ショーンのマミーはいい感じだわ。もうおばさんだけど、男の気を引くと思う。違う?」

そう言えば、リンダは、男ばかりではなく誰からも好かれているようだった。彼女は、誰に対しても、あなたが一番好きなのだと言わんばかりに振舞う。そうされたのが男だったら、何か小さなきっかけで恋に落ちることもあるだろう。

「見てよ、あのすごい笑い皺《じわ》。でも、彼女、眉間には全然皺がないのよ。屈託がないのはお馬鹿さんなのかもしれないけど、そういう人は他人を幸せにするわ」

「ミシェール、きみって辛辣《しんらつ》なんだな」

「正確なだけよ。DNAの中に漢字文化が染み込んでいるのよ」

ミシェールは知ったふうな口をきいているが、ハーモニーは、リンダがまったく屈託のない人であるとは思わない。夕暮れ時に、今度はショーンのサーフィン教室と称して女の子たち二人が海辺に出てしまった後、取り残された彼は、食堂で頬杖《ほおづえ》を突いて物思いに耽るリンダの姿を見かけたのだった。

開け放たれた窓から入る風で、鉢植えのニッパ椰子の葉が揺れていた。かたわらに置かれたジントニックのグラスに付いた水滴が流れてテーブルを濡らしていた。彼女は、時折髪をかき上げていたが、そのたびに、苦痛に耐えているように眉をひそめるのだった。ハーモニーは、何か見てはいけないものを見てしまったような気がして、素早くその場を立ち去ろうとした。その時、声をかけられた。

　どぎまぎした様子で目の前にいる息子の友人を、興味深そうにながめながら、リンダは、オレンジジュースを勧めた。グラスに口を付けると、酒の苦味が舌を灼いた。

「飲めるでしょ？　スクリュードライバー。子供にお酒を勧めてるのなんか、ばれたら営業停止ね。でも、アルコールのない夕暮れなんて。いくつなの？」

「もうじき十七です」

「それじゃ平気よ。どういう時にお酒が似合うのか知っとかなきゃ。もうすぐ誕生日ってことは、双子座？」

　ハーモニーが頷くと、リンダは、いつまでも笑っていた。

「双子座の双子ってどのくらいいるのかしら？」

　答えを求めているふうでもない質問をした後、リンダは、再び頰杖をついてぼんやりと窓の外を見た。相変わらず苦痛に耐えているような表情を作りながらも、決してこちらを暗い気分にさせないのは、唇のはしが上がっているからだと、ハーモニーは気付いた。この人は、微笑んでいる。彼は、不思議な気持で、彼女を見詰めた。いったい何が、苦痛と微笑を同時にこの人の顔に刻み込んでいるのだろう。

「あの人たち、恋の真っ最中ね」

　リンダの視線を追うと、その先には抱き合うショーンとロビンが小さく見えた。離れたところでは、ミシェールが慣れた調子でボードの上に腹ばいになって沖に出ようとしている。サーファーの恋人がいたというのは本当だったらしい。

「恋が苦しさを運んで来るのをまだ知らないなんて、可哀相なようにも、羨しいようにも思える」

そう言って、リンダは、ハーモニーに視線を移した。

「あなたは、知っているようね」

「どうして、そう思うんです？」

「顔を見れば解るわ」

ハーモニーは、気恥しくなり顔をそむけた。ヴェロニカに対するままならない思いを見抜かれたような気がした。いっぱしに、スクリュードライバーを啜りながら、その実、店先で欲しい品物をねだって泣く子供となんら変わりない自分の姿を悟られたようにも感じた。

「ぼく、みっともないんです」

「どうして？」

「たったひとりの女の人のために苦しんでるのって格好悪いと思いませんか？」

唇を噛《か》んでうつむいていたハーモニーが顔を上げると、いとおしいものを見るようなリンダの瞳がそこにあった。それにぶつかった時、親愛の情とでも呼ぶべきものが、彼の心を急速に解きほぐした。

「いいじゃないの。苦しいと感じるのは、それが最高の恋だと確認するのと同じことなのよ。こんなに苦しい恋をしたことがないと泣くことは、こんなに素晴しい恋をしたことがないと感激するのと変わらないことよ」

その瞬間、ハーモニーの唇は考える間もなく緩み、彼は、ヴェロニカとの関係から父の恋人の存在、ようやく自分に訪れた母への憧憬に至るまで、心を煩《わずら》わせていたすべての事柄について話し始めた。

黙って耳を傾けていたリンダは、ハーモニーの打ち明け話が終わると、自分のグラスを掲げて言った。

「乾杯。知っている者同士のために」

ハーモニーは、思わず自分のグラスをリンダのそれに合わせた。澄んだ音。それを聞いた後、今度は彼女の語るさまざまな人間関係の症例、そしてそれに対する処方箋に耳を傾けた。変わることなく浮かぶ苦痛と微笑。いとおし気な口調。そうか、と彼は思った。彼女は、過去の大切なものを見る時に、こういう表情を刻むのだ。苦しくて、そして、最高だったもの。ぼくは、海辺の感傷を陳腐と思う人間にはなりたくはない。


「ショーン、私、あなたのお母さん好きだわ」

帰りの車の中で、ロビンが言った。

「ね、ハーモニー、彼女いい人だと思わない？」

「すごく魅力的な人だね」

ショーンは、運転席でのけぞって笑い、ミシェールは、疑わし気な視線をハーモニーによこした。

「子供の苦労を親が知らないっていう見本だよ」

ショーンのその言葉に、ミシェールがつまらなそうに返した。

「あら、それって、どこの家もそうだと思うわ」

親の苦労も子供は知り得ないのかもしれない、とハーモニーは思った。でも、知り尽くす必要などあるのだろうか。永遠に知り得ないからこそ、人は魅かれ合うのではないだろうか。父に対する苛立ちは、彼が気にかかるからだ。そして、自分を気にかけて欲しいからだ。それを続けて行くことで人間関係は保たれる。忘れ去られないためには、躓《つまず》かせる石が必要よ。リンダの言葉だ。

「ねえ、ハーモニー、聞いてるの？」

「え？　何が？」

「もう！　人の話を聞く時はねえ……」

自分をなじるミシェールに謝りながらも、ハーモニーは楽しい気持になった。たった三日間で、ぼくには二人も親友が出来ちゃった。新記録だ。フロリダは、すごい！

ロックフォートに入ると、ジョージアの方向に走る黒い雲が激しい雨を降らせた。海岸沿いを走る車から、水平線を刺すように落ちる稲妻が見える。その直後に響く雷の音に、ロビンは震えて耳を塞いでいた。ミシェールは、わくわくすると言って、窓の外を見たきりだった。

「ミシェール、あなたって、ほんと信じられないわ」

「何言ってるの。ここではこんな雷は日常茶飯事よ。この土地では、自然のすべてが大袈裟なのよ。ハーモニー、あなたも雷が恐い？」

「恐くないけど、すごい」

その時、ハーモニーの携帯電話が鳴った。ヴェロニカからだった。彼は突然雷の音に不安を感じて、電話を握り締めた。車の走っている場所を告げると、夕立ちに遭っていないかと彼女は尋ねた。

「ひどい雨と雷だよ」

「こっちも、さっきまですごかったのよ。ベイビー、大丈夫？　恐くない？」

「すごく恐いよ」

ミシェールが、意味あり気にこちらを見るのが解った。

「もう少し我慢して。そろそろ私たちの橋に差し掛かる頃でしょ？」

ハーモニーは、ショーンに橋まであとどのくらいかと尋ねた。

「十分」

ヴェロニカにその声が聞こえたらしく、彼女はこう言って電話を切った。

「十分たったら、あなたに素敵なプレゼントをあげる。お礼の電話、待ってるわ」

私たちの橋。ハーモニーは、その言葉を嚙み締めた。自分とヴェロニカが同じ宝物を共有しているように思えた。胸にしまうには、あまりにも大き過ぎるけれども。

「ショーン、恋人に雷を恐がって見せる人たちってどう思う？」

ミシェールのうんざりしたような声に、ショーンは笑って答えた。

「おれだって恐いよ」

「何よ、それ。まったく頭に来るわ。恐がるって前戯《フォアプレイ》なの？」

「抱き締める口実だよ。それより、ほら、もう雨が上がった」

ショーンの言葉に顔を上げると、前方は、すっかり晴れていた。雨雲は急速に去り、夕陽が濡れたハイウェイを照らしている。

「ハーモニー!!　見て!!」

ロビンが、ウィンドシールドの向こうを指差した。長い橋のはるか上に、巨大な虹がアーチを描いていた。皆の歓声を聞きながら、ハーモニーは呆然としていた。こんなにも、くっきりと浮かぶ虹を見たことがなかった。

「サームウェア　オーヴァー　ザ　レインボウ」

誰からともなく歌を口ずさみ始めて、ハーモニー以外の全員がやけになったようなふざけた調子で合唱し始めた。その外れた音程に我に返った彼は、携帯電話のボタンを押した。

ヴェロニカは、すぐに電話に出て、低い声で言った。

「私からよ」

そして、ハーモニーの背後から流れて来る歌声に合わせて、げらげら笑いながら、彼女も歌うのだった。

「ヴェロニカ、今すぐ会いたい。会える？」

「ブロックバスターの駐車場で降ろしてもらって。待ってるわ」

「解った。良かった。本当に良かった。音楽家のぼくは、この騒音に耐えられそうにもない」

ミシェールが、いきなりハーモニーの目の前で中指を突き立てて見せたが、気にしてはいられなかった。裸で抱き合うためではなく、愛の囁きを交わすためにでもなく、消えてしまう前に、この虹を二人で見たいという強烈な思いが、ヴェロニカを切実に求めていた。

ハーモニーが遅れて帰宅すると、家族全員がテイクアウトの中華料理を食べながら、ロビンの土産話に耳を傾けていた。ばつの悪い思いで立ち尽くしたままの彼に父が尋ねた。

「マーカスの家に寄ってたんだって？」

ロビンが悟られないように片目をつぶって見せた。ハーモニーは、急に空腹を覚えてテーブルに着いた。

「今ね、ダディと相談していたの。九月十一日のニューヨーク行き。もちろん、ハーモニー、あなたも行くでしょ?」

母は、相変わらず行方不明のままだ。死亡通告は出されたものの、空の柩を埋葬することは出来ないと言い張るブルックリンの祖父を尊重して、教会のミサで彼女の冥福を祈っただけになっているという。そして、ばらばらになった家族が再び身を寄せ合っているここでは、母が今でもひとりでニューヨークに残っていると錯覚しようとしている。

「行ってどうするの?」

この数日の楽しかった記憶。フロリダでの休暇や、ヴェロニカと駐車場で見た虹などで満たされていた心の中が、あっと言う間にくもって行くような気がして、ハーモニーは慌てた。しかし、勝手に不機嫌になり、それを態度に表わしたりしないように、自分を抑えた。それが一所懸命な人たちに対する礼儀のように思えた。そう、ぼくの家族は、皆、一所懸命なのだ。それぞれの異った思いを抱えながらも、共有する場所で何とか手をつなごうと努力する。ひたむきだ。でも、そのひたむきさは、どうして、こんなにも無意味に、ぼくの心を急き立てようとするのだろう。その場に行かなくては、とぼくをあせらせる。自分のゆるやかな歩幅を後ろめたく感じさせる。

「嫌なの?」

ロビンが、上目づかいでハーモニーを見た。答え方によっては容赦しないとでも言いた気な不穏な色が瞳に浮かんでいる。

「嫌じゃないよ。ただあの現場に行って何をしたら良いのかが解らないだけさ」

「犠牲者とマムのために花をたむけて祈るだけじゃいけないの？」

「祈るんならここでも出来るじゃないか」

「恐いんだわ」

　ロビンの声に怒りが滲んでいたので、ハーモニーは口をつぐんだ。

「ハーモニー、あんたは現実を見るのが恐いんだわ。でも、御心配なく。あそこに現実なんか、もうないわよ。現実を見たのは私で、あなたにはその必要がなかった。ほんと、羨しいったら」

　そう言って、ロビンは、自分の食べた中華料理の残骸を丸めて捨てに行ったきり、テーブルには戻って来なかった。先に休んでいた祖母の寝室から、ハーモニーには頭に来るわ、と言いつける声が聞こえて来た。それを耳にした父が肩をすくめた。

「仕様がないなあ、短気なんだから」

　そして、ハーモニーを気づかうように見た。

「行くか、行かないかは自分で決めなさい」

「ダディ、あなたは、ぼくに行って欲しいの？」

「だから、自分で決めなさいって……」

　ハーモニーは、思わずかっとして、父の言葉を途中で遮った。

「あなたのそういう言い方、時々うんざりするよ!!」

　父は、ハーモニーの態度を予想もしていなかったらしく呆気《あっけ》に取られたように黙った。ウィリアム伯父が興味深そうに、彼らの顔を交互に見た。声を荒げてしまった自分を後悔しながら、ハーモニーは、少しの沈黙の後、口を開いた。

「ロビンは正しいよ。ぼくは、本当は恐いんだ。でも、彼女が言うようにじゃない。現実を目の当たりにするのが恐いんじゃない。ぼくのいない間に破壊されてしまった現実の跡を見て納得するのが恐いんだ。ねえ、ダディ、あなたはそうじゃないの？　いつのまにか奪われちゃった自分の過去を確認しなきゃならないのって、恐くない？」

父は、しばらくの間、言葉を選んでいるようだった。そして、ウィリアム伯父の差し出した新しいビールの栓をひねり、それに口を付けた後、言った。

「ぼくは、失くなった現実を確認しないままでいる今の方が恐い」

「どうして？　マムは生きてることにしようって言ったのは、ダディ、あなたでしょ？」

「心の中で、もう一度生きてもらうためには、知っておかなきゃいけないことだってあるだろう？」

それは、母はもういないという事実を今度こそ体に叩き込むことに他ならない。けれど、そこからでなくては何も始まらない。そう父は言いたいのだろうと、ハーモニーは思った。もしかしたら、新しい恋人との関係もそれを乗り越えてからでなくては進められないと、彼は思っているのだろうか。

「ダディ、ぼくに一緒に行って欲しい？」

ハーモニーの言葉に、父は不意を衝かれたような表情を浮かべた。

「どうして、そんなことを聞くんだい？」

「だって、あなた、恐いんでしょ？　現実を確認するまで恐いままなんでしょう？　もしも、そうなら、ぼくに頼んでよ。そうしてくれたら、一緒に行ってやってもいいんだ」

ウィリアム伯父が笑い出した。おかしくてたまらない、というようにテーブルを叩く彼を見ながら、父も苦笑した。ハーモニーは、その二人の様子に傷付けられた気分になった。

「ひどいよ。二人して、ぼくを笑いものにして」

「笑いものになんてしてないよ。おれたちは微笑んでるだけさ」

そう言って、ウィリアム伯父は、ますます大きな声を出して笑うのだった。そんな彼を父はたしなめようと必死になった。良い奴ぶりやがって。ハーモニーは、父に対して意地悪な気持が湧くのを止められなかった。

「ダディ、あなたの新しいガールフレンドと知り合ったのと、マムが行方不明になったのは、どっちが先なの？」

ウィリアム伯父が、笑うのをぴたりと止めて、父を見て口笛を吹いた。ハーモニーは、自分が事実を知っていることに、父が驚き慌てるだろうと予想したが、そうではなかった。父は、口ごもることもなく、ハーモニーから目をそらさずに答えた。

「彼女と会った方が先だよ」

「だから文句は言わせないって訳だね。ありがと、ぼくが聞きたかったのはそれだけ。そりゃあ、ダディ、あなただって男だもん。色々あって当然だよね」

ハーモニーは、皮肉たっぷりに言って席を立った。そして、自分の部屋に入ろうとすると、父の声が背後から追いかけて来た。

「きみたちがいつもぼくに要求するように、ぼくも、自分のプライヴァシーは尊重してもらいたいね」

その静かな口調が、またもやハーモニーの癇にさわった。彼は、振り返って父を見た。そして、生まれて初めて父親に向かって指を差した。

「あんたは、マムに対して後ろめたいと思ってるんだ。だから、ぼくたちにその女のことを隠してた。マムが、あんなことにならなきゃ良かったたって思うだろ。あの人が元気でいてくれりゃ自分も堂々と幸せになれたのにって!!」

父は駆け寄って来てハーモニーの衿首をつかんで突き飛ばした。

「後ろめたいと思ってるのはどっちだ。ハーモニー、それは、おまえの方だろう？　自分だけがそう思うなんて不公平だ、そう感じてたんだろう？　だから、皆にも、そう思うだけの理由を見つけようと必死になってる」

ハーモニーは、尻もちをついたまま父を見上げた。反論出来ない自分が悔しかった。両親の離婚当初、彼は、すべてを新しく始められるという期待で胸を高鳴らせていた。家族がばらばらになるのなんて、ニューヨークでは日常茶飯事。それぞれの人生を始めるのには良い機会だと思っていた。それなのに、母を失った今、それぞれの人生という言葉など錯覚であったと気付いているのだ。家族の誰もが互いの一部分を形作って、それをもう引き剝がすことは出来ないのだと。ある者が距離を置こうとすれば、ある者が近寄り、ある者が寄り掛ろうとすれば、ある者は逃げて行く。皮肉にも、彼にそれを知らしめているのは、もういない人なのだ。

「どうして欲しいんだ」

父は、ハーモニーを助け起こしながら言った。

「わかんないよ」

答えながら、ハーモニーは思った。自分は、父にどうしてもらいたいのか、本当に解らないのだと。

ふと気付くと、ドアの隙間から、祖母とロビンが様子をうかがっていた。ハーモニーが憮然とした視線を送ると、二人は慌ててドアを閉めた。父は、出掛けて来ると言い残して外に出て行き、ウィリアム伯父は、アライグマのラッキーの姿が近頃見えないとこぼしてまだ酒を飲んでいる。フロリダの海辺や帰り道に出現した虹の楽しい記憶が嘘のように、ハーモニーには思えた。

翌朝、目を覚ましたハーモニーがキッチンに行くと、父は朝食の玉子を焼いていた。そして、何事もなかったように、おはようと言った。ハーモニーは、コーンフレークスをボウルにあけながら、昨夜のことを考えた。自分が父に食って掛ったことが理不尽な仕打ちのように思えて来た。けれども、自分の内でくすぶるもやもやとしたものを、一度は押し出して父の前に見せる必要があったのだとも感じた。あまりにもつたないやり方であったにせよ、彼に意思表示したかったのだ。あなたの息子は、さまざまな納得の行かない事柄を抱えて困っているのだと。それでは、その先、彼にどうされることを望んだのだろう。自分は、別に説明を求めていたのではない。打ち明け話を始めて欲しかったのでもない。慰さめられ気づかわれるのなんて冗談じゃない。そこまで自問自答して来て、ふとハーモニーは思う。自分が腹立たしく感じていたのは、父の新しい恋人その人が原因ではない。父に自身の事情を後回わしにさせる程の家族への思いやり。それがやり切れなかったのだ。

「それ、私のコーンフレークスよ。あなたのは、フルーツ味のでしょ？」

いつのまにか起きて来たロビンが言った。

「いいじゃないか。どっちでも」

「良くないわよ。いつもそうやって人のを食べちゃうんだから。ほら、もう残り少なくなってる」

「なんでそんなにけちなんだよ」

二人のやりとりを聞いていた父が呆れたように言った。

「そんなことで言い合いしてないで、玉子を食べなさい」

「ダディ、毎日玉子食べてるとコレステロールが溜まるのよ」

「その言い方って、まるで……」

途中で口をつぐんだ父を、ハーモニーとロビンが同時に見た。三人が同時に誰を思い浮かべているのかは明らかだった。全員が全員を気づかい言葉を探しあぐねていた。ものすごく家族的であるために、時に、ぼくたちは、ものすごく他人行儀だ。ハーモニーは、歯がみをしたくなった。子供になんか遠慮するな、と彼は父に言いたい気分だった。元々、あなたの付属物じゃないか。

「今度の土曜日は、きみたちの誕生日だろう？　どうする？　皆で、どこかに食事に行こうか」

気をとり直したように父が提案した。ロビンが、もじもじしたように言った。

「それ、出来れば日曜日にしてもらえないかな。私、夕方、ショーンのとこに呼ばれてるの。バーベキューしてくれるんですって」

「そうか、それでもいいよ。ハーモニー、おまえはどうなの？」

「ぼくもその日は……」

「誕生日に親と過ごす年齢じゃなくなったか。いいよ、日曜日にしよう。マムがリヴァーサイドのシーフードレストランに行きたがってるから連れて行ってあげたいんだ。退院してから出掛けてないだろう？」

ハーモニーとロビンは同意した。ハーモニーには、本当のところ予定は何もなかった。けれども、ヴェロニカから連絡がある筈だと確信していた。あの虹のようなサプライズプレゼントが贈られるに違いない。そう思うと、彼の胸は幸福の予感で苦しくなる程だった。ロビンも自分も、もう、恋人のことで親に遠慮なんかしない。その事実が父にアイディアを与えますように、と彼は祈った。恋のためには、自分を差し置く必要なんて、ない。彼は、落胆したように肩を落としながら、鍋の中のグリッツをかき混ぜる父を見て思った。

ところが、誕生日当日、いくら待ってもヴェロニカから連絡はなかった。ウィリアム伯父が酔いつぶれて寝ているほかは、家族はそれぞれに外出してしまい、ハーモニーは、ひとり居間で、ぼんやりとTVを観ていた。コメディドラマにかぶさるわざとらしい笑い声が、彼の神経を逆撫でした。

忘れているのだろうか、とひとりごちた後、すぐさま、そんな筈はないと打ち消す。もしかしたら、自分は伝え忘れていただろうか、とここ数週間を辿《たど》り、やはり今日だと告げたのを思い出す。携帯電話を弄《もてあそ》びながら、自分からかけたりするものか、と決意した直後に、この数字を指で押せばすむことじゃないか、と考え込んだりする。ハーモニーは、自分が、まるで迷路をさまよっているような気がした。対処しようのない不安の塊が胸につかえているような感じだった。ヴェロニカの声を聞けば、それがたちまち消えることは解っていた。それなのに、何も出来ずにおろおろしている。自分がつくづく嫌になった。と、同時に、自分をこのような気持にさせる彼女に対しても腹を立てていた。女に特別な感情なんて持つものじゃない。たった一本の電話がかかって来ないだけで、心が痛くなる。彼女に出会うまで、そんな言い草は、ロマンス小説やラヴソングの中だけで通じる戯言《ざれごと》だと思っていた。ところが、今の彼には理解出来る。恋は、本当に、心を痛くさせるのだ。怪我をした時の体と同じように痛むのだ。陳腐な恋愛映画を観て、げらげら笑いながら、友人と画面に向かってポップコーンを投げつけたことがあった。そして、今、自分がポップコーンを投げつけられても仕方ない男になっている。こんな感情が人間に備わっている限り、と彼は途方に暮れる。世の中が進化なんかするものか。そう思ってしまう程、彼の世界は、一本の電話を待ち焦がれることで占められていた。

「出掛けるって言ってなかったっけ?」

ようやく起き出して来たウィリアム伯父がハーモニーに尋ねた。

「出掛けるよ、もうすぐ、たぶん」

ウィリアム伯父は、うまそうに喉を鳴らして水を飲みながら、ハーモニーを見た。

「すっぽかされたんだろう」

「そんなことないよ」

「顔に書いてあるぞ。ひどい女だ、会ったら許さないってね。でも、そういう奴ほど、会った途端に許して、女をつけ上がらせる」

「だから、そんなんじゃないって言ってるでしょう?」

ハーモニーは、不愉快になり横を向いた。その時、電話が鳴った。彼は、ウィリアム伯父の視線を意識して平静を装ったが、かけて来たのがマーカスだと解ると落胆を隠しきれなかった。

「ハーモニー、うちで何してるんだよ。出掛けようぜ。誕生日だろ？」

マーカスの言葉に口ごもっていると、ウィリアム伯父が彼の肩を叩いた。

「どっか行った方がいいよ。ここにいて、ソープオペラ観てても仕様がないだろ？　それに、これからシャーリーンが来るかもしれないんだ。外出してくれるとありがたいんだけどな」

ハーモニーは溜息をついて電話を切り、マーカスが迎えに来るのを待った。

「レニーズに行こうか。皆、集まってると思うよ」

マーカスは、ハーモニーが車に乗り込むなり提案した。

「ヴェロニカから連絡がないんだ」

「電話してみりゃいいじゃないか」

「嫌だ」

マーカスは、呆れたように肩をすくめた。

「ハーモニー、おまえどうかしてるよ。お誕生日おめでとうって電話が来ないからって拗《す》ねて、まるでちっちゃな女の子みたいだぞ」

本当にそうだ、とハーモニーは思った。けれど、今の自分には、そういう態度しか取れない。

「仕事中かもしれない。マーカス、悪いけど、彼女の仕事場まで行ってくれないか？」

「おれに、また車を買い替えさせるつもりかよ」

マーカスは、舌打ちをしながら、渋々、車を中古車センターに走らせた。

「会ってどうするんだ」

「……」

「ハッピーバースデイでも歌ってもらうのか」

そんなんじゃない、とハーモニーは思った。誕生日は、ただのきっかけだ。会えないで彼女を思ういくつもの夜にけりをつけたいだけだ。けれど、何故、今日でなくてはならないのか。ついこの間までは幸せでいられた。その幸せな気分を積み重ねて今日まで来た。会いたくてもう耐えられないという思いの頂点をこの日に持って来てしまったのだ。いつだって、誕生日は何かを期待させる。彼は、今朝、家族からもらった贈り物の数々を思い出す。ささやかだけれども、感謝すべきいとおしい物たち。嬉しかった。それなのに、自分には、もっと欲しいものがあると思う。形のないもの。自分にしか見えないもの。誕生日にそんなものを欲しがったことは、生まれてから一度もなかった。

売りに出されている車を見物しているというマーカスを残して、ハーモニーは、オフィスに入って行った。ヴェロニカは仕事中で、初めて会った時と同じように、デスクの前でコンピュータのキーを叩いていた。彼女は、突然やって来た彼の姿を見て少し驚いたような表情を浮かべたが、すぐに平静さを取り戻して言った。

「ハイ、ハーモニー、どうしたの？　お誕生日に車を買ってもらえることになった？」

知っていたなら、何故、連絡してくれないんだ、という言葉が喉まで出掛かったが、バスルームから聞こえて来る水音が、彼を制した。

「今日、後で会える？」

ヴェロニカは、ハーモニーのその問いに答えずに、ただ彼を見詰めて首を横に振った。

「どうして？」

尋ねながら、ハーモニーは、ヴェロニカに近寄った。そして、彼女を力ずくで抱き寄せ、無理矢理口づけようとした。

「こんなとこで止めてよ」

ヴェロニカは、声をひそめてそう言い、彼の体を押し戻して抵抗した。

「どうして会えないなんて言うの？　それに、どうして電話の一本ぐらいよこさないんだ。ヴェロニカ、今日は、あなたと一緒に過ごしたいんだ、どうしても」

ヴェロニカは、ハーモニーの腕を振りほどき、髪の乱れを整えた後、すまなそうな表情を浮かべた。

「どうしても電話をする気になれなかったの。かえってあなたに悪いような気がして」

「どういう意味？」

ヴェロニカは、少しの沈黙の後、溜息をついて答えた。

「今日は、夫の誕生日なのよ」

その瞬間、ハーモニーは、デスクの上に置かれていた書類の山を乱暴に払い落とした。そして、来客用の椅子を床に叩き付けた。それでも足りずに、花瓶に手を掛けた時、後ろから羽交締《はがいじ》めにされた。振り返ると、バスルームから出て来たばかりのヴェロニカの夫がそこにいた。ハーモニーは、ようやく我に返ると、自分が何をしてしまったかに気付いて呆然《ぼうぜん》とした。

「警察を呼ぶまで続けるか、今すぐここを出て行くか、どちらかを選ぶことだ」

押し殺した声で、ヴェロニカの夫が言った。彼は、ハーモニーの腕をつかむと有無を言わさず外に引き摺って行こうとした。その様子を、ヴェロニカが、何も言わずに見ていた。

オーナーに突き飛ばされてオフィスから転がり出たハーモニーの姿を見たマーカスが、駆け寄って来た。彼は、何も尋ねずに傷付いた友人をすみやかに自分の車に乗せた。

「何も、車を売ってるところはここだけじゃないさ」

マーカスは、ぽつりとそう言って車を出した。ハーモニーは、そうだね、と力なく同意しながら、追い出される直前のヴェロニカの悲し気な瞳を思い出した。可哀相に、と何故か惨めな自分を忘れて、そう感じた。彼女は、どちらに対しても、彼女なりのやり方で誠実であろうとしただけなのだ。

マーカスに降ろしてもらい、家の中に入って行こうとすると、車寄せに、ショーンのトラックが停めてあった。バーベキューが終わるにはまだ早い時間なのに、とハーモニーは首を傾げた。二人きりのところを邪魔しなければ良いがと思いつつ、玄関で鍵を捜していると、ドアが開いてショーンが出て来た。

ショーンは、ハーモニーの顔を見ると、ほっとしたような表情を浮かべて彼の肩を抱き、自分の車の方向に促した。

「ちょうど良かった。きみの伯父さん、酔ってるみたいだったから」

「ロビンは?」

ショーンは、顎《あご》で家の中を指した。

「眠ってる。倒れたんだ」

驚くハーモニーに、ショーンは事情を説明した。

午後の遅い時間から始まったロビンの誕生パーティは大成功のように思えた。他のトレーラーハウスの住人たちも集まり、皆に紹介された彼女は楽し気だった。子供たちとゲームに興じたり、ショーンの叔母に教わって追加のパンチを作ったりしていた。グリルの上では、肉や野菜が焼け、人々が紙のプレートを手に列を作っていた。ショーンは、彼らに給仕するのに大忙しだった。ロビンも、その脇で手伝った。そうしている内に、何が原因なのかは解らない、誰かが酒をグリルの上にこぼしたのか、あるいは、肉をマリネしていた油が多過ぎたのか、チャコールがはじけて音を立てて火が上がった。人々は、それもまた一興というようにはしゃいだ。ショーンは、おどけたように飛びのいて見せて、あたりは笑い声に包まれた。誰もが小さなハプニングをも楽しもうとしていた。ロビンのために。けれども、当の本人はそうではなかった。ショーンは、トングで肉を引っくり返している自分の足許に、何かが転がって来たのに気付いた。ロビンが手にしていたベイクドポテト用のじゃが芋だった。視線を上に戻した時、彼は、彼女の異変に気付いた。

ロビンは、落としたじゃが芋を拾い上げるのも忘れて、グリルの火を凝視していた。ショーンが彼女に声をかけても聞こえないようだった。彼が胸の前で握り締められている彼女の手に触れると、我に返ったようだった。そして、怯《おび》えたように彼を見詰めたかと思うと、絶句したまま地面にうずくまった。彼が慌てて抱き起こそうとした時には意識を失っていた。

親切でお節介な人々は大騒ぎだった。ショーンを手伝い、ロビンを木陰に運び、冷たい水を飲ませようとした。濡れたタオルや氷、毛布まで運んで来た者もいた。子供たちは不安気に彼女の周囲を取り囲んでいた。ニューヨークのあの事件の後遺症だ、と誰かがしたり顔で言い、何人かが同意した。暑さにあたっただけだ、と言う声が聞こえ、これにも、また何人かが頷いた。いずれにしても病院に運ぶべきだ、という意見に全員が一致した。パーティは、主役抜きの御近所の親睦会という様相を呈しながら、まだ続けられている。

「バナナカフェのオーナーの知り合いが近所でクリニックを開いてるから、そこで予約なしで見てもらえたよ。ただの暑気あたりだって。水分をうんと取って休んでいれば良くなるそうだ」

「あいつ、暑気あたりなんかしたことないんだけどなあ。フロリダでだって帽子もかぶらないで一日じゅう海辺にいたじゃないか」

「おれもそう思う」

ハーモニーとショーンは、腑に落ちない表情を浮かべて見詰め合った。

「ショーン、もしも、もしもだよ、誰かが言うように、あの事件が原因だとしたら厄介だと思う?」

ハーモニーの問いに、ショーンは怪訝な表情を浮かべた。

「どういう意味?」

「……つまり、不幸な体験を、ことあるごとにフラッシュバックさせる女と関わるのは、この先、面倒なことになると思うかってこと」

ショーンは、信じられないというように首を左右に振ったかと思うと、いきなりハーモニーの腹を拳で殴った。本気ではないにせよ、少々強過ぎたその力に、ハーモニーは屈んで腹を押さえてうめいた。

「ふざけんなよ。自分の妹の選んだ男を見くびるのもいい加減にしろ!」

そう言うと、ショーンは、今度はハーモニーを抱擁し彼の背中を軽く叩いて、トラックに乗り込んだ。笑っていた。妹が羨しい。ハーモニーは、つくづくそう思った。

ショーンを見送った後、ロビンの寝室に様子をうかがいに行くと、彼女は、ベッドで寝息を立てていた。ハーモニーは、静かに、その前まで歩き、彼女の寝顔を覗き込んだ。夕闇の中で、彼女は微笑しているように見えた。何か夢を見ているのだろうか。もしそうなら、それは、きっと、嫌な夢ではないのだろう。彼は、ほっとしたような気分になった。額の上には、ショーンが載せていったらしい濡れたタオルが置かれていた。その下にある彼女の顔は、いつもの生意気な感じとは大違いに、いたいけに彼の目に映った。こんなに弱々しくて小さな生きもののくせに、いつも強がっている。でも、弱いのは自分も同じだ。ぼくたちは、ちっぽけな対の二匹なのだ。彼は、自分失いかけている自分の恋の行方を思った。可哀相なぼく。そして、可哀相なロビン。彼は、自分たち二人を思いきり憐れんだ。涙がこぼれ落ちた。情けない。でも、情けなくて何が悪いんだ。そう思うと涙が止まらなくなり、彼は声を上げて泣き始めた。その内、立っていられなくなり、床に座り込み手足を投げ出して号泣した。獣のような叫び声が、暮れて行く時刻に響き渡った。かまうものか。彼は、ことさら大声を出した。ぼくたちは、可哀相ながきどもでしかない。こうして泣くのが似合っているのだ。彼は、母の死を思い、父の心づかいを思い、妹の過酷な体験を思い、祖母の過去の苦労を思い、伯父の依存症を思い、そして、自分の恋の終わりを思って、泣き続けた。泣く原因がいくつも出て来て、涙は涸れることがない。マーカス、ショーン、リンダ、ミシェール……自分に関わるすべての人々が彼を泣かせ、しまいには、ラッキーまで、彼の涙腺を絞り上げた。そうすることで、彼は、ようやくただの小さな子供に甘んじることが出来るのだった。

ふと気が付くと、彼は、いつのまにか父に抱き締められており、起き上がったロビンが、ベッドの上から、唖然としたようにこちらを見ていた。

「ダディ、ぼくは、彼女を失う」

父は、ハーモニーが誰のことを言っているのか解らずに、ロビンに目で問いかけた。

「彼の恋人よ」

ロビンは伝えた。父は、ハーモニーの両肩をつかんで、彼の顔を覗《のぞ》き込んだ。

「大切な人だったのかい?」

ハーモニーは、父の言葉に、鼻を啜り上げながら頷いた。

「そうか。その人は、九月十一日のあの事件を知った時に、一番最初に声を聞きたくなった人だった?」

ハーモニーは、再び頷いた。

「私のその人は、ショーンだったわ」

ロビンが、抱えた膝に頭を載せたまま、父とハーモニーを見て言った。父は微笑した。

「皆、それぞれ家族以外に、自分たちのあの日を支えてくれた人がいるんだなあ」

「ダディ、あなたにもいたの?」

ロビンが、ベッドから身を乗り出して尋ねた。ハーモニーは、ようやく顔を上げた。何か当り前のことをずっと忘れていたような気がした。

「いたよ。いてくれたことに、今も感謝している人がいる。ただ慰められることを、あの時、ぼくは求めていた」

「それが、今のガールフレンドなのね」

「そうだ。あの日、ぼくは、家族の支えにならなくては、と気を張っていた。ロビン、少なくとも、きみが無事だと解った時、どれ程ほっとしたことか。あの瞬間、一気に緊張が解けた。その緩んだ気持をただ何も言わずに受け止めて欲しいと感じた。そして、ぼくにそうしてくれる人は、ひとりしかいなかった」

そこまで言うと、父は、自嘲するように笑った。

「きみたちのダディは、実は、弱虫なのさ」

ハーモニーは、先程まで父がしてくれていたように、今度は、自分から彼を抱き締めた。恋人とは違うやり方で何かしたい。そう思いながらも術がない。ただ腕を回わし、胸と胸を合わせて、こちらの体温を感じさせてあげることしか出来ない。頼られる資格など、まだ持ち得ないぼくだけれど、すぐそこにいてあげることは出来る。考えてみれば、いつも、ぼくを救って来たのは、自分以外の人の胸の鼓動だ。それを聞かせてくれる位置にいる人々だ。

「ダディ、もう一回聞くけど、九月のニューヨーク、一緒に行って欲しい？」

父は、今度はこの間のようには笑わずに答えた。

「そうしてもらえると嬉しいよ」

「ぼくが一緒なら、あなたも心強いと思う」

ハーモニーの言い草に呆れたようにロビンが口を出した。

「何よ、偉そうに。さっきまで、あんなに泣いてたくせに」

いつもなら腹立たしく思われるロビンの物言いを、ハーモニーは好ましく思った。暑気あたりなのか後遺症なのかは解らない。けれど、とりあえずは元気になったようだ。彼女の憎まれ口は、家族が悪くない状態にあるという証明だ。

「なんなの？　その余裕たっぷりな顔って。ハーモニー、だいたいあんたさっきなんであんな泣き方してたのよ。あんなふうに泣く人いる？」

さあ。泣くことに専念したかったからだとしか、ハーモニーには言えない。崩れ落ちるべきものが、強い力で破壊されたような気がする。そして、自分は、その時をずい分と長い間待ち続けて来た。次に、あんなふうに泣けるのはいつだろう。それとも、そんな時はもう来ないのか。父も、ああして泣くことがあるのだろうか。家族の目の届かないところで、何の思惑もなく救いすら求めずに。もしもそうなら、その時に彼を見つけ出して駆け寄る人が近くにいれば良いと思う。ただ泣かせてくれる人が、抱擁の準備をして待ちかまえていれば良いと、ぼくは、真底、そう思う。

教会から戻った祖母が、三人のいる部屋を覗いた。

「全員そろって家族会議？　いったい、何を話しているの？」

「シーフードレストランを今夜に変更しようかと話していたんですよ」

父は言って、ウィリアム伯父を起こしに行くために立ち上がった。


ヴェロニカから再び連絡があったのは、夏休みが始まってしばらくした頃だった。二人は、いつものように橋を渡り、同じモーテルの部屋で抱き合った。会話を交わす余裕すらなくベッドに倒れ込んでいたそれまでと違い、彼らは、静かに見詰め合い、淡々と語り合い、そして丹念に愛し合った。互いのすべてを確認し合いたい。同時にそう感じているのが、ハーモニーには解った。

不可能だと知りながら、味わい尽くしたいと思った。会わないでいることに耐えられるくらいに堪能しなくては。永遠に続く飽食を夢見て抱き合う時、恋人たちは、驚くほど貪欲《どんよく》になれる。そして、そこに達してしまったらもう後戻りは出来ない、と知っているのも彼らなのだった。

「あなたの夫はどう言ってるの？」

「何も。私は何も言わないことを選んだし、彼は何も聞かないことに決めた。それだけのことよ。それが正しい選択だったと思えるように、私たちは生きて行くの」

ハーモニーを見上げるヴェロニカの瞳は潤んでいた。彼は、それを縁取る睫毛を舌先で舐《な》めた。そうすると、自分の背中に置かれた彼女の指に力がこもるのを彼は知っていた。その他にも、色々なことを知っていた。ひとりの女の体に対して、こんなにも勤勉になれた自分に、彼自身が驚いていた。喜びの引き出し方に我を忘れてここまで来た。そして、この先どうするのか。どんなに勝ち続けて来た賭け事も、どこかで止めなくては、すべてを無にしてしまうのだ。手にした幸福を幸福のままで貯金するべきなのか。あるいは、破滅まで突き進むのを良しとすべきなのか。そう迷うこと自体が恍惚を呼び、彼は、今は何も考えずに身をまかせてしまおうと思う。すると、溺れかけた人のように息が詰まる。それを恐れながらも、もがくことすら諦めた時に、彼は、この世に未来を持たないことの素晴しさもあることを知る。

「あなたのギターもピアノも聴いたことなかったわね」

「でも、ヴェロニカ、あなたのために弾いたり歌ったりしたことはあったんだよ」

「ほんと？　じゃ、今、歌ってみてよ」

ハーモニーは、照れながら以前作った歌を口ずさむ。ヴェロニカは、シーツを体に巻き付けたまま、耳を澄ませて、時折くすくすと笑う。

「あんまり上手くないみたい」

「楽器がないとなあ」

残念そうに言いながら、ハーモニーは思いついて、脱ぎ捨てられた自分のジーンズのポケットの中から出した小さな物をヴェロニカの手に載せる。

「これ、なあに？」

「ギターのサムピック。親指にこうはめて弦をはじくんだ」

ふうん、とヴェロニカは興味深そうに言われた通りに指に付けてみる。ハーモニーは、それをいったん取り上げて、彼女の小指に押し込んで目の前にかざす。

「細い指だから入っちゃった。まるで指輪みたいに見えるね」

ヴェロニカは、ハーモニーの首に腕を回わして抱き寄せた。

「私、あなたと会えて良かった。ものすごく贅沢をしたわ」

彼女の腕の力は強かった。指のピックが首に当たって痛かった。それでもかまわない、と彼は思う。好きなだけ、この人に、ぼくを抱き締めさせてやる。

「このピック、もらっていい？」

「もちろん」

ヴェロニカは、嬉しそうに小指に唇を付けた後、裸のままベッドを出て持参した紙袋を持って戻って来た。

「実は、私からも贈り物があるの。遅くなっちゃったけど、お誕生日、おめでとう」

差し出された紙袋の中の包みを開くと、アンティークのメトロノームだった。いつの時代の物なのか、周囲にいぶし銀の細工が施されている。

「マーカスのお父さんのお店で買ったの。こんなもの、もう音楽を作る時に使ったりしないんだろうなって思ったんだけど……」

「ありがとう。動くよ、これ」

ハーモニーは、メトロノームを作動させてベッドサイドに置いた。そして、彼は、再び確認しなくてはならない何かのために、ヴェロニカの体を押し倒す。二人の体はもつれ合い、彼は溜息の音階に耳を澄ませ、彼女は撫でている背中にピックでいくつもの線を引き、メトロノームは、ただ規則的に心臓の音に同調する。彼らの顔には、苦痛と微笑が浮かび、それを認め合いながら、二人は、快楽のさなかだというのに、もう過去の大切なものを見ている。

ヴェロニカと別れて家に戻ると、祖母とロビンが料理を作っていた。ショーンとミシェールが夕食を食べに来るのだと言う。テーブルの用意をしてくれとうるさく頼むロビンを無視して、ハーモニーは、ピアノの上にメトロノームを置いて、ぼんやりしていた。心も体も使い果たしたような気がしていた。それなのに、その疲れは心地良く彼を弛緩させていた。甘く物哀しい重みのあるものが体に重しをかけ、彼の足をしっかりと地面に着けさせているように感じられた。終ったのか。彼は自問した。答えは出なかった。恋の終わりと呼ぶには、あまりにもいとおしい思いが自分の内に残り過ぎていた。苦しくないと言えば嘘になる。けれども、そこから湧き上がる苦さですら、いつくしみたい。ぼくは、あの人をこの先も嫌いになることは出来ない。彼は、不思議な気持になった。あんなにも、ぼくを思い悩ませて来たのに。これが永遠の別れだとしてもかまわない。そう静かに思う。今、心の中には、人を思う存分好きになったという満足感だけが残っている。

電話の音で我に返り、ハーモニーは、忙しいから出てくれと叫ぶロビンの代わりに受話器を取った。父からだった。バーで友人にばったり会ったので、今夜は遅くなると言う。祖母とロビンがはりきって料理を作っているから帰らないと機嫌が悪くなるに違いない、と告げると父は、友達は大切にするのが信条だ、などと言い訳をする。父の背後にバーの喧噪はなく、こちらの居間でつけっぱなしになっているTVドラマと同じ主題歌が流れている。ハーモニーは、苦笑して父の嘘を許してやる。今日ぐらい友達と楽しみたいだろ？　一杯おごってやらなきゃ。ビコーズイッツ　マイ　ペイデイ。

Chapter Five
"Robin, and Harmony"

第5章 ロビン、そしてハーモニー

私は、あの日以来、死に慣れた。ロビンはそう思っていた。けれども、心が落ち着きを取り戻し、破壊されたニューヨークの光景が記憶として定着して行く内に、それまで知らなかった種類の痛みを覚え始めて困惑している。それは、頑丈に固め直した筈《はず》の心にアイスピックのように突き刺さり、周囲を溶かしながら囁《ささや》く。忘れることは出来ないよ、と。その広がって行く穴を塞ごうと時間をかける。ようやく元通りにする。そう出来たと溜息をつく。すると、またもや鋭い痛みに襲われる。

もう自分には恐れるものなんて何もない。あれ程の恐怖を味わったのだから。そうひとりごちることは、彼女に勇気を与え、生きるのを楽にして来た。この先、何があっても私は大丈夫だ。その考えが、彼女に前を向かせた。しかし、今になって思う。私は、あれ程の恐怖を知った者なのだ。それは、一歩踏み出そうとする未来に、あれ程の恐怖が待ち受ける可能性をも知っているということなのだ。

私は、既に、幸せな無知ではなくなった、とロビンは感じている。あんなことは、もう起きない。起こしてはならないと人は言う。けれど、起きた現実を肌で知る者には、こう言える。起きてはならないことが起きることだってあるのだ、と。現に、世界のあちこちで戦争が続けられている。ある所では、それも止むを得ないと賛成し、また、ある所では、それ自体が無意味だと反対する。誰もが、功を奏する結果に向かおうと考える。けれども、そのことが、自分とは異なる考察を否定しながらでしか進めないのは、なんと皮肉なことだろう。

授業でも、何度か、あの九月十一日についての討論が行なわれた。体験者であるロビンは、いつも意見を求められた。そのたびに、彼女は言葉を失うのだった。世界は、もう平和ではない、と憂える者にはこう思う。でも、あなた、昨日、私の働くアイスクリームショップで、二段重ねのクリームの載ったフラッペチーノを食べてたじゃないの。今こそ、この国はひとつになるべきだ、と意気込む者には、こう心の内で呟いた。あなたのお祖父さんは、KKK（人種差別団体）の一員だったって聞いたことがあるわ。戦争なんて無意味だ、と主張する者には、じゃあ死刑制度はそうじゃないの？　と尋ねたくなった。南部に何人の未成年の死刑囚がいるか知っている？　全部、黒人よ。

このように、すべての意見に反発したくなってしまうのだった。そんな自分にふと気付くと、ロビンは、急に冷静さを取り戻して苦笑する。私、どうかしてる。彼女の心に渦巻く思いは、母の死という事実によってひとつに束ねられてはいるものの、絡まったままで明確な言葉を紡ぎ出すまでには、まだ至っていないのだ。彼女に口に出せるのは、理不尽な理由で愛する人を失うのは、あまりにも人生を不便にするということだけだ。

「ナショナリズムって大嫌い」

こういった話し合いの後、ミシェールは、ロビンをことさら気づかうふうでもなく言うのだった。

「皆が同じ敵を持つなんて恐いと思わない？」

ロビンは、ミシェールの言葉に曖昧《あいまい》に頷いた。

「ねえ、ロビン、私は、この国に住んでいることを愛したいと思ってるけど、この国の人たち全員と同じ価値観を共有したいなんて思わないわ。だいたい私たちをいつも移民扱いしてるくせに、いざという時は、ひとつにまとまれなんて無理よ。私は、憎むべきものは、自分で選びたい。自分だけの憎み方をしたい」

ミシェールの言う憎しみは、まるで鋭利な刃物のように具体性を持つのだろうと、ロビンには思われた。自分のそれは、もっと、はるかに鈍く重いものだ。

「私、マムを死に追いやったものが憎い」

ぽつりと呟《つぶや》くロビンの肩をミシェールが抱いた。

「はっきりと姿を見せないものを憎むのは難しいわね。もしかしたら、皆が同じ敵を持とうとするのは、それが便利だからかもしれない。タリバン、アルカイダ、ビンラディン……皆、具体的なキーワードを出さなきゃどこに気持をぶつけて良いのか解らないから、そうしてる。でも、ロビン、あなたがそう出来ないのは、憎むべき相手よりも、あなたの傷の方が具体的だから。そうじゃない？」

そうかもしれない、とロビンは思った。自分は大勢の人々の悲劇を思いやる前に、母ひとりの悲劇に打ちのめされているのだ。そして、愛する者を失わないですんだ人は、大勢の人々に思いを馳せる。自分とは、もしかしたら、一生関わることもなかったであろう大勢の人々。

「ミシェール、私、最近こう感じるの。困難をくぐり抜けると人間って強くなるっていうじゃない？　でも、そんなの嘘じゃないかって。むしろ、もう一度、その困難をくぐり抜けなきゃならなくなったらどうしようって怯《おび》えるんじゃないかな。困難を克服するって、その怯えを人に悟られないように出来るという、それだけのことなんじゃないかって」

ミシェールは、ロビンの顔を覗《のぞ》き込んだ。

「それって、すごい演技の才能じゃないの」

「演技!?　うーん、もしそうだとしたら、つらい演技よね」

「大丈夫よ」

ミシェールは、事もなげに言った。

「それを演技だって見抜いてくれる人を見つけて息抜きをすれば良いだけよ。現に、私は、今、見抜いてるつもり。そして、あんたの演技力に敬意を払ってもいるわ。もうひと言、加えさせてもらうけどね、ロビン、そういう演技力を持たざるを得ないのは、決して、あなたひとりじゃないのよ？」

「あなたもってこと？」

「まさか。私は、そんなに苦労してないもの。でも、そういう人を数多く見て来たってことよ。英語をひと言も話せないまま、この国にやって来た移民の子孫だもの。私に苦労はなかったけど、苦労した人を休ませることは知ってるの。私のグランマは、ものすごく強い人。でも、いつも私に中国にいた時の話をして泣くわ。あなた、誰の前でなら一番泣きやすい？」

ロビンは、考えた。父。ハーモニー。彼らには、思わず感情をぶつけて泣いてしまうことがある。けれども、心がほとびて行くように涙を流せるのは、やはり、ショーンの前でだけのように思える。あんな涙、父や兄の前では気恥しくて見せられない。

「野暮な質問だったかしら」

ミシェールは、意味あり気に笑って、ロビンを突ついた。

「ねえ、ミシェール。家族の前で泣くのと男の人の前で泣くのって、どうして、あんなにも違う気分を運んで来るんだと思う？　私、ショーンの前で泣くと自分を好きになれるのよ。そして、私が泣いたことを彼にずっと忘れないで欲しいと思うの。ハーモニーの前で泣いた後なんて、さっさと忘れてよって苛々するのに」

馬鹿馬鹿しい、というように、ミシェールは肩をすくめた。

「好きな男にオーガズムの瞬間を見て欲しいってことなんじゃなーい？」

「そういう言い方しないでよ」

「あーら、同じじゃない？　体を許した自分も心を許した自分も、彼の大好物だって、恋してる女は、皆、そう思うわよ。好きな男の大好物に自分がなっているって最高でしょ。私たち、野球やバスケットボールやステーキなんかに負けないものをいっぱい持ってるわ。そのひとつが涙よ」

「私、涙を彼の気を引くために使ってる訳じゃないわ」

「当り前じゃない。気を引くための涙なんて男の好物にはならないわ。少なくとも賢い男ならそうよ。ちゃんと塩分の効いたおいしい涙が好きなのよ」

「私の涙、おいしいと思う？」

「知らないわよ、そんなの。でもね……」

ミシェールは、そこで言葉を止めて、しばらく考えていた。ロビンが目で問いかけると、彼女は、それまでの口調を改めて、真面目に言った。

「あなたは逃げ出そうとしないで、自分に起きる出来事に正面から向かい合おうとしてる。あなたは、まわりが思う程強い子なんかじゃないわ。でも、強くあろうと必死になっている。そんなあなたが流す涙って、お菓子が欲しいって泣く子供とは、まるで別なものよ。友達と喧嘩した時のものとも違う。もっともっと濃くて真剣な味。ロビン、真剣に作られたものって、なんでも舌をとりこにするんじゃないかしら」

ロビンは、不意に涙ぐみそうになって慌てた。私に降り掛った不幸は、と彼女は思う。少なくとも、側にいて泣きやすい人を選ぶ勘を与えた。女友達の言葉に押し出された涙は、外には流れて行かないけれども、しっとりと胸に染みる。

下を向いてしまったロビンに慌てたのか、ミシェールは、冗談めかして続けた。

「と、兄さんが春巻を作る時に言ってやらなきゃね」

ロビンは吹き出した。

「ミシェール、あんたって最高！　愛してるわ」

「それは、ありがと。でも、私は、あなたよりハーモニーを愛してるのよ。ね、彼、ヴェロニカと別れたそうじゃない？　夏休み、どうしてるのよ」

「ミシシッピーに旅行するんで必死に働いてるわ」

「ブルースの聖地に詣でるって訳？　男って、ほんと、わかんない」

私だって解らない、とロビンは思った。解らないことは沢山ある。彼の味わったあの年上の人の涙は、おいしいものだったのだろうか。そうだったらいいな、と彼女は兄の恋の終わりを思いやる。だって、彼だって、あんなに泣いたんだもの。


本場のブルースの雰囲気に浸りに行く、三週間は戻らないだろう、と言い残して家を出たハーモニーが、たった二日で再び姿を現わした時、家族全員が、意外なものを見るような表情を浮かべた。居間のTVでは、「オースティン・パワーズ」のヴィデオがかかっていて、皆、笑い転げている最中だった。ショーンも来ていて、ロビンを抱え込むようにして床に腰を降ろしていた。父が画面を一時停止にして尋ねた。

「どうしたっていうんだ。何かあったの？　マーカスは一緒じゃないのか」

「ぼくを降ろしてそのまま帰った」

休みの間に南部をまわってみようと思っているというハーモニーの言葉に、マーカスは過剰なほどに反応して、自分も一緒に行くと言い出したのだった。

「まさかヒッチハイクしようなんて思ってるんじゃないだろうな」

「途中からはそれでもいいと思ってるよ」

マーカスは呆《あき》れたような表情を浮かべて上を向いた。

「馬鹿じゃないのか？　おまえのために車が止まってくれるとでも思ってるの？　たとえおまえがユマ・サーマンの親指を持ってたって無理だね」

そう言えば、そんな映画が昔あったなあ、とハーモニーは思い出した。巨大な親指を持ったプロのヒッチハイカーの女の子の物語だ。

確か「カウガール・ブルース」とか言ったっけ。ユマ・サーマンか。悪くない。まったく悪くない。

にやにやしているハーモニーを見て、マーカスは首を横に振った。

「ハーモニー、おれは、一度だけニューヨークのマンハッタンに行ったことがあるよ。百三十二丁目の老人用アパートメントに住んでた親戚のばあさんがもう長くないからって、家族で会いに行ったんだ。狭苦しい街だけど住みやすそうじゃないかと思ったよ。大都会で必要なものがすべてすぐ近くにあるし。でも、それが、ハーレムの中だけにいればの話だってことがセントラルパークを下ったあたりですぐに解ったよ。従兄と遊びに行って、夜、キャブを拾おうとして愕然とした。七フィート近くある従兄と二百ポンド近くあるおれのためには、車は停まってくれないのさ。最初は、何か事情があるんだと思ってた。でも、おれたちを通り過ぎた車が少し離れたところで手を上げていた白人の女の前で当り前のように停まった時、こう思ったよ。嘘だろ、こんな都会でもこうなのかって」

「そんなことしょっ中だよ。そのために地下鉄があるんじゃないか」

「でも、ニューヨークだぜ？　田舎から出て来た小僧が色んなことを期待しても無理ないだろ？」

「それは人種差別っていうより、向こうが身の安全を守ろうとしただけじゃないの？」

「どうして、おれたちを見て身の安全と結び付けるんだ。それが人種差別ってものだろ？」

「だけど、マーカス、きみが夜中にのそっと出現したら、ぼくだって恐いよ」

マーカスは、ああと呟いて頭を抱えた。その様子を見ながら、彼の言うことは正しいのだとも、ハーモニーは思っている。あそこに住んでいた頃も、ダウンタウンで偏見とは無縁の育てられ方をした自分とアップタウンで生まれ育ったアフリカ系の友人たちとは、苦労の種類が違うのだ、とたびたび気付かされた。自分が身を守るべきは、アルコール中毒や麻薬のジャンキーたちからであったが、彼らがそうするべきは、それに加えて貧困や人種偏見に端を発する犯罪からであった。彼らは言ったものだ。ハーモニー、おまえといると便利だよ。夜中、デリにサンドウィッチを買いに行ける。もちろん、それは、自分が白人に見えないこともないからだというのを、ハーモニーは知っている。

「つまり、おれが言いたいのはさ」

マーカスは続けた。

「あんなに自由に見えるニューヨークですらあるものが、南部にない訳はないってことだよ。それも、もっと数倍すごいものがね。ここでは、おまえは住人だ。知ってる奴らは多いし、皆、おまえのことを好意的に見てる。でも、もっと深南部《ディープサウス》に行ってごらん。道に飛び出して来る鹿以下の扱いをされるかもしれないぞ」

「……今は、二〇〇二年だよ？」

「その二〇〇二年に、おれの知り合いは、誘って来た白人の女を冷たくあしらっただけで、レイプ容疑で刑務所にいるよ」

沈黙したハーモニーを慰めるように、マーカスは彼の肩を叩いた。

「グリシャムの小説の話をしているんじゃないんだぜ。おまえが、ロマンティックに夢見てる土地は、そういうところでもあるってことさ」

「もう決めたんだ。四九号線と六一号線の交差点に立ってみたいんだ」

子供のように唇をへの字に曲げて、強情に言い張るハーモニーに根負けしたらしく、マーカスは、こう提案した。

「解ったよ。その代わり、おれが車を運転して一緒に行く」

「親切なんだな。ブルースにもクロスロードにも興味なんかないくせに。なんで？」

マーカスは、自分の人差し指に中指を絡めて、片目をつぶって見せた。極めて親しい間柄、という意味らしい。

「ヴェロニカのだんなに突き飛ばされて尻もちをついてたおまえを見た時から捨てておけなくなったのさ。女のためにみっともなくなれる奴が、おれは好きだよ」

好きでそうした訳じゃない、とハーモニーは赤くなった。もしかしたら、自分は、この先もこの男の前で、格好良いとは言えない姿をさらけ出して行くのかもしれない。

「知り合いのいるメリジアンまで辿《たど》り着けば、なんとかなるさ」

ところが、マーカスの言葉通りには行かなかったのである。ミシシッピーどころか、アラバマの真ん中で引き返して来た二人は、くたくたに疲れてそれぞれの家に帰った。今頃、マーカスは、熱いシャワーとベッドを目指して家に駆け込んでいる筈《はず》だ。そして、自分は、静止したくだらない映画のシーンの前で、家族に好奇の目を向けられている。

「何があったんだい？」

父が、もう一度言った。ロビンは、楽しみを中断された苛立ちを隠さない。

「どうせ道に迷って疲れ果てたに決まってるわ。ハイスクールの学生が、夜、車を運転してつかまらなかっただけでも幸運だったわよ」

　道に迷ったのも、疲れ果てたのも本当だ。しかし、幸運だったのかどうかは解らない。彼らは、迷い込んだ人気《ひとけ》のない道で、警察に包囲されたのだった。それが、真っ昼間で、まもなく解放されたという結果になったのだから、やはり幸運だったのだろう。その幸運を逃がさない内に引き返したマーカスの選択は正しかったのかもしれない。

　父は、驚いて、その経緯を詳しく尋ねた。

「サウス・キャロライナのプレートの赤い車。黒人の二人連れ。それだけの理由だよ。ガスステイションを襲った奴らと同じ車だったんだ」

「でも、すぐに疑いは晴れたんでしょう?」

　ロビンが、ようやく心配になったように尋ねた。頷《うなず》いたまま立ち尽くすハーモニーの肩を抱いて祖母が言った。

「夕食のベイクドチキンとチャウダーの残りがあるのよ。温め直してあげるからね」

　ハーモニーは、急に空腹を覚えた。それと同時に、親にようやく見つけられた迷子のような安堵を感じて、祖母にしがみ付きたい気持になった。

　マーカスと二人並んで、車に両手をつかされ所持品を調べられた光景を、彼は、はっきりと思い出すことが出来る。照りつける真夏の陽ざしがボンネットに反射して、視界を白くしていた。流れる汗が、アスファルトに落ちて染みを作っていた。不安も恐怖も感じる余裕すらない気分というのを、彼は、生まれて初めて味わったのだった。

　疑いが晴れて、ようやく顔を上げると、そこには見渡す限り葛《くず》の緑が広がっていた。人間など受け付けないような、その荒涼とした風景を、彼は、ただ呆然《ぼうぜん》と見詰めた。かなわない、まだかなわない、と何度も心の内で呟いた。こんな土地に、ぼくは、まだ太刀打ち出来っこないんだ。彼は、絶望的な気持で、暑さのためにくもる一本道を見詰めた。背後では、マーカスが聞いたこともないような丁寧な言葉づかいで、警官に、モンゴメリまでの道筋を尋ねていた。見上げた空には、つがいの鷹が、ゆったりと飛んでいた。

「今度来る時は、金を貯めて飛行機で観光しに来ることだな」

　旅の目的を聞いた警官が笑いながら言った。解放された二人は、冷房の効いた車内でシートにのけぞった。

「おれは引き返すよ。行きたきゃヒッチハイクでもなんでもしてひとりで行け。おまえが、運転替わってくれるようになったら一緒に行ってやるよ」

「もういいよ」

　うなだれるハーモニーを元気づけようとしてか、マーカスは笑って言った。

「犯人は、黒人の若者二人だってさ。良かったじゃないか。おまえにもブルースマンの資格ありってことさ」

　もちろん、それは、何の慰めにもならなかった。

　ハーモニーの話を聞いていたロビンとショーンは吹き出し、そのまま笑いが止まらないようだった。

「かっこわるーい!! そんなんで、すごすご帰って来るなんて、ハーモニー、あんたどうかしてるわ。ねえ、旅行のために貯めたお金どうするの？　皆で、またフロリダ行って、パーティしようよ」

ロビンの言葉を父が遮《さえぎ》って言った。

「駄目だよ。うちには金がないんだ。ハーモニー、おまえ、これから自分にどれだけ金がかかるか解ってるね」

不貞腐《ふてくさ》れるハーモニーに向かって、父は、今度は、笑いをこらえてからかった。

「ブルースマンの世界は甘くないだろ？　ハーモニー、イエローキャブでは乗り込めないぞ」

「ベイビー、あんたにはバッハがお似合いよ」

母の声色を真似るロビンをにらみつけようと横を向くと、ＴＶの画面は元に戻り、そこでは悪の巣窟であるスターバックスの前で歯をむき出したマイク・マイヤーズが笑っている。

彼女のことは気に入っているよ。ロビンが、シャーリーンを愛しているのか、と尋ねた時のウィリアム伯父の答えだ。彼は、いつものようにポーチに出した椅子に腰かけてモルトビールを飲んでいる。この人の世界には心配事というものがないみたい。ロビンは、常にくつろいだ様子の彼を見ながらそう思うけれども、この間、買い物に連れて行ってくれたシャーリーンが言っていた。

「心配事のない人が、あんなにお酒を飲む筈がないじゃない。あの人の人生は、あらゆる心配で満たされていて、それをお酒で薄めて行かないとやっていけないの。私は、そういう人を大勢見て来てる。商売だもん。お金さえ持って来れば、彼らにお酒を売らない訳には行かないわ。はっきり言って、くずばかりよ。なんて弱い人たちなのって思う。でも、その弱さを許してやりたいって感じたのは、彼が初めてよ。ウィリーは、私の一番大切なくずなのよ」

　彼女にとっての一番大切なくずは、私の知る限り一番幸せそうな人に見える。彼は、何にも執着していない稀《まれ》な人に思えた。でも、それは、アルコールの力を借りているってこと？

「アンクル・ウィリアム、シャーリーンは、あなたにお酒を止めろって言わないの？」

「言わないよ。だから気に入ってる。前の妻なんか泣いてグラスを取り上げたよ。あの泣き顔、ほんとやだったね。醜かった。馬鹿だなあ、あの女。あんなの見たら、酒なんか止められる訳ないじゃないか」

　だからと言って、何も言わないで笑っているシャーリーンが、ウィリアム伯父に断酒の決意をさせる訳でもないのだ。本当に愛しているのなら、彼の前の奥さんのようにするんじゃないのかしら、とロビンは、自分の知り得ない男女の関係について思う。彼女は、愛する男の幸せを願うことをショーンとの恋で知り始めたばかりだ。ウィリアム伯父の将来を思えば、彼に酒を止めさせることが幸福につながるのは明らかなのに、と歯痒《はがゆ》く感じている。

「シャーリーンと、もしも長いこと会えなくなったらどうする？」

「ちょっと困るかな。でも、そうなったらそうなったで仕様がないね。どうした、ロビン、なんでそんなこと聞くんだい？」

　ロビンは、ここのところ、父から卒業後の進路について考えろ、とせっつかれていた。前は、漠然とニューヨーク、あるいは、そこからあまり遠くない州の大学に進もうと思っていた。けれども、今は、ショーンと長いこと離れていたくない。少なくとも、週末には会えるような距離にいたいと、選択に頭を悩ませている。

ハーモニーは、ロビンのそのアイディアを一笑に付した。彼は、アトランタで音楽を学ぼうと決めたようだ。個人教授を引き受けてくれるかもしれない父のガールフレンドの知り合いに、近々、面接に行くと言う。失敗したミシシッピーへの旅は、自分が鍛え直さなくてはならない臆病者であることを知る良い機会になったと、負け惜しみのように言っていた。

「だいたい、ハイスクールを卒業するまで、ショーンと続いてるかどうか解らないじゃないか」

そうせせら笑って、ロビンを怒らせるのだった。

「それに、続かせようと思った途端に恋なんかつまらなくなるんだ」

こと恋愛に関することになると、すぐに先輩面をしようとする、とロビンは忌々しく思った。しかし、ヴェロニカとの関係に終止符を打った後のハーモニーを見て羨《うらやま》しくも思う。あの女の人は、私の兄に、何か素敵なものを付け加えた。ミシェールも言っていた。彼、別れてから、数倍セクシーになったわ。自分もそう感じることがある。伏し目がちに横目で人を見る時の表情に漂う諦《あきら》めのようなもの。以前の彼は、そんな視線を持たなかった。とろりと流れて女の心に届くのよ、というミシェールの言葉は、妹としてはどうかと思うけど。

「だいたい、ロビン、きみらしくないよ。前に、一瞬の幸せを大事にしたいとか言ってなかったっけ？」

ハーモニーの言う通りだ。そうだった。そのつもりだった。それなのに、今、離れるということを想像するだけで苦しい。それは、好きな男の人に触れる、ということを知ってしまったからだ。電話だってある。メールだってある。互いの近況を知らせ合うのは容易なことだ。けれど、一番、求めてしまうのは触れ合うということだ。彼の息がかかる場所で、ようやく自分は落ち着くのだ。便利なサプリメントは、それだけで体に必要な栄養を与えてくれる。でも、舌で味わって咀嚼《そしやく》する食べ物がなかったら生きてる価値なんかない。遠くにいても、無事だと解ればそれで良いなんて、思えない。

「ところがね、ショーンたら、きみが元気でやっていて、ぼくのことを思ってくれてるんだって解れば、次に会うまで待てるからなんて言うのよ。ハーモニー、これどう思う？」

「本心だろ。きみのことを大切に思ってるんじゃないか。それとも、引き止めて欲しいの？　大学なんて、このあたりのカレッジにしてくれって言って欲しいの？」

「そうじゃないけど……もっと……」

「自分のために取り乱して欲しいとでも？」

「私のことそんなに好きなら、そうするんじゃないかと思っただけよ」

言いながら、ロビンは、自分がとんでもなくわがままな女のように思えて来た。選択肢が自分にゆだねられているのを喜ぶべきなのだろうか。それが、私の幸せを願っているのと同じだとでも言うの？　人に従うのが大嫌いだった筈の自分が、彼からの命令じみた言葉を求めている。それを素直に受け入れるかどうかは、また別の問題なのだ。ショーンの思いやりのようなものは、二人で作って来た密度の濃い時間を薄めるような気がしている。

「ショーンといい、アンクル・ウィリアムといい、物事を受け流して行くような人たちって、私から見たら驚異的だわ」

ハーモニーは、何も解っていないんだな、と言わんばかりにロビンを見た。

「確かに二人とも、何かに執着しないのを良しとしてるように見えるけどさ、でも、実はそうしないとやってられないくらいに、愛情とか憎しみとかが強いのかもしれないよ。何かを失うことを一番恐れている人たちかもしれないよ。ロビン、きみの一番悪いところは自分の価値観の中に、すべてを当てはめようとするところだよ。これ、前にも言わなかったっけ？」

「私が思う幸せと他の人が思う幸せが全然違うってこと？　そのくらい解ってるわよ」

「いいや、解ってないね」

「解ってる!!」

「解ってないよ、ガキだから」

その後、いつものように、二人は小突き合い、通り掛った祖母にたしなめられるまで、争っていた。年上の女とつき合ったからって、いい気になってるわ。ロビンは、何故か自分だけが取り残されたような気分で歯がみをするのだった。

「アンクル・ウィリアム、あなたは、どうして、前の奥さんと別れたんですか？」

ウィリアム伯父は、ロビンの問いに、ふざけた調子で、何度も頬杖《ほおづえ》を突く腕を変えて考えるふりをした。

「忘れた。思い出せないぞ」

「ひどい女だったの？」

「いや、優しい人だったよ。おれがこんなふうになったのは自分のせいだって言って、いつも自身を責めていた。もしかしたら、そのせいかな。自分を責めてる女は最悪だ。まだ、被害者づらしてくれてた方が、こっちとしては楽だ。おれがこうなったのは、おれが馬鹿だからだ。でも、馬鹿でいるのを自分で許してるんだからいいじゃないか。それの何が悪い」

もしかしたら、ウィリアム伯父は、前の妻をものすごく愛していたのではないだろうか、とロビンは唐突に思った。被害者にしてしまった女より、加害者の位置に追いやってしまった女の方をいたたまれないと思う。それは、本当の加害者が自分であるのを知っているからだ。愛してなければ、そんなふうには思えない。ロビンは、自分の恋が、とても単純なもののように感じると同時に、胸を撫で下ろしたくなるようなほっとした気持になった。ウィリアム伯父は、明らかに、私なら踏み込みたくない領域をくぐり抜けて来た人だ。被害者と加害者が、二人の間で入れ替わり続ける関係のことを思うと恐しい気がする。

「で、ロビン、誰と長いこと会えなくなるんだい？」

酔っているわりには、この人は、色々なことを覚えている。忘れているふりをしている事柄も多いみたいだけれど。

「知ってるくせに。ショーンに決まってるでしょう？」

「あいつは良い青年だぞ。自分自身に対してはいい加減で、女に対しては慎重な取り扱いを心得ているタイプだ」

「あなただってそうだったんじゃないですか？」

「途中で挫折した」

「それは、また、どうして？」

「戦争だ。全部戦争のせいなんだ！」

ロビンは、言葉を失ってウィリアム伯父を見詰めたが、彼の表情にどこにも深刻さはなかった。

それどころか、今にも笑い出さんばかりに歯をむき出して続けた。

「なんて言えれば、戦争も悪いもんじゃないんだがなあ」

不遜《ふそん》な発言。ハーモニー、これどう思う？


ねえ、ダディのガールフレンドはどんな感じの人だったの？　父の恋人を紹介された日、帰宅したハーモニーは、ロビンの質問攻めにあった。

「一緒に食事したんでしょ？　どこ行ったの？」

「食事ったって、彼女の知り合いのプライヴェートレッスンの先生のとこに行った後、夕方バナナカフェに寄っただけだよ」

「で、どうだった？」

「ショーンは元気だったよ」

「信じられない。何もったいぶってるの？　自分のボーイフレンドのことは、あんたなんかより、ずっとよく知ってるわよ」

「良い人だったよ」

ロビンは、つまらなそうな表情を浮かべて、片手を振ってあっちに行けという仕草をした。ハーモニーは、肩をすくめてキッチンに行き、冷蔵庫からアイスティを出して飲んだ。

バナナカフェを出た後、父とあの人はどこに行ったのだろう。店を出て行く二人の背中は、これから始まる大人の時間のために、ハーモニーをきっぱりと拒絶していた。父の手は、彼女の背のちょうど真ん中あたりにぴたりと置かれていた。本来なら、ブラジャーのホックのある位置だったが、彼女がそれを付けていないのは、光沢のある絹のシャツをかすかに盛り上げている乳首のせいで見てとれた。残されたハーモニーがバーカウンターに移動すると、ショーンが言った。

「この辺には珍しい都会育ちの女だな。しかも、昔は、相当遊んでた」

どんな感じかとロビンに尋ねられても、ハーモニーは、父の恋人を正確に描写する言葉を捜しあぐねて答えられなかったのだった。品の良い人だったと思う。母も悪くはなかったが、そこには自分を律して品の良さを獲得したような努力の跡があった。それ故に、極端に禁欲的になることもあり、それが成功することに満足を覚えているようなふしがあった。

ところが父の恋人は、一見母と同じような種類の人間に見えながら、まるで違っていた。母が、自分の品格を作り上げて行った人だとするなら、父の恋人は、あらかじめ身に付いている品格をわざと崩して来た人のように思えた。

彼女の名前は、ケイトといった。ハーモニーは、どこか母に似たところがあるのではないかとうかがっていたが、彼女がバッグからニューポートの箱を出した時から、そう思うのを止めた。煙草を吸う女と母との共通点は何もない筈だ。吸って良いかと尋ねられた時、彼は、曖昧に頷いたが、本当のところ勘弁してくれと思った。父だって、煙草を吸う女なんて好きではない筈だ。ところが、父は、彼女がくわえた煙草に、慣れた調子で火を点けたのだった。そして、彼女は、男二人をさりげなく避けて斜め横を向き煙を吐いた。すぼめた唇の上に黒子《ほくろ》があった。煙は、細くゆるやかに上にのぼり、彼女は、それを目で追った後、微笑して彼を見た。ハーモニーは、流れるようなその一連の動作に見惚れた。いい女だ、と思った。もしかしたら、ダディは、すごく上等な女をつかまえたんじゃないのか。

「どうだった？　フローレンス女史とは上手くやれそう？」

ケイトは、ハーモニーに引き会わせたばかりの休職中の音楽教授について尋ねた。

「厳しそうですね」

「そうね。厳しくて、優しい。でも、あなた気に入られたようよ。あの人、嫌なら嫌ってはっきり言う人だから。私、昔から知ってるから解るの。夫の恩師だったのよ」

まさか結婚してるんじゃないだろうな、と、ハーモニーは、自分とヴェロニカとのことも忘れて思った。それにしても、彼女、ボストン訛《なま》りみたいなアクセントがあるけど、どういう経過を辿って、今、この土地にいるのだろう。

「あの、失礼ですけど、だんなさんは、今、どこに」

「死んだわ」

父がたしなめるような視線をハーモニーに送った。プライヴァシーに立ち入るな、と言わんばかりだ。ハーモニーは、慌ててお悔やみの言葉を口にした。

「いいのよ。もう何年も前のことだもの。癌《がん》だったの。一時は、この土地にいる意味もないから引っ越そうと思ったんだけど、今は、そうしなくって良かったたって感じてる」

そう言って、ケイトは父を見た。彼は、テーブルの上に置かれた彼女の手を握り締めた。ハーモニーは、彼が、父親でなくなった瞬間を初めて見たような気がした。

「私とレイは、かけがえのない人を失くした者同士。使われなくなったもうひとつの枕を抱えてうろうろして来たのよ。そんな侘《わび》しいこと、そろそろ終わりにしても良いと思わない？」

そんなふうに言われたら、ノーとは言えないじゃないか。ハーモニーは、恋人の息子に自分を認めさせるケイトの手管に舌を巻いた。

「父には、自分で女の人を選ぶ権利があると思います」

ケイトは、上目づかいでハーモニーを見詰めながら悪戯《いたずら》っぽく笑った。そして、彼の前に自分の右手を差し出した。つられて出した手が力強く握られるのを感じて、いい女だ、というケイトへの評価が、たちまちいい奴《グッドカンパニー》だというものに変わった。父は、ほっとしたように溜息をつき、緊張が解けたのか、バスルームに立った。

「さあ、食べましょうよ。ここのポップコーンシュリンプはおいしいのよ」

「あの、変なこと質問しても良いですか？」

ケイトは、小海老のフライを口に運びながら、ハーモニーに目で問いかけた。

「亡くなっただんなさんは黒人でしたか？」

飲んでいたワインにむせた後、ひとしきり笑って、ケイトは答えた。

「そうよ。ジョージア州立大学でジャズを専攻した後、音楽理論を教えてた。バークレイを訪ねた時に、私と知り合ったのよ」

なるほど。父とは、好みが一致したという訳か、とハーモニーは、少しばかり意地悪く思った。

「彼と長く一緒にいたせいで、アフリカ系の男を扱うのは得意よ」

「あなたは、とてもエレガントに見えるけど、中身は、ものすごくタフみたいですね」

「誉め言葉として受け取っておくわ。それより、ハーモニー、あなたブルースが好きなんですって？　珍しいわね。今、黒人の若い男の子たちって、ジャズもブルースもほとんど聴かないじゃない？　亡くなった夫が嘆いてたわ」

「半分白人だから」

「え？」

「そう友達にからかわれます。でも、もうそんなことどうだっていいんだ。人の嗜好《しこう》って説明なんかつかない。この人種だから、この音楽って決めつけられる不自由さから、もう楽になりたい。ルーツに敬意《リスペクト》を払ってさえいれば、それでいいんじゃないかと思うんです」

　ケイトは、笑みを浮かべたまま、ハーモニーを見ていた。それは、いいのよ、もっと言ってごらん、とそそのかすかのように、彼への関心の深さを物語る笑いだった。彼は、既に、彼女には何でも話せるような気分になっていた。ショーンの母親といい彼女といい、ぼくは、自分の言葉に耳を傾けてくれる人に恵まれている。幸運なのか。それとも、自分自身の何かが変わったから、そういう人たちを呼び寄せるのか。もし、そうなら、今こそ、母とすべてを語り合えるのに。

　シンクの前で、アイスティのグラスを洗っていると、またもやロビンがやって来て、質問し始めた。

「ねえ、けちけちしないで、どんな人だったか教えてくれたって良いじゃないの」

「一七〇号線のビジネスセンターで働いてる人だよ」

「職業なんか聞いてないもん」

　ハーモニーは、ロビンのしつこさにうんざりした。自分の目で確かめりゃいいじゃないか、と彼は思った。もったいなくて、言えない。彼女の印象をひと言で表わすなんて。これからつき合って行く内に最良の言葉を見つけて、彼女について話したい。

「ねえ、ハーモニーったらあ」

「うるさいなあ。喫煙者だよ」

ロビンは、うーとうめいて顔をしかめた。ハーモニーは、その表情を見て得意な気分になった。妹を出し抜くには、美しき喫煙者への敬意だけで充分だ。


私の中の何かが、私自身の言うことを聞こうとしない。ロビンは、ここのところ自分を持て余して苛々している。たとえば、走り出す気力だけはあるのに、足に重りを付けられて思い通りに動けないような、そんなもどかしさを感じている。自分は、要領の悪いハーモニーと違って、小さな頃からそつなく色々なことをこなして来た。身に降りかかる出来事を受け流せずにいちいち気分を落ち込ませている彼を見ては、内心馬鹿にしたものだ。ほとんどのことは、意志の力でどうにでも乗り越えられるものだ、というのが母の教えだった筈だ。その母も、まさか、それが自分の死にも応用出来るとは思ってもみなかったことだろう。TV画面に映し出されるニューヨークは、一年ののちに平静を取り戻したように見える。自分たち家族も、それぞれの胸の内に静かに母の面影を住まわせて、そのことに慣れたようだ。もう言っても仕方のないことなのだ。自分もそう思える。友人たちとの語らいを、心から楽しむことも出来る。そんな時、母を忘れている。夜会える父を忘れているのと同じように。それなのに、時折、心に、ぽっかりと暗い穴が開く。当然のようにあるべきものが、抜き取られてしまったことを、体が思い出す。心細くてたまらないのをこらえていると、やがてそこには少しずつ自分に対するショーンの思いやりが流れ込んで来て、空洞を埋めて行く。それが満たされれば何事もなかったように過ごせるし、満たされるには足りない、と感じたなら、彼に電話をかけて声を聞く。そして、時間が許すなら会いに行く。必要なのだ。あの人が。側にいてくれるからこそ、自分は、どうにか日常生活を送れている。そんな気がする。それでは、もしも、彼に出会わなかったら？ そこで、彼女は、彼を頼りにし過ぎてしまった自分に気付くのである。出会うことがなかったら、自分自身で傷の手当てにやっきになった筈だ。それこそ意志の力で。あるいは自然治癒を信じて辛抱強く待った筈だ。それもまた、意志の力で。

いつのまにか、母を失った痛みが、ショーンを失うかもしれない不安にすり替わっている、とロビンは思う。ハーモニーの言うように、確かにショーンは自分を大切に思ってくれているのだろう。それなのに、もっと確実なものが欲しいと願う自分は欲ばりなのか。男女の間に、ゆるぎない証などない、というのは、両親の離婚で十分承知している。いや、だからこそ、自分とショーンのつながりがはかないもののように思われて、焦燥感を覚えずにはいられないのだ。安心したい。思いきり安心して、退屈すら感じるようになりたい。そうひとりごちると、思いは逆に作用して、彼女は、じっとしていられなくなってしまうのだ。こんなの私じゃない。彼女は、ここのところ途方に暮れてばかりだ。ひとりの男の人が、こんなにも自分の気持を掻き乱すなんて。悔しい。

久し振りに、教会の帰りに父と立ち寄ったバナナカフェでは、相変わらずのんびりとした調子で、ショーンが、ポップコーンマシンにとうもろこしを注いでいる。彼は、ロビンの姿を見て、嬉しそうに片手を上げた。人の気も知らないで、と彼女は思う。

「ねえ、ダディ、あなたは、マムと結婚する時、絶対に生涯別れないと思ったんでしょ?」

「やがて別れようと思って結婚する人はいないだろ?」

「でも、別れちゃったんじゃない。神様に嘘ついたのね」

「人は罪深いものだって神は言っている。彼の言葉を証明してやったのさ」

「呆れた。グランマに言いつけてやる」

「人は、誓いをたてる時には神を必要とするけど、それを破る時には弁護士を必要とするものだよ。ロビン、どうした? 最近、なんだか苛々してるね」

「あなたが進路についてあせらせるからよ」

父は、肩をすくめた。いつもスタートの遅いハーモニーが、さっさと自分の将来を決めつつあるのにどうしたことだ、と思っているのに違いなかった。

「前に広告を学びたいって言っていたじゃないか。ニューヨークで良いんじゃないか? ぼくたちの大学の後輩になれば?」

ショーンが、二人のテーブルに来て、出来たてのポップコーンの籠を置いた。父が礼を言って、彼を見上げた。

「ロビンが広告を勉強して、きみの実家のホテルを繁盛させるって案はどう思う?」

「あそこは、ホテルなんて代物じゃありませんよ。プールにごきぶりが浮かんでるんですから」

そう言って、笑いながらショーンは他のテーブルに注文を取りに行った。

「彼は、やがては、フロリダに戻るのかなあ」

「知らない」

父は、興味深そうな表情を浮かべて、ロビンの頬を突ついた。

「ロミオとジュリエットのつもり？」

ロビンは、自分の顔が赤くなるのが解った。

「何よ、子供扱いして。最近、ハーモニーだってそうだわ。いつのまにか、優位に立ったように振舞ってる。娘が、ボーイフレンドと離れがたくなってる気持、父親なら思いやって欲しい」

「まだ先のことじゃないか」

「私には、今が重要なの」

「だったら、何故、もっと今を大切に楽しめないんだ。サーヴィスされたポップコーンの礼も言えない女の子は可愛くないぞ」

「私が欲しいのは、ポップコーンなんかじゃない！」

ロビンは、自分の言葉の二重の意味に気付いて、ますます顔を赤らめた。同時に、自分のあまりにも子供じみた物言いに、消えてしまいたいような気分になった。これでは、ハーモニーをいい気にさせてしまうのも無理はない。

「ぼくときみの母親が結婚に失敗したのはね」

父が、アイスティのグラスからたれた水滴を拭いながら話し始めた。

「二人共、生涯一緒にいるだろうってことに、何の疑問も抱かなかったからだよ。ずっと一緒だと思っていたから、話すべきことや共に過ごす時間を後まわしにして来た。でも、本当に一緒にいられる時間は、眠っている時を除けばごくわずかだった。それに気付いた時には、そのわずかなひとときは、すべていさかいのために費やされるしかなかった。もしも、あんな事件が起きると知っていれば、もしも、近い将来、永遠に会えなくなるのだという危機感を持っていたとしたら、二人の間には、まるで違う空気が流れたかもしれない。ぼくが離婚で学んだことは、たったひとつだよ。人との関係に永遠なんてあり得ないということ。もしも、永遠を作り出したいと思うなら、その答えは、今にしかないということ。やがて、別れるかもしれないっていう不安を持つのは良いことだよ。ただし、それを幸せな気持のために利用しなくちゃ」

それは、とてつもなく難しいことだ、とロビンは思った。離婚してしばらくたった頃、珍しく母が自嘲めいた言葉を口にしたことがあった。深い憎しみを残さないで去ってくれたということは、深い愛情も残さないでくれたことよ。その技術を使うのに、レイは、どれ程自分を痛めつけたことかしら。今、ようやく、感謝しているわ。

あの人も、すべてが終わってから、失くして来たものの大きさに気付いたのだ、とロビンは、思い当たる。もしも、今も無事でいたなら、父と同じことを言い、新しい恋のために、その日いちにちをいつくしみながら過ごしていたことだろう。

「ロビン、今のために将来をないがしろにしてはいけないし、将来のために今をだいなしにしてはならないよ」

父の言葉にロビンは下を向く。自分がしようとしていることは、どちらかと言えばそれに近い。私は、勝手に空回りして、周囲を呆れさせているだけだ。自分には悩むべき理由がある。それを他人にも認めさせたくて駄々をこねている、まるで子供のようだ。ショーンが言っていた。どうしても会いたければ会える場所にいる。そのことが、きみを安心させられないのは、おれに何かが足りないせいだね。

そんなこと、ない。彼のせいではない。ロビンは、そう言いたかったのに出来なかった。このまま彼に自分を気にかけて欲しい、と思ったからだ。自分の不安の半分は彼の責任だ、と思わせたかったのだ。なんて、ずるいのだろう。自分だって、彼の半分を引き受ける余裕などないくせに。

「ダディ、私って、わがままだよね」

父は、立ち上がって、ロビンの頭を小さな子供にするように、くしゃくしゃと乱暴に撫でた。

「そのわがままを聞いてやった時のきみの嬉しそうな顔は、昔から大好きだったよ」

後で、早番のショーンの仕事が上がったら送ってもらうようにと言い残して、父は、店を出て行った。すると、入れ違いのように、今度は、ハーモニーとマーカスが入って来た。

「へへっ、今、ダディから十ドル借りちゃった。これで、チーズバーガーの代わりに、シュリンプサンドウィッチが食えるぞ」

「海老で幸せになれる人って、ほんと、羨しいわ」

「おれは、海老よりもカラマリ（イカの種類）よりも、ロビン、きみの笑顔で幸せになれるよ」

マーカスが言って、男たち二人は、顔を見合わせて笑った。何がおかしいのか、いつまでも笑い続けている。そんな彼らに気付いたショーンがテーブルに歩いて来た。

「やあ、ショーン、きみは、海老とカラマリとこいつの笑顔のどれが一番好き？」

ショーンは、何を尋ねられているのか、さっぱり解らない、というように順番に皆の顔を見た。ロビンは、手を前後に振りながら、かまわないであっちに行って、という仕草をした。

「ショーン」微笑みながら頷いてバーカウンターに戻ろうとする彼を、ふと思いついて呼び止めた。目で問いかける彼に、彼女は言った。

「さっきは、ポップコーン、ありがと」

「きみの笑顔」

「え？」

「答えだよ」

ハーモニーとマーカスは、ますます笑いが止まらなくなりテーブルを叩いていた。つられてるだけよ。そう言い訳しながらも、ロビンは吹き出してしまい、うつった笑いが止まらない。


毒を持ったアライグマのこれ以上の繁殖を防ぐために罠を仕掛けようという地域の提案に、ウィリアム伯父は憤慨していた。確かに、ここのところアライグマの数が増えている。車に轢《ひ》かれて道で無残な姿をさらしているのを目にするのもたびたびだ。

「だからと言って殺すことはないだろう。彼らは、何も悪いことをしていないのに」

そう言って肩を落とすウィリアム伯父に、ハーモニーは、何と言葉をかけて良いのか解らない。この人が、元々、動物愛護の精神を持ち合わせているとは思えない。何しろ、近所の飼い犬の止まない遠吠えを聞いただけで、撃ち殺して来る、と水鉄砲を手にして出て行こうとするくらいなのだ。もちろん、そういう時、彼の体からは酒が抜けかけている。シャーリーンに連絡をして酒を運んで与えるべきか、それとも病院に運ぶ準備をするべきか、家族が選択をせまられる瞬間だ。

アライグマが、もし、あの犬のように鳴き止まない種類の動物だったら、どうなっているか解らない。

昼間は、半分眠っているかのようにゆったりと歩いている彼らだが、夜は獰猛《どうもう》に走り回る。ハーモニーは、真夜中にその物音で、時折、目を覚ます。そして、色々なことに思いを巡らせると眠れなくなる。静寂の中の生き物の気配は、どうして、こんなにも胸を騒がせるのだろう。ニューヨークの深夜のノイズを子守歌代わりにして育って来た彼には、人間以外のさまざまなものたちが息を吹き返すこの土地の闇に、いつまでたっても慣れることがない。

「ラッキーを殺す奴がいたら、おれは、そいつを許さない」

ウィリアム伯父は、決意を口にした自分に満足そうに頷いている。ハーモニーは、また始まったか、と思いながら、尋ねる。

「ラッキーと他のラクーンの区別は、どうやってつけるんですか？」

「おれを慕うように見る。それが、ラッキーだ」

「だったら、あなたを慕うように見る女は、皆、シャーリーンなんですね」

途端にウィリアム伯父は、アライグマのことなど忘れたように、女のことに話題を移す。

「シャーリーンか、あいつはいいな。おれになんにも言わない。酒を飲むなとも、食べ物を食えとも、戦争に行くなとも。おれを勝手に死なせてくれようとする女の思いやりはありがたい」

「でも、死ぬ時には一緒にいて欲しいと思う訳でしょ？」

「そういうことだ。そして、最期に、にっこり笑って、おやすみ《グッナーィ》と声をかけてもらう」

何て勝手な人だろう、とハーモニーは呆れた。父は、あんなに堅実に物事に対処して行こうとする人なのに、本当に兄弟なのだろうか。何が、彼をこのような人間にしたのだろう。彼は、湾岸戦争など今の自分に関係ないと言い張っている。前の妻のことは、まるでどうでも良かった女のように語る。酒の上での失敗など、まるで笑い話としてしか受け取っていない。どうしようもない人だ。けれども、そのどうしようもない人を、皆が好きなのだ。ショーンが言っていた。あの人の心の中に、ぎゅっと詰め込まれたものの濃さは、他の人の比じゃないよ。吸収するものが多過ぎて、体の容量を越えてしまったんだよ。

彼は、見て来たものの悲惨さに関しては、決して語ろうとしない。彼が語る自身の経験は、まるで、パルプフィクションのように人を安心させる。お気楽で幸せな男。彼は、自分をそう思い、そう見せることに心を砕いているかのようだ。

「ああいう人を、回転ドアと呼ぶのよ」

ロビンは、CDRU (Chemical Dependency Rehabilitation Unit 依存症患者のリハビリ施設) から出て来たばかりで精気を取り戻したウィリアム伯父を心配そうに見詰めながら言った。

「治療して出て来ても、すぐに病院に戻る人たちをそう呼ぶのよ。マンハッタンで仲の良かった友達のお父さんが、セント・ジョゼフってとこに入ってたんだけど、そう呼ばれてた。その子の家は、もう滅茶滅茶。アンクル・ウィリアムは幸運だわ。だって、ここの家の人たちって、彼の全部を受け入れてるんだもの」

「だって、あの人を憎むなんて出来ないじゃないか」

「そこなのよ、問題は。最初、私、彼が湾岸戦争で傷付いて帰って来たから、皆、気づかってるんだと思ってたの。でも、段々、解って来た。ここの人たちは、気づかっても仕様がないことには触れないのね。本人が手助けして欲しいサインを出すまでは何もしない。ハーモニー、これは、子供にとっては、かなり大きな宿題を出されたようなものよ」

「マムがいたら、全然、事態は変わっていたかもね」

「そうね。でも、私、このうちのやり方、決して嫌いじゃないわ。ただ、アンクル・ウィリアムにも働いて欲しいわ。うちには、ほんっとにお金がないんだから」

　ハーモニーは、自分にかかるプライヴェートレッスンの授業料のことを思った。世の中には、金では買えないものがあるとは、よく言われることだ。しかし、その価値を知るには、金の苦労をしなくてこそ、だという気がする。裕福でもないのに、父は、ことあるごとに子供たちにそれを教えようと必死になっている。せつない。親を哀しく思うことほど、子供にとってやり切れないことはない。大人になりたい、そして、少なくとも、パンケーキミックスの箱に付いたクーポンを祖母に切り取らせないですむくらいの収入を得たい。そうハーモニーは、つくづく思うのだった。もっとも、そこに思いが至る自分は、もう既に、大人になりかけているのかもしれないが。

「まあ、お金がないのに、ちっとも深刻そうに見えないのは、この家族の才能かもしれないけどね」

「それに、うちより貧しい家はいっぱいある」

　ロビンは、そのハーモニーの言葉をきっぱりと遮った。

「私、他と自分たちを比較するのって大嫌いよ。自分の方が、まだましだっていう考え方って、卑怯よ」

「なんだよ、その言い方。ぼくがそうだってこと？」

ハーモニーは、いきなり自分に顔を寄せたロビンの目の光にたじろいだ。ここのところ、彼女の苛立った様子は影をひそめていたが、その代わり、事あるごとに妙に真剣味を帯びた視線を人に向けるのだ。時折、たったひとりで、玄関先の軒下にぶらさがるブランコ《スウィング》に座わり、長いことそうしている。所在ない感じではない。何かを思考しているかのように、目の焦点は、きちんと合っている。

「時々、友達ともうじきやって来る九月十一日のメモリアルデイについて話すわ。皆、それぞれに自分なりの意見を持ってる。この一年でものの見方や人生観が変わったって言う。でも、最終的には、こう言って私を思いやるの。自分たちの受けた衝撃は、確かにひどいものだけど、ロビンよりはましだったわってね。彼女たちは、私がその時、どう感じてるかなんて全然解ってない。私が、あれ以来、何を失って、そして、何を得て来たかなんて全然知らないくせに。私は、確かに不幸に見舞われたけど、それは、私だけが知る不幸よ。他の誰にも言い当てることの出来ないものよ」

「ぼくにも？」

ロビンは、不意を衝かれたように口をつぐんだ。確かに彼女の言う通りなのだろう、とハーモニーは思った。彼女の感じて来たものをそのまま自分が受け取ることはあり得ない。でも、その言い方は、彼の心を痛ませる。ロビン、ぼくにも？　ぼくにも知る権利はないと言うの？

「この間、ミシェールと話してたんだけど、もしあなたがジョージア州立大学かエモリー大学に行くのなら、自分もアトランタの学校を捜すって言ってたわよ」

何なんだ、こいつ、急に話題を変えている。ハーモニーは、ロビンの真意を計りかねて、彼女を見詰めた。

「ロビン、きみは、どうするか、もう決めたの？」

「たぶん、ニューヨーク」

「ショーンのことは、もう気持の整理ついたの？」

「そりゃ、別れたくないわよ。いっそ妊娠しちゃえばいいのにって思ったこともあったくらい」

「嘘だろ!?」

「ほんとよ。でも、そんなことで男をつなぎ止めようなんて、ちらりとでも考えるなんて、すごい馬鹿。マムが一番嫌いそうなことね。この先、どうなるか解らないけど、ショーンに対する気持は大事にして行く。だって、離れたくないって、こんなに思うなんて、初めてのことだもん。あーあ、すぐに連絡取れるじゃない、なんてミシェールも言ってたけど、今の私にニューヨークは遠いわ。ショーンがいないと心細い」

「何言ってんだよ、ダウンタウンベイビーのくせに」

「それとこれとは話が別なのよ。土地には慣れてるけど、恋人の不在には慣れてないの。あ、もうひとつ初めてのことがあって、これにも慣れてないのが解って自分に驚いてるの」

　ロビンは、その先を続けずに、自分の部屋に戻るべく腰を上げた。もったいぶりやがって。ハーモニーは、彼女を無視してＴＶを点けた。すると、チョコレートの宣伝よりも先に、彼女の声が耳に飛び込んで来た。

「ハーモニー、実は、私、あんたとも離れたくないって思ったのよ。ひとりでニューヨークに戻るのは心細いって感じたのよ。不思議でしょ？　きっと、この土地は、誰かにすがり付きたい気にさせるのね」

ハーモニーは、思わず体を起こして、ロビンの後ろ姿を目で追いかけた。彼女は、部屋のドアを開けるところだった。ロビン、それは回転ドアなんかじゃないよね。彼は、心の中で問いかけた。もしも、そうなら、ぼくがぶち壊してやる。

「それでどうだったの？　お父さんのガールフレンドは」

そう尋ねながら、ショーンは、スクールバスから降りて来る年の離れた従妹に手を振った。彼とロビンは、トレーラーハウスの外に出したピクニック用のテーブルで、遅い昼食を取っていた。

「そうねえ、頭の良い人？」

「なんだか、あんまり気に入ってないみたいだな」

「そんなことないけど妙に話の解る人なんでちょっと警戒してるのよ。ほら、詐欺師って最初は耳ざわりの良いこと言うじゃない？」

「ひどいな」

ショーンは、笑いながらライトビールを口に運んだ。ロビンは、ようやく紹介された父の恋人を思い出している。あの人には、たっぷりと文化的なものに浸って来たという匂いがあった。しかも、高尚なものから、時代の徒花《あだばな》の類まで、区別せずに吸収して来たようだ。それを許される環境でのびのびと育って来たのだろう。気取らないことを自分の美学として振舞うたびに、かえって豊かな背景が露呈してしまう種類の人。彼女は、母が欲しがっても、あらかじめ手に入れられなかったものを持っている。それを贅沢として感じたこともないのに違いない。高価な衣服を着崩すように生活をこなしている人。それも嫌みなく。本来なら、私が憧れる対象になるべき大人の女の人だ。それなのに、母を思うと、素直になれない。ハーモニーには偉そうなことを言っていながら、私は、自分勝手に彼女と母を比べている。そして、あの毅然とした母を、憐れに思う。あるべき自分の姿を作り上げるために、無我夢中だった母を。彼女が父にすら隠そうとしていた弱みを、あの人は持つ必要がないのだ。

「ハーモニーは、もう夢中よ。こんな田舎でケイトみたいな人を見つけたダディはすごいって言ってる」

「おれも、二人が対面する時に何気なく見てたけど、すぐに打ち解けてた。ハーモニー、楽しそうだったよ」

「年上の女が好きなのよ」

いちいち難癖を付けるロビンを見て、ショーンは溜息をついた。

「なんでそんなにひねくれてるの？　最初に、お父さんにガールフレンドが出来て喜んでたのはきみの方じゃない」

「そうだけど……」

母に対して叶わなかった思いをいつまでも抱えていたハーモニーを子供っぽいと呆れながらも、そんな彼の言動は、ロビンの心を暖いもので満たしていた。それなのに、いつのまにか、彼は、私の知らない価値観を身に付け、新しい事柄にすみやかに対処する術《すべ》を覚えている。不器用な子、と思い続けて来た。けれども、いつのまにか、自分の方が余程不器用な人間として、彼に労《いたわ》られている。なんだか、腑に落ちない。

「なんか、私だけ置いてけぼりを食ってるみたい。癪に障るわ」

ショーンは、いきなりロビンを抱き寄せて口づけた。

「可愛いね」

「それ、どういう意味？」

「ほら、自転車に乗れるようになったばかりの子供が、皆の前で得意になって走って見せようとして転ぶ場合ってあるじゃない？　あの時の顔って、すごく可愛いじゃないか。そういう意味。ロビン、きみは、初めて会った頃よりも、ずっと可愛いよ。どんどん可愛くなって行く」

喜ぶべきなのか、腹を立てるべきなのか、ロビンは、どう反応して良いのか解らずに口をとがらせて横を向いた。

「おれと離れて暮らしたくないってこと、態度に表わしてくれて嬉しかったよ。正直言って、なんで物理的な距離にばかりこだわって、二人の間にある大切なものを信じられないんだろうって困ったりもしたけど、一週間会えないだけで気が狂っちゃうなんていう女の子の言葉は、滅多に聞けないなあって思うと、やっぱり心が熱くなる。前のきみも、望むことは、はっきりと口に出してた。でも、今とは違う。きみは、自分の弱いところをさらけ出すようになった。弱いからこうして欲しいんだって言えるようになった。おれを必要としているのが解る。それまで、人に必要とされていると感じるのが嫌でたまらなかった。それが喜びなんだと感じさせてくれたのは、ロビン、きみが初めてだよ」

「それは、私が、弱い子になっちゃったってことなの？」

「ううん、むしろ反対に強くなったからこそ、弱さを見せても平気になったのかもしれないよ。おれが、その手助けをしたのなら嬉しいんだけど」

ロビンは、母とケイトの二人の違いを考える。男がいてこその人生、私は、そう思ってる、とケイトは言っていた。それは、そんなことを口にしても揺るがない自分自身がそこにあるからだ。母のプライドは、自分が完成品であるのを証明するために使われていた。それは、もしかしたら子供たちのためだったかもしれない。いつも、頼られる存在でいるために自身を保とうと決意していたのかもしれない。必要とされる喜び。それを父に与えなくなったのは、いつからだったのだろう。本当は、誰よりも支えを求めていたのかもしれないのに。

「ロビン、きみが躓《つまず》きそうになった時には、いつも、おれがそこにいてあげる。だから、安心して転んで。派手に転んでみっともない格好をさらけ出しても、きっと、きみは美しいままだよ」

そう言いながら、自分の言葉に照れたらしく、ショーンは、わざとげっぷをして笑い出した。ロビンも気恥しさを隠すために、ふざけ半分で神妙な表情を作り、声をひそめて囁いた。

「それは、美しくならなきゃいけないってことね」

「そう。美人は、何をしても許される。駄々をこねても、泣きわめいても、皆、彼女が美しいのを知っているから、なにも気にしない」

母は、自分のそのままの美しさをもっと知るべきだった。ロビンは、今さらながら、そう思う。そうすれば、彼女は、自分を守る鎧《よろい》を簡単に脱ぐことが出来たのに。その柔い姿こそが、子供たちが親に求める強さそのものであったのに。

「ハーモニーがケイトを好きになったのは、頼りになる人を見つけた、と感じたからだろう。彼のそういう人を捜し出す直感は鋭いんだ」

「弱虫だもん」

「言ったろ？　自分の弱さを認める程に強いのさ。だから、そういう彼もまた、色々な人に頼りにされてる筈だよ」

ショーンは、ロビンを見詰めながら立ち上がった。二人には、それぞれの仕事が待っていた。ロビンは、昼食の残骸を片付けながら、悔しいけどハーモニーが強くなって来ているのは否定出来ない、とつくづく思うのだった。

ショーンは、ロビンを仕事先のアイスクリームショップに送って行った。ショッピングモール内の駐車場に車を乗り入れた時、彼らは同時に、買い物を終えて歩いて来るヴェロニカの姿を見つけた。ショーンの体の陰に身を隠そうとするロビンを彼は笑った。

「おれたちの顔、知らないんじゃない？」

「ハーモニーの顔を知ってるんなら、私の顔も知ってるでしょうよ」

「あ、なるほど」

二人は、ウィンドシールドから顔をそむけて、ヴェロニカが通り過ぎるのを待った。

「いい女だなあ」

ロビンは、感心してヴェロニカの後ろ姿をながめるショーンの足を蹴った。彼は、謝りながら、ロビンのために手を伸ばしてドアのロックを外した。その時、自分がどうしてそんなことをしたのか解らなかった。ロビンは、車から走り出して、ヴェロニカの後を追いかけた。彼女は、気配を感じて振り返り、ロビンを見た。何も言葉を交さないまま、女たちは、しばらくの間見詰め合っていた。

やがて、ヴェロニカは、懐しそうに目を細め、口を開きかけた。そして、再び閉ざした。それを何度かくり返して、ようやく声を発した。

「死にそうなくらい、彼が恋しい、そういつも思っている女が世界に少なくともひとりはいる。そう伝えて」

ヴェロニカは、それだけ言うと、振り返ることなく車に乗り込みエンジンをかけた。排気ガスを浴びながら、ロビンは、彼女を見送った。ハーモニー、あなたったら失くした恋まで味方に付けてる。どうしたらそんなことが出来るの？　いつか必要な時が来たら、あなた、私に教えなきゃいけないわ。このみっともなしの双子の片われに。


ロビンがハーモニーをガレージに呼んだ。行ってみると、裏庭に続くドアのガラス窓から、彼女は外を覗いている。

「見てよ、アンクル・ウィリアムったら、またあのお墓の前にいるのよ」

促されて見ると、盛り上がった土の前に置かれた椅子にウィリアム伯父が腰を降ろしている。両膝の上に肘《ひじ》をつき、前かがみになった姿勢でじっとしている。考えごとをしているようにも見えるし、ラッキーの死にただ放心しているふうでもある。もっとも、あの死んだアライグマがラッキーであったのかどうかは誰にも解らない。ウィリアム伯父は、そう言い張っているが、彼だって、本当のところ、見分けなんてついちゃいない筈だ。このあたりのアライグマは増え続けるばかりであったし、一匹を特定するには、彼らは人間ほど個性的ではないのだ。

　傷を負った一匹のアライグマが、この庭に迷い込んで息絶えたのは、数日前のことだった。片脚に銃で撃たれたらしい跡があり、出血していた。朝、それを見つけた祖母が騒ぎ始め、家族は、何事かと起き出して来たのだった。皆、何もここで死ななくても、とうんざりした表情を浮かべたり、あの血の始末や死体の片付けは誰がするのだろう、と気味悪がったりしたが、ウィリアム伯父だけが違った。最後に起きて来た彼は、力尽きたアライグマに駆け寄って抱き上げたのだった。

「触っちゃ駄目!! 病気が移るわよ!!」

　祖母が叫んだ。しかし、ウィリアム伯父は、その声を無視して、ラッキーの名を呼び続けた。

「ウィリー、それは、たぶんラッキーじゃないよ。ここは、元々、アライグマの通り道なんだから、他の奴かもしれないよ」

　父が、ウィリアム伯父の肩に手を置いた。

「ラッキーに決まってるじゃないか。おれには解るんだ。ここを死に場所にするのはあいつしかいない。ああ、なんてことだ……なんてことをするんだ。残酷な人間たちめ」

　いつまでも続く嘆きを聞いていられずに、ハーモニーもロビンもそれぞれのベッドに戻った。後片付けを手伝わされたらたまらないという気持だった。確かに、何も銃で撃つことはないじゃないか、とは思う。けれど、たかがアライグマの死をあれほど悼むウィリアム伯父も、理解に苦しむ。いずれにせよ、父がなんとかしてくれるだろうと、ハーモニーは楽観的に思い、再び眠りを貪った。

その日も、いつものように、慌ただしく仕事に出掛けた。そして、死んだアライグマのことなど、すっかり忘れて帰宅すると、裏庭には、小さな墓が出現していた。盛り上がった土のてっぺんに木の枝で作った十字架が立てられている。そして、その前で、ウィリアム伯父が祈りを捧げているのだった。冷蔵庫から出したチョコレートミルクを箱ごと飲みながら、ハーモニーは、不思議な気分で、その様子をながめていた。

夕闇がせまろうとする時刻だった。これが、死人の埋まる墓地でのひとこまなら、愛する人を失った男の感動的な情景になるのかもしれないが、あの土の中にいるのは、ペットですらなかった野生のアライグマなのだ。それを考えると奇妙な気がするが、ウィリアム伯父の姿は、何故か納得してしまうくらいに敬虔《けいけん》に見える。そんなにも、ラッキーは、彼にとって重要な存在だったのだろうか。祖母にいくら言われても、なかなか教会に足を運ぼうとしない彼が祈りたいと思うほど、あの手作りの十字架には意味があるのだろうか。見ている内に、自分まで厳粛な空気に包まれて来る気がして、ハーモニーは、暗くなるまで立ち尽くしていた。そして、数日が過ぎた。

「もう何日もああだけど、大丈夫かしら」

「死んじゃったんだもの。彼だって、その内、諦めがつくだろう？」

「私が言ってるのは、そのことじゃないわ」

ロビンが心配する理由は、ハーモニーにも解っていた。ウィリアム伯父は、しばらく前にCDRUから戻って来て以来、酒に触れてもいないのだ。そろそろ、また飲み始めるのではないかと、誰もが思い始めた時、アライグマの死体が見つかった。いや、ラッキーが神に召されたと言うべきか。その悲しみのあまりのためなのか、彼は、酒瓶《さかびん》のキャップを捻ることを忘れているようなのである。

「不気味だわ。ねえ、そう思わない？」

ハーモニーは、頷きながらも、おかしくてたまらなくなった。自分たちは、アルコール依存症の人間が酒を飲まないのを心配しているのだ。

「いくら心の支えを失ったからって、アライグマよ。彼、あれから、ずっとアライグマのことを考えてるのよ」

「アライグマ依存症という病気かも」

ハーモニーとロビンは、同時に吹き出した。死んだアライグマには申し訳ないけれども、ウィリアム伯父の体のことを考えれば、酒を飲まないでいるのは、まったく悪いことじゃない。

「今日、シャーリーンが店にアイスクリームを買いに来たの。ねえ、ハーモニー、信じられる？彼女、アンクル・ウィリアムのこの状態を利用して、彼に仕事を紹介しようとしているのよ」

「本当？　それこそ心配だな。いつまた飲み出すか解らないじゃないか」

「パリスアイランドに軍の基地があるじゃない？　あそこの病院で雑用係が不足してるんですって。シャーリーンの従兄が同じところで働いてるのよ」

ロビンは、家から程近い海兵隊のキャンプの名を上げた。シャーリーンの従兄は軍に勤める医者だということだが、そんなに上手く行くものだろうか。もっとも、ウィリアム伯父もかつては軍人だった訳だから、仕事が見つけやすいのは確かかもしれないが。

「アンクル・ウィリアムは、シャーリーンが、そんなことしないから気に入ってるんじゃなかったの？」

「アルコール中毒は許せても、アライグマ中毒は許せないってことなんじゃない？　彼女、毎日、めそめそしてる彼に耐えられないから気分転換させたいって言ってたわ」

「気分転換!?」

そのために仕事とは、贅沢《ぜいたく》なんだか、何も解っていないんだか……。ハーモニーは呆れた。ウィリアム伯父も変わっているが、シャーリーンも相当おかしな人だ。それとも、お似合いの二人と呼ぶべきなのか。

「きっと、ラッキーは、彼にとって何かの象徴だったのね」

ロビンは、外を見ながら、ぽつりと呟いた。

「何かって、なんだと思う？」

「それは、わかんない。彼以外には、誰も解らないものよ」

ハーモニーは、ロビンの頭を抱えて自分の元に引き寄せた。誰もが、誰にも解らないものを心の奥に持っている。目に見える世界に存在するものが、時に、それを代弁する。声も言葉もない会話が、自分の内と外で交わされる。そのひそやかで親密な時間は、どんなに心を許し合った人とも共有出来ないものだ。

「私たちだって、同じ顔してるのに、お互い解らないことだらけじゃない？　私、最近、思うのよ。私、好きな人たちのことはなんでも知りたくて、一所懸命だった。でも、すべてを突き詰めて行くこともないいんだなあって。理解するってことと、すべてを知るってことは違うよね。私が見たり感じたりするものが、目の前にいる人のすべて。私だけが持ってる鏡に、その人が全部映ってる」

そう言って見上げるロビンの瞳の中には、ハーモニーの姿がある。きみの鏡は、ぼくの鏡でもあるじゃないか。ロビン、ぼくの目も覗いてごらん。そこには、たぶん、何の思惑もなく、静かにたたずむきみがいて、ぼくの世界を広げてる。

爆心地《グラウンドゼロ》跡での追悼式典に参加した後、ロビンたちは、人混みの中、ハウストン通りを目指して歩いていた。ラリー伯父の管理する母のロフトに立ち寄るためだった。そこの居間と寝室のひとつは、アーティストの夫婦に貸していたが、残りの部屋には、まだ母の遺品とロビンの荷物が置かれていた。母の親族は、ラリー伯父を除いて、夜の集まりの準備をするために、ブルックリンへと戻って行った。

「結局、マムは、生まれ故郷のブルックリンに帰って行ったんだね」

ハーモニーが言った。その日いちにち、言葉少なになりがちな皆の中で、彼ひとりが喋《しゃべ》り続けていた。うるさい子ね、とロビンは思った。授業中に叱られても騒いでる子供みたい。沈黙に耐えられないのかしら。

「最期に、にっこり笑って、グッナイって見送ってくれる人がいなかったなんて」

「なあに？　それ」

「アンクル・ウィリアムが、ぼくに言ってたんだ。彼、死ぬ時は、シャーリーンにそうしてもらうつもりなんだってさ」

「私は、やだわ、そんなの。後に残されるシャーリーンの気持なんか全然考えてない」

家族の驚愕をよそに、ウィリアム伯父は、十日ほど前から仕事に出ていた。誰もが、喜ばしいことと認識する一方で、帰宅してから小さな墓の前で、ぼんやりと時間を過ごす彼の姿に怯えていた。規則正しい生活に組み込まれた彼は、酔いつぶれている彼よりも、はるかに受け入れがたいものだった。

「案外、シャーリーンは、せいせいした気分で、ウィリーを送るのかもしれないよ」

深い溜息をつきながら、そう言う父は、肩の荷が降りたように、くつろいだ表情を浮かべていた。式典の間じゅう、彼は、嗚咽《おえつ》をこらえていたが、その努力の甲斐もなく、誰よりも頬を濡らしていた。ロビンは、ハンカチーフを差し出しながら、もしかしたら、彼は、母だけではなく、ニューヨークにも別れを告げたのかもしれない、と思った。彼女は泣かなかった。私は違う、と何度も心の中で呟いていた。私は、ここに帰って来るのだ。

間借り人の夫婦は、ロビンたちの訪問に感じ良く応対した。清潔な人たちらしく、ロフトの中は、掃除が行き届いていた。ぼくたちが住んでた頃より綺麗じゃないか、とハーモニーが感嘆した。

けれども、一年近く開けられていなかった母とロビンの部屋は、埃に覆われていた。ラリー伯父が鍵を使ってドアを開けると、濁った空気が流れ出して来て、あたりを包んだ。父が急いで窓を開け、ラリー伯父が家具に掛けられていた白い布を外した。秋には程遠い熱い日ざしが部屋に差し込んだ。それは、部屋に沈んでいた湿気をたちまち蒸発させ、やがて、あの馴染んだ母の香水の匂いが立ちのぼり始めた。

「カルヴァン・クラインの、これ、なんて言うんだっけ？」

「エタニティ」

ハーモニーの問いに、父が答えた。ロビンは、懐しい香りを胸いっぱいに吸い込んだ。永遠《エタニティ》、か。この世に、初めから永遠のものなんて何もない。何もないと知ってるから、人は、必死にそれを作って行こうとするんだわ。

父が、ハーモニーに、笑いながら写真立てを差し出した。そこには、幼ない頃の双子の兄妹の姿があった。

「なんで、ぼく、べそをかいてるんだろ。ロビンは笑ってるのに」

「おまえは、泣いてばかりいたよ」

ハーモニーは、心外だと言わんばかりに首を傾げて、いつまでも写真立てを手にしていた。ロビンは、それを覗いて、当時を思い出した。

「その時、トウィンキーズを食べ過ぎて、げろ吐いたのよ。マムが、すごく怒って、あなただけお菓子禁止になったのよ。そう言えば、ハーモニー、あんたって卑しいガキだったわ。パイ用に煮た南瓜も焼く前に全部食べちゃって、その時もマムに叱られてた」

「自分だって食ってたじゃないか」

「味見しただけよ」

「ぼくの前に、半分は失くなってたよ。それが味見!?」

ラリー伯父が、欲しい物は持って行きなさい、と言い残して、笑いながら部屋を出て行った。

ハーモニーは、鏡台に置かれた別の写真立てを手に取った。そこには、サマーキャンプで撮った彼ひとりだけの写真が入っている。それを、そっと胸に抱く彼の瞳は閉じられている。きっと彼は、今、何か大切なものを見ているのだろう。ロビンは、言いたかった。その写真は、マムの視線のおおいで、何重にも包まれているのよ。たぶん、一年分ぐらい。

「ダディ、本当に好きな物を持って行っていいの？」

「もちろん」

「ダディ、あなたは、何を持って帰るの？」

父は、困ったような表情を浮かべている。いくつもある写真立ての中に、彼の姿だけはなかった。母は、自分の死のずい分前に、既に父に別れを告げていたのだ。ロビンは、今になって、ようやく、母と自分たちの別れと父のそれが異なるのだと思い至った。

「女ってひどいよな。ダディの写真は全部処分してるくせに、彼が贈ったジュエリーは、しっかり取っといてる」

ハーモニーが、いつのまにか、母のジュエリーボックスを開けて点検している。

「ぼくだって、ソフィアに買ってもらったタイは、いまだにしているよ」

父は、まるで母を庇《かば》うかのように、むきになって言った。

「いいことじゃないの。ダディの持ってるアルマーニなんてあれしかないんだから捨てちゃ駄目よ」

「ケイトに新しいやつ買ってもらえばいいんだ」

「何よ。ハーモニー、あんただって、ヴェロニカからもらったガラクタ、後生大事にピアノの上に飾っているくせに」

「あれはガラクタなんかじゃない。アンティークだ‼」

「二人共、止めないか。今日ぐらいは心静かに過ごせないのか」

父は、両腕で、双子たちを同時に抱擁した。

「笑ってるぞ」

広い胸の中でいがみ合う二人が、父に促された方向に目をやると、そこには、高校の卒業式のローブをまとった母が、壁に掛かった額縁の中で得意気に微笑んでいる。まるで、結局あなたたち三人共、ここにもう一度戻って来た訳ね、とでも言わんばかりに。

父が犠牲者を家族に持つ元の同僚の家に行き、ラリー伯父がひと足先にブルックリンに戻ってしまうと、ロビンとハーモニーは、二人きりで残された。彼らは、今度は、荷物置き場になっているロビンの部屋に入り、空気を入れ替えた。そして、簡単な掃除をすませ、床に置かれたマットだけのベッドに腰を降ろし、間借り人夫婦が淹れてくれたコーヒーを飲んだ。

「うわ、カフェイン抜《デカフェ》きだ。あんまりおいしくない」

ロビンは、ハーモニーの耳許で囁いた。彼は、コーヒーの味など意に介していないらしく、彼女を無視して、久し振りに入った妹の部屋を見回していた。

「もしもニューヨークに戻って来たら、ここに住むの?」

「ううん、ここも、あの人たちが使うようになるみたい。私は、寮に入るわ。ここの家賃を上げて、そうした方が学費の足しになるって、アンクル・ラリーも言ってるし」

「マムの部屋は?」

立てた両膝に顔を伏せたまま尋ねるハーモニーは、駄々をこねている子供のように見えた。ロビンは、あやすように、彼の耳のピアスをつまんで動かした。

「そのままよ。あそこは、ずっとあのままにしておくの。私たち、いつ来ても良いって言われてるのよ」

「ぼく、もう来ないよ」

「そんなこと言わないで。少なくとも、毎年この日は、二人で来ようよ」

　ハーモニーは、溜息をついた。

「ロビン、きみって強いんだな」

「あなたが弱ってる時には、私、強くなりたい。だから、私が弱ってる時は、あなたが強くなって」

　ハーモニーは、ロビンに向かって倒れ掛かり、今度は、彼女の膝に自分の頭を載せた。そして、首筋を撫でられて、彼は、猫のように丸まった。

「昔、二人一緒に叱られた時も、こうしていたね。だいたいぼくが泣いて、きみが怒っていた」

「ダディもマムも私たちの敵よ!!　ロバート、私たち一緒に戦おう!!」

　ロビンは、当時の自分の口癖を真似て笑い出した。

「あの頃、あなたは、まだハーモニーじゃなかったのね」

「味方が、きみしかいないと思っていた頃だ」

「私たち、あれからいろんな人に出会って来たんだね」

「別れても来たよ」

　私たちは、どちらかがこの世からいなくなるまで別れることはないのだ。いいえ、もしかしたら、そうなっても別れが訪れることなどないのかもしれない。マムの部屋がずっと残るように、私の分身の部屋は心の中に永遠にある。永遠を作り出すのは、これからだという気がする。ロビンは、その思いつきをいとおしむように反芻《はんすう》しながら、自分と同じようでありながら、まったく違う生きものを、いつまでも撫でていた。膝の上の重みは、思い出を吸い込んで増して行く。マムの部屋にあった腕時計。あれを持ち帰って、これからの時を刻みたい。

間借り人夫婦に礼を言って外に出ると、夏の終わりに特有の白い空が、昼と夜のはざまに広がっていた。二人は、わざと遠回りをして地下鉄の駅まで歩いた。ハーモニーは、消えてしまったワールド・トレイド・センターに向かい合うように、後ろ向きに進んでいた。通行人の奇異なものを見るような視線を感じて、ロビンが前を向かせようとすると、彼は片手を上げて言った。

「バイ、マム、またね。仕事し過ぎないで」

その瞬間、ロビンは、自分が嘔吐するのではないかと慌てて両手で口を塞いだ。しかし、あふれ出て来たのは涙だった。それまで閉められていた涙腺が急に開きでもしたかのように、大粒の涙が後から後からこぼれ落ちた。

ハーモニーは、驚いて、ロビンの両肩をつかんで、顔を覗き込んだ。

「大丈夫!? 急にどうしたんだよ」

差し出されたバンダナでロビンは鼻をかんだ。

「あんたが、私にとって一番泣きやすい人だったっていう、それだけのことよ」

意味が解らないというように顎《あご》を引いて自分をながめるハーモニーの前で、ロビンは、いつまでも泣いていた。涙でかすませれば、ワールド・トレイド・センターなんて、あってもなくてもおんなじよ。でも、ハーモニー、あんたの姿だけは、かすまないとこにいて。ちっちゃな頃から味方でいてあげたでしょ。命令よ。


　サヴァンナ空港に到着し、駐車場に置いてあった父の車に乗り込むと、ようやく帰って来たという思いが、ハーモニーを落ち着かせた。どこまでも続く木々の緑と、時折、見え隠れする海。彼は、車の窓から、流れて行く見馴れた景色をながめるのが好きだった。後部座席にいるロビンは、退屈そうに目を半分閉じて、今にも眠りそうだ。

「今回は、飛行機だったから、楽だったでしょう?」

　ハーモニーは、ラジオから流れる曲に合わせて歌っている父に尋ねた。

「恐かったよ。まあ、昔から飛行機はそんなに好きじゃなかったけれど、今回は特に恐かったよ」

「だから、ぼくに付いて来て欲しかったんだ。先にそう言ってくれたら手でも握ってやったのにさ」

「気味悪いこと言うんじゃないよ」

　父は、本気で嫌な表情を浮かべた。ハーモニーは、なるべく早く車の運転免許を取ろうと思った。そうすれば、父を煩《わずら》わさないですむ。飛行機を恐がる父のために、寝ないで運転してやろう。でも、彼が今度ニューヨークに行くのは、いったい、いつのことになるのだろう。母のいないブルックリンの家で、誰もが彼に対して感じ良く振舞っていたけれども、それは、親族にする接し方とは違っていた。母はその死によって皆と別れる以前に、既に父と別れていたのだ。自分やロビンと違って、彼は、もはやブルックリンの家では、ただの来客に過ぎない。男と女の関係は、時に、新しい家族を増やし、時に親しかった筈の家族を奪う。人と人との関係に確実なものなど何もないような気がして、ハーモニーは、少しだけ悲しくなる。好きになり近付いて、そして、そうなる前より遠くなる。そのくり返し。それでも、誰も、愛することを不毛だとは思わないのだ。

運転する父の横顔を見て、振り返り、ロビンの寝顔をながめる。別れなくてすむ人たち。そう思いたい。たとえ、離れ離れになっても気にかけたい。そして、気にかけてもらいたい。ニューヨークの街角で、号泣していたロビン。ぼくは、移動式の彼女の泣き場所でありたい。こんなこと、口に出したら、彼女は、照れるあまりに怒り出してしまうかもしれないけれど。

家に着くと、車の停まる音を聞きつけて、祖母が外に出て来た。もう夕食の準備を始めたのか、手に鍋つかみを持っている。祖母の作る田舎料理は、いつもハーモニーに、自分が南部に住んでいるのを実感させる。濃厚で、暖かい刺激に満ちている。

祖母は、車から降りた三人を、かわるがわる抱き締めた。まるで、大変なことを成しとげて来た人々をねぎらうかのようだった。けれど、寝起きのロビンの頰に付いている涎《よだれ》の跡を見つけると、笑い出して、いつもの調子に戻った。

「ウィリーは?」

父が尋ねると、祖母は、肩をすくめて、バックヤードに続く小道を目で指した。そこを通り抜ける父に、全員が続いた。

はたして、ウィリアム伯父は、アライグマの墓の前に椅子を置いて腰掛けていた。父が声をかけると立ち上がって、抱擁を交わしたものの、また腰を降ろして、物思いに耽るのだった。

「彼、ずっと飲んでないの？」

「そうなのよ。仕事にも、ちゃんと行ってるの。でも、帰って来ると、暗くなるまで、ああしてるのよ。あれは、アル中から立ち直ったって感じじゃないわね」

ロビンの問いに、祖母は困惑しきったように答えた。やはり、アライグマ依存症になってしまったんじゃないだろうか。馬鹿げているとは思いながらも、ハーモニーは自分の説が信憑性《しんぴょうせい》を帯びて来たのを感じるのだった。いったい、アライグマに象徴される何を、彼は失ったのか。

「まさか、あのまま気が狂うんじゃないでしょうね」

祖母の言葉に、ハーモニーとロビンは、ぎょっとして顔を見合わせた。

「アンクル・ウィリアムは、今まで考えるのを避けて来たことを、考えてみようと試みてるのよ。そうよ、グランマ、心配することないわ。ラッキーには悪いけど、彼が死んだおかげで、アンクル・ウィリアムは、お酒が抜けて……」

ロビンは、そこまで言って、口をつぐんでしまった。ハーモニーは、彼女がそれまで口に出さずにいたことをはからずも代弁してしまった自分を責めているに違いないと思った。母が死んだおかげで。そう、母の死がなかったら、自分たち家族は、こんなにも急速に強く結び付くことはなかった。大切な人の死は、魂を成長させる。その事実を認めることは、とてもやるせないことだけど。

父は、あのアライグマはラッキーなんかではなかったのだ、とウィリアム伯父を説得し、家の中に入れようとして失敗していた。あれは、ラッキーなのだと言い張って、ウィリアム伯父は動かない。

「ウィリー、いったい、いつまで続けるんだ、こんなこと」

「気がすむまでさ。おまえたちも気がすむまで、ソフィアの死を悼むといい」

「ラクーンと彼女を一緒にしないでくれ!!」

罪作りな動物は、仲の良い兄弟を喧嘩させようとしている。母が、ぼくたちを大人に近付けたのとは大違いだ。ロビンが、不安な面持ちで、二人を見守っている。ハーモニーは、段々、腹が立って来た。ラッキー、もういい加減にしてくれないか。

その時、シャーリーンが庭に入って来た。

「全員おそろいね。ニューヨークはどうだった? 私も教会で祈ってたのよ。あれ、どうしたの? 皆、恐い顔しちゃって」

ハーモニーが顎で指した方向に目をやって、シャーリーンは、大声で言った。

「ウィリー!! あんた、またそんなとこにいるの!? そんなしけたとこで、いつまでもしょんぼりしてるんじゃないわよ。今日は、あんたの初めての給料日だってのに!!」

皆、顔を見合わせた。父の顔からは、あっと言う間に怒りが消え去り、嫌がるウィリアム伯父の首にしがみ付いた。

「止めてくれないか。給料日なんて、どうってことはない」

「あんた、レイに、どれ程、迷惑かけて来たか解ってんの!?」

シャーリーンが、駆け寄って、力まかせに何度もウィリアム伯父を叩いた。彼は、されるがままになっていて、父が羽交締《はがいじ》めにして、彼女を止めなくてはならなかった。

「レイ、悪かったよ」

ウィリアム伯父は下を向いた。その様子は、酔いつぶれている時よりも、余程、情けなく皆の目に映った。せっかくの給料日がだいなしになっている、とハーモニーは苛々した。誰もが気落ちしたようになり、暗い雰囲気が、あたりを包んでいた。シャーリーンは、自分の殴った跡に口を付けて、謝っている。

「私、余計なこと何も言わずに、あんたのこと見守って来たじゃない？　これからもそうするつもりよ。だから、ほんの少しでいい。お返しが欲しいのよ。ちょっとだけ私を幸せにして」

父が、シャーリーンの肩に手を掛けて、立たせようとしながら言った。

「ありがとう、すごく感謝しているよ」

シャーリーンは、恥しそうに微笑んで父を見上げたが、そのまま視線をずらし、何も言わないまま、彼の背後を指差した。アライグマが、フェンスを乗り越えて歩いて来るところだった。

「ラッキーよ!!　アンクル・ウィリアム、ラッキーが帰って来た!!」

ロビンが小踊りした。ウィリアム伯父は、半信半疑というように、首を傾げて、ゆっくりと立ち上がった。

「ラッキーなのか」

彼が手を伸ばそうとするのを、父が慌てて止めた。ウィリアム伯父は、素直に従ったが、それまでの憔悴した様子が嘘のように、はしゃいでいた。その変わりように、皆、不安の色を浮かべて押し黙った。ロビンも、もう、冷静になっていた。誰もが、また彼が、酒を飲み始めるのではないか、と思っているのに違いなかった。なんとかしなくては。ハーモニーは、あせった。でも、どうして良いのか解らない。その時、ロビンが、ハーモニーを見た。何故、解りもしない未来を嘆くの？　そう瞳が語りかけている。ハーモニーは、彼女の方に、一歩踏み出そうとした。足許で蟬《せみ》の脱け殻がつぶれて、音を立てた。もうじき死んでしまうというのに、蟬時雨《しぐれ》は降り注いでいる。彼は、ウィリアム伯父に、そして、自分の出会ったすべての人々、自分を取り巻くすべてのものたちに向かって、力の限り、叫んだ。イッツ　グーッド　デイ　フォー　ペイデイ!!!

空を見上げた。雀たちは一斉に飛び立ち、雨の木は露をこぼしている。太陽はまだ高いところにあり、日は当分暮れそうにない。少なくとも、給料日には幸せになれる。そんな人生が、たった今、始まったばかりだ。

（完）

装画
はしもとようこ

装幀
新潮社装幀室

PAY DAY!!!

ペイ・デイ!!!

著者
山田詠美
やまだ・えいみ

発行
2003年3月20日

発行者
佐藤隆信

発行所
株式会社新潮社
東京都新宿区矢来町71
〒162-8711
電話
編集部03-3266-5411
読者係03-3266-5111

印刷所
二光印刷株式会社

製本所
加藤製本株式会社

ISBN4-10-366809-1 C0093

新潮文庫

山田詠美著

ベッドタイムアイズ・指の戯れ・ジェシーの背骨

文藝賞受賞

視線が交り、愛が始まった。クラブ歌手キムと黒人兵スプーン。狂おしい愛のかたちを描くデビュー作など、著者初期の輝かしい三編。

山田詠美著

蝶々の纏足・風葬の教室

平林たい子賞受賞

私の心を支配する美しき親友への反逆。教室の中で生贄となっていく転校生の復讐。少女が女に変身してゆく多感な思春期を描く3編。

新潮文庫

山田詠美著

ひざまずいて足をお舐め

ストリップ小屋、ＳＭクラブ……夜の世界をあっけらかんと遊泳しながら作家となった主人公ちかの世界を、本音で綴った虚構的自伝。

山田詠美著

ラビット病

ふわふわ柔らかいうさぎのように、いつもくっついているふたり。キュートなゆりちゃんといたいけなロバちゃんの熱き恋の行方は？

新潮文庫

山田詠美著

Amy Says
［エイミー・セッズ］

偏見と侮辱を撒き散らす、自称「良識派」。そのいわれのない優越感を剝ぎ取り、狭量な価値観に鉄槌を下す、痛快無比のエッセイ集。

山田詠美著

Amy Shows
［エイミー・ショウズ］

快楽の源は恋愛のみにあらず。眩暈のするような陶酔をもたらした旅と読書の快楽を鮮烈に綴る。五感がざわめく濃密なエッセイ集。

新潮文庫

山田詠美著

アニマル・ロジック

泉鏡花賞受賞

黒い肌の美しき野獣、ヤスミン。人間動物園、マンハッタンに棲息中。信じるものは、五感のせつなさ……。物語の奔流、一千枚の愉悦。